학교 다녀오겠습니다

학교 다녀오겠습니다

펴 낸 날 | 2017년 10월 23일 초판 1쇄

지 은 이 | 강수정
펴 낸 이 | 이태권

책임편집 | 양정희
책임미술 | 홍성욱
본문 디자인 | 홍경숙

펴 낸 곳 | (주)태일소담
서울특별시 성북구 성북로8길 29 (우)02834
전화 | 02-745-8566~7 팩스 | 02-747-3238
등록번호 | 1979년 11월 14일 제2-42호
e-mail | sodam@dreamsodam.co.kr
홈페이지 | www.dreamsodam.co.kr

ISBN 979-11-6027-024-2 03810

이 도서의 국립중앙도서관 출판시도서목록(CIP)은 서지정보유통지원시스템 홈페이지(http://seoji.nl.go.kr)와 국가자료공동목록시스템(http://www.nl.go.kr/kolisnet)에서 이용하실 수 있습니다.(CIP제어번호: CIP2017026060)

• 책값은 뒤표지에 있습니다.
• 잘못된 책은 구입하신 곳에서 교환해드립니다.

학교 다녀오겠습니다

글 · 사진 강수정

소담출판사

차 · 례

※성공 사례와 적응 사례를 통해 적절한 입학 시기별로 목차를 구분했음을 밝힌다.

chapter 1

지금, 행복을 말하는 행운아들

13세 또는 14세 연령에 국제학교에 입학한 아이들

chapter 2

지금이 아니면 더 이상 기회는 없다

16세 또는 17세 연령에 국제학교에 입학한 아이들

chapter 3

창의적인 아이라면, 지금 당장 제주로 가야 한다

7세 또는 8세 연령에 국제학교에 입학한 아이들

프·롤·로·그

결국 목적은 '행복한' 학창 시절을 보내는 것이다

제주도를 선택한 목적이 뚜렷해졌다. 노스런던컬리지에잇스쿨 제주(North London Collegiate School Jeju, 이하 NLCS), 브랭섬홀 아시아(Branksome Hall Asia), 한국국제학교 제주 캠퍼스(Korea International School Jeju Campus, 이하 KIS) 졸업생들의 대학 입시 결과가 좋다는 소문은 삽시간에 퍼졌다. 2017년 10월 23일에 개교하는 세인트존스베리 아카데미(St. Johnsbury Academy Jeju, 이하 SJA)에 대한 관심이 뜨거운 것도 이 때문이다.

이미 강남에서는 제주도 국제학교 입학을 위한 사교육이 성행 중이다. 제주도에서도 가장 학구열이 높다는 제주시에는 국제학교 입학을 위한 원어민 영어유치원이 성행한다. 이곳에는 제주도민뿐만 아니라 육지에서 이주한 어린아이들로 넘쳐난다. 확실한 목적을 둔 제주도 이주는 또 다른 성격의 제주도를 탄생시켰다. 초기에는 편의시설은 고사하고 구멍가게 하나 없었다. 학교 건물만 겨우 세워진 제주도 국제학교에 선뜻 입학을 강행한 초창기 부모들의 용기는 어디에서 나온 것일까.

답은 단순했다. 딱 두 단어로 정리된다. '믿음'과 '관리'다. 미국, 영국, 캐나다 등 각 나라별 본교의 교과 과목은 아이들의 행복한 성장 과정을 고스란히 담아냈다. 백여 년이 넘는 경험이 그대로 제주도로 들어온다는 확고한 믿음이 생기기에 충분했다. 사교육에서 벗어나 보겠다는 의지는 학교를 향한 믿음으로 방향을 틀었다. 게다가 비행기로 한 시간이면 갈 수 있다는 거리감마저 한몫했다. 자녀를 직접 관리하고 싶은 희망은 거리감에서 해결점을 찾았다. 언어가 통하는 학교 관계자와 자녀에 대한 상담을 할 수 있다는 것도 확신을 주기에 충분했다. 확고한 목적을 두고 떠나온 제주도에서 만족스러운 결과를 얻는 것은 시간 문제였다. 초기에 만연했던 부정적인 시선은 사라지고 만족스러운 결과 덕분에 목적은 더욱 뚜렷하게 자리를 잡게 됐다.

부모들은 하나같이 말한다. "아이들은 모두 다 제각기 독특하고 창의적입니다. 국내 교과과정으로는 독특함과 창의성을 발전시킬 수 없습니다. 뿐만 아니라 학교에서 머무는 시간을 제외하고는 학원에서 보내는 시간이 전부라고 해도 과언이 아닐 정도로 상황이 심각합니다. 벗어날 수 없는 악순환입니다. 더 이상 우리 아이를 이대로 맡길 수가 없었어요. 경제적인 능력이 된다고 해서 무조건 입학이 가능하다면, 고르게 좋은 결과를 얻어 내고 싶다는 포부도 희망 사항으로 전락해버렸을 겁니다. 이 때문에 국제학교 입학을 위해 테스트를 거쳐야 한다는 것이 매력적으로 다가올 수밖에 없는 거죠. 제주도 국제학교에 다니는 아이들은 학교에 가는 것을 거부하거나 힘들어하지 않아요. 물론 학교이기 때문에 규율도 엄격하고 제재도 심합니다만, 학교생활 자체를 재미있어 하고 즐거워합니다. 안타깝게도 적응하지 못하고 떠나는 아이들도 있어요. 그것은 어느 조직에서나 존재하는 수준을 벗어나지 않습니다. 점수를 높이기 위한 일방적인 가르침이 아닌 감성을 성장시키고 철학적 사고를 발전시키는 토론 수업에 재미를 느끼게 되는 겁니다."

"솔직히 어떤 아이들이 모여드는지 정확한 정보를 알고 싶어요."

매스컴에 등장하는 건 유명 대학 합격률이다. 미국, 영국, 캐나다 등 선진 교육 커리큘럼이 그대로 제주도에 정착했기 때문에 선생님들에 대한 관리도 철저하다는 건 믿어 의심치 않는다. 제주도 국제학교 관

~~~

비행기 창밖으로 히말라야 산맥이 보인다.
그리 깨끗하지 않은 창 너머로 선명한 히말라야가 눈앞에 펼쳐졌다.
열정을 가지고 도전한 자에게만 주어진 풍광이다. 삶이 다 그렇지 않던가.
제주도 국제학교도 열정을 가진 소수에게 주어진 도전적 혜택 같은 것 아니던가.
~~~

련 뉴스는 대학 합격 수기 정도다. 국제학교에 입학하기 전, 어떤 과정을 거쳐 제주도로 가게 됐는지 어디에도 노출된 적이 없다. 노출을 꺼리는 것도 당연하다. 개인사를 드러내고 싶은 사람은 많지 않다. 인터뷰를 진행하면서 어떤 환경에서 자란 아이들이 어떤 과정을 거쳐 제주도 국제학교에 도전하게 됐는지에 중점을 뒀다. 그건 입학을 준비하는 이들이 가장 궁금하게 생각하는 질문이기도 하지만 쉽게 답을 들을 수 없었기 때문이다.

"음. 저 정도라면 우리 아이도 도전해볼 만하지 않을까?"

적확한 목적을 두고 제주도로 이주하는 사람들이 바로 제주 국제학교 사람들이다. 제주 국제학교 입학설명회와 캠퍼스 투어에 수많은 학부모와 학생들의 발길이 끊이질 않는 이유도 이 때문이다. 각 학교마다 90퍼센트가 넘는 졸업생이 전 세계 유명 대학에 입학을 하면서 관심은 더욱 뜨거워졌다. 마치 이를 증명이라도 하듯 서울의 유명 호텔에서 열린 입학설명회마다 이제 겨우 걸음마를 뗀 손자와 함께 참석한 조부모들의 등장이 예사로 보이지 않는다. 다양한 교육적 혜택을 누린 요즘 부모 세대를 키워낸 조부모들의 학구열은 여전히 뜨겁다. 이미 강남구와 서초구에는 국제학교 입학을 위한 사교육이 성행하고 있으며, 국제학교 재학생을 위한 수업마저도 방학 때마다 성행하고 있다.

일부 강남구와 서초구의 유명 강사들은 주말마다 제주도 국제학교가 있는 영어마을로 원정 과외수업을 진행하기도 한다. 물론 사교육을 하지 않기 위해 제주도 국제학교에 입학한 자녀와 학부모들이 대부분이다. 출발점은 다들 그랬다. 다만, 기존의 사교육 형태와 현격히 다른 부분은 대부분 학생들이 주도적으로 학부모에게 요청을 해서 사교육 프로그램이 생겨나기도 한다는 점이다. 함께 학업에 매진하고 있는 친구들이 경쟁자이기도 하지만 그들의 시선은 더 폭넓다.

학생들은 세계 유명 대학에 입학하기 위해 친구들과 삼삼오오 모여 사교육 프로그램을 만든다. 금전적인 부담도 덜 수 있지만 팀별 과제를 중요시하는 국제학교 시스템과 더 나아가 세계 유명 대학의 시스템과도 유사하기 때문이다. 그들이 팀을 이뤄 교육을 받으려는 자세는 어쩌면 당연한 현상이다. 한때 조기 유학으로 강남에서 외국으로 떠나는 아이들이 많았다. 그러나 그동안 예상하지 못한 시행착오가 많아 이제는 유학보다는 방학을 이용한 단기 어학코스를 주로 활용하며 국내에서 해결하려는 분위기로 변했다. 부모의 관리 감독이 쉽지 않은 조기 유학으로 인해 다양한 부작용이 발생했기 때문이다. 특히 '기러기 아빠'라는 신조어까지 탄생시킨 조기 유학 붐은 끊임없이 언론을 장식한 사건, 사고로 가족의 의미에 대해 진지하게 고민해보는 계기를 만들었다. 대안을 모색하던 부모들은 제주 국제학교로 눈길을 돌리고 있다. 환경뿐만 아니라 교육의 질에 대한 만족도가 높다는 입소문을 타기 시작한 제주 국제학교가 서서히 뜨고 있는 것이다.

마케팅 담당자들과 함께 캠퍼스 투어를 참관할 때면 하나같이 똑같은 설명을 강조한다.

"저희 학교는 커리큘럼이 뛰어나서 창작의 분위기를 고취시킵니다. 감성을 자극받은 학생들은 자신의 생각을 다양한 범위로 확대하고 재생산하게 되죠. 그 속에서 재미를 느끼고 자존감을 키운다고 확신해요."

아무리 강조해도 지나치지 않을 정도로 듣고 싶고 믿고 싶은 설명이다. 행복한 학창 생활을 보내면서 결과물까지 만족스럽다면 그 가치를 무엇과 비교할 수 있겠는가.

국제학교 아이들로부터 시작된 인터뷰는 그들의 부모와의 인터뷰로 확대됐다. 그들의 부모는 절친한 부모를 연결해줬다. 연결된 부모는 자신의 자녀를 소개했다. 이런 과정 속에서 그들의 사연은 솔직하게 나열됐다. 아이들과의 대화 속에서 느낄 수 있었다. 그들은 풍부한 감성을 공유하는 예술가들이고 창작가들이었다. 국제학교에 도전한 시작점은 다르지만 입학 후 실력과 특성을 잘 살린 교과과정은 결국 비슷한 성장 폭을 이끌어냈다.

나는 질문한다.

"정말 즐겁고 행복한 학창 생활을 하면서도 좋은 대학을 갈 수 있는 겁니까?"

인터뷰 대상자 모두 대답한다. 그렇다고.

일반 학교에서 6년을 보낸 뒤, 제주도 국제학교 6년을 경험할 수 있는 기회를 거머쥐게 된다면 균형 있는 실력 향상을 바라볼 확률이 매우 높아진다. 게다가 삶의 무대를 세계로 향함에 있어 자연스럽고 편안하게 받아들이게 된다. 억지스럽지 않고 수동적이지 않게 조급하지 않게 '나아감'을 당연하게 여기는 시기임에는 분명하다. 호기심과 열정을 키울 줄 아는 나이, 선택할 수 있고 거부할 줄 아는 나이, 선택과 거부에 책임이 뒤따른다는 것도 알고 있는 나이이기 때문이다.

Chapter 1

지금, 행복을 말하는 행운아들

13세 또는 14세 연령에 국제학교에 입학한 아이들

• story 1 •

입학하기 전의 삶에서 찾아야 한다

자연스러운 인연을 원했다. 우연한 인연을 통해 세밀하게 관찰할 수 있는 기회가 주어지길 간절히 원했다. 외부인의 출입을 까다롭게 제한하고 규율이 엄격한 국제학교에서 자연스럽게 학생들을 관찰할 수 있는 기회를 갖는다는 것이 가능하긴 한 걸까. 만약 솔직한 시선을 나눌 수 있는 시간이 주어진다면 교내가 아닌 교외에서 대화를 이어갈 수는 없는 것일까. 미성년자인 그들을 설득하려면 학교 관계자와 학부모의 동의를 얻어야 함은 당연하다. 그렇다 보니 '자연스러움'보다는 뚜렷한 '목적'을 가지고 만나야만 기회를 거머쥘 수 있다. 그들과 나 사이의 간극을 어떻게 좁힐 수 있을까. 시간이 지날수록 머릿속은 정리할 수 없는 질문으로 엉키고 말았다.

노스런던컬리지에잇스쿨에서 참관 수업을 제안해왔다. 기숙사 생활을 하는 학생들의 동선을 따라 함께 지내다 보면 정리할 수 있는 단초를 잡을 수 있을 것이다.

이른 새벽부터 분주하다. 각 기숙사마다 사감선생님의 훈화로 하루를 시작한다. 다소 경직된 분위기다. 사감선생님의 사무적인 어조만으로도 흐트러질 수 있는 기숙사 생활을 다잡는 분위기다. 나도 모르게 두 손을 모으고 앉았다. 얼마 지나지 않아 참관 수업에 동행할 8학년 노하진 학생과 인사를 나눴다. 외부인에게 학교생활에 대한 설명을 해줄 남학생이다. 최근에 외부인의 방문이 늘었다는 이야기로 말문을 연다.

"관심이 높아졌죠. 선배들의 결과가 좋아서 그런지 관심 있어 하는 분들의 방문이 종종 있어요. 그럴 때마다 지금처럼 학생들에게 공고해서 자원봉사할 사람을 신청받거든요. 제가 해보겠다고 신청했어요. 외부인에게 학교를 설명하는 것도 제 수업 태도의 연장이거든요."

한두 번 설명 해본 솜씨가 아니다. 능숙하고 때론 세련미까지 엿보인다. 담임선생님이 머무는 교실로 찾아간 학생들은 잠시 숨을 돌린 뒤, 해당 과목 선생님이 계신 교실로 향했다. 영화에서 봤던 풍경이다. 학생들이 머무는 교실에서 매시간마다 선생님이 교체되는 것이 아니라 선생님이 머무는 교실을 향해 학생들이 이동한다. 쉬는 시간마다 학생들의 발걸음은 활기차다. 똑같은 교복을 입은 아이들이 쉴 새 없이 계단을 오르고 내려간다. 이동하자마자 시작된 수업은 스무 명 남짓한 학생과 교단이 없는 선생님 사이에 경직되지 않은 분위기로 이어진다. 쉬는 시간에 엎드려 잠을 청하거나 도시락을 먼저 꺼내 먹는 일은 있을 수 없다. 수업 시간에 졸릴 틈이 없다. 이동하고, 작성하고, 제출하고, 발표하고, 평가받는 일상의 연속이다. 학생들의 수업 태도는 대견스럽기까지 하다. 오전 내내 영어로만 수업을 듣고 발표하는 학생들에게 집중하다 보니 머릿속이 멍해졌다.

연달아 수업을 따라다니다 보니 11시 20분. 간식 시간이다. 학생증이 있으면 간식을 받을 수 있다. 간식 비용은 학기 초에 이미 한꺼번에 지불했기 때문이다. 학생들의 뒤를 쫓아 1층 식당으로 향했다. 간식을 받기 위해 길게 늘어선 줄이 보인다. 그 끝을 찾아 줄을 섰다. 간식 메뉴는 매번 바뀐다. 그날의 간식이 마음에 들지 않으면 매점에서 사먹으면 된다. 학생들과 함께 줄을 섰다. 사복은 단박에 눈에 띈다. 외부인들의 방문이 낯설지 않은 학생들은 호기심 어린 눈빛을 거둬들인 지 오래다. 그때 한 학생이 성큼성큼 다가와, 매우 가까이 마주 섰다.

"작가 선생님이시죠?"

수줍어 보이는 소년이 호기심 어린 눈빛과 말투를 감추지 못한다.

"어, 네. 맞아요. 내가 작가인 거는 어떻게 알았어요? 외부인들이 가끔 방문할 텐데 그럴 때마다 직업을 학생들에게 공개하나 보죠?"

답변이 끝나기 무섭게 소년이 한껏 미소를 띤다.

"작가님 방문한다는 소식을 들었어요. 저도 꿈이 작가거든요. 물어볼 거 있으면 물어봐도 돼요……."

말끝이 다르게 들렸다. 보통은 내게 질문을 하는 입장으로 다가온다. 내가 흔히 겪었던 경험과는 달리 말끝의 억양이 다르다.

"학생이 제게 물어봐도 되냐고 묻는 거였어요? 아니면 제가 학생에게 질문을 해도 된다는 허락의 의미였나요?"

또렷이 눈을 마주하며 소년이 말한다.

"후자요. 질문을 해도 된다는 허락의 의미요. 작가는 주로 어떤 질문을 하는지 궁금해서요. 자, 어떤 질문이든지 해보세요. 제가 진지하고 솔직하게 답변해 드릴게요."

재차 확인하길 잘했다. 인터뷰 대상이 되고 싶다는 의미이다. 예상과 다른 반응이 나오면 상대에게 호기심이 더욱 생긴다. 우연한 기회에 다가온 인연과의 대화는 다를 수밖에 없다. 흥미진진하다. 소년의 뒤를 따른다. 간식을 받기 위한 줄이 점차 줄어든다. 오늘은 잘 구워진 다양한 채소와 치즈, 햄으로 속을 채운 따끈한 토스트다. 간식을 받아든 학생들이 테이블 옆 의자에 삼삼오오 모여 앉는다. 꽤 두툼하고 신선한 재료로 속을 채워 먹음직스러워 보인다.

"학생 이름이 뭐예요?"

"민수요. 강민수."

손에 들고 있던 취재수첩에 이름을 적었다. 민수 학생과의 인연을 놓치면 안 된다는 생각뿐이었다. 꼭 다시 따로 만나고 싶다. 만나야 한다. 그리고 대화를 이어가야 한다.

"학생은 어디에서 살아요? 데이(day)? 보딩(boarding)?"

"보딩이요. 기숙사에서 지내요."

기숙사에서 생활하는 학생들에게 외부인과의 인터뷰 시간을 내달라고 하는 건 무리한 요구다. 정해진 시간표대로 이동하고 나서도 나머지 시간은 과제와 방과 후 활동으로 빡빡한 일정 속에서 지낸다. 학교 담당자에게 시간 조율을 부탁하면 되지만 자연스러운 기회를 스스로 박탈하는 꼴이다.

어느새 길게 늘어선 줄은 서서히 줄어들어 내 차례가 됐다. 커다란 토스트를 받아들었다. 도란도란 이야기를 나누며 토스트를 즐겨 먹는 학생들 사이로 비집고 들어갔다. 학년별로 시간차를 두고 있지만 전교생이 우르르 몰려나와 한꺼번에 먹어야 하는 간식 시간은 여유롭지 않다. 간식 시간이 주어진다는 것도 부모의 마음으로 바라본다면 조바심이 날 만한 시간이다. 며칠 전 만났던 한 학부모의 초조함이 떠올랐다. 그때는 이해하지 못했던 그녀의 조바심의 크기가 그려졌다.

"간식 시간 빼기고, 수업은 이동하느라 빼기면 서울에서 쉴 틈 없이

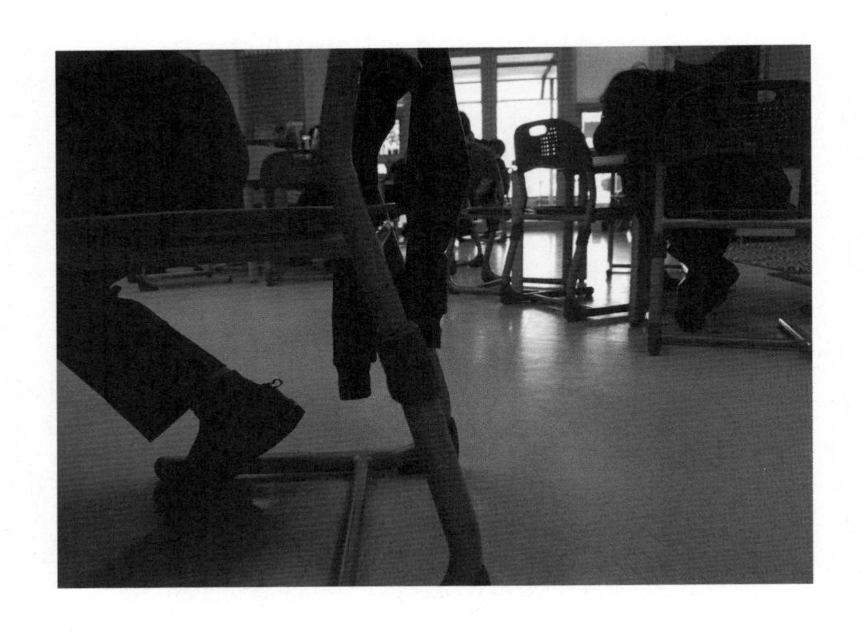

부자연스러운 교실 풍경 때문에 사진기 셔터를 눌렀다.
일렬로 줄 맞춰 앉은 교실 풍경이 익숙했던 탓이다.
그렇다고 흐트러지거나 정리정돈이 안 돼 있다는 느낌을 받지는 않았다.
경직되지 않은 교실은 끊임없이 손을 들고 의견을 표출하는 토론의 장이 되곤 한다.

공부에 매진하는 경쟁자들과 싸워서 이길 수 있을까요? 가끔은 내 아이가 무엇을 제대로 배우고 있는지 걱정될 때가 많아요. 교과서와 참고서를 끼고 살아도 부족한데 국제학교에서는 통 그런 모습을 볼 수 없어서…….”

토스트를 두 입 정도 베어 물었는데 학생들이 서서히 다시 움직이기 시작한다. 수업을 듣기 위해 다시 이동해야 한다. 먹는 속도도 느리고 머릿속에 맴도는 질문을 이어가야 하는 내게는 턱없이 부족한 시간이다. 하지만 주변으로 모여든 학생들 틈에서도 민수 학생의 움직임은 놓치지 않고 있었다. 민수 학생은 식당 앞, 복도 바닥에 아무렇게나 던져놓은 가방을 다시 챙겨들고 교실로 향한다. ‘아무렇게나’ 던져놓은 학생들의 가방을 ‘자연스럽게’ 챙기는 선생님이 눈에 띈다. 일렬로 나열하지는 않는다. 다시 그 자리로 와서 가방을 찾아갈 학생들의 기억에 맞춰 약간의 어수선함만 정리할 뿐이다. 간식을 먹은 학생들은 다시 가방을 챙겨 교실로 향한다. 때마침 국어 수업 시간이다. 오전 내내 영어로 된 수업만 따라다녔더니 피곤이 몰려오던 참이었다. 맨 뒷자리로 향했다. 민수 학생의 뒷모습이 보인다. 옆자리에 앉은 학생에게 필담을 건넸다.

“학생, 오전에 외국인 선생님이 진행한 수업, 다 알아들었어요?”

“네, 거의요.”

“유학 경험은?”

"없어요. 여기 와서 익숙해졌어요."

기특하다. 유학 경험도 없는 학생이 영어로 진행하는 수업을 듣고 자신의 의견을 영어로도 발표한다. 우리말로도 발표하기 어려운 세상 아니던가.

국어 수업이 시작됐다. 아마도 전날 과제로 독후감을 제출했던 모양이다. 독후감 내용이 좋은 학생을 담당선생님이 지명한다.

"강민수. 민수 학생 꺼, 읽어보세요."

내게 호기심 가득한 눈으로 성큼성큼 다가왔던 민수 학생을 지목한다. 관찰 대상을 제대로 만난 것이 맞다. 발표를 위해 소년은 앞으로 나갔다. 선생님은 학생들 사이로 한발 물러선다. 민수의 발표가 시작됐다. 귀를 의심했다. 민수의 독후감을 듣는 내내 소름이 돋았다. 이제 겨우 8학년, 일반 학교로 치자면 중학교 1학년이다. 그런데 중학교 1학년생의 글이 아니다. 군더더기 없이 이미 모든 재단을 마친 맞춤복과 같은 글이다. 발표가 끝나자마자 나도 모르게 박수를 치며 함성을 내질렀다. 수업 참관자의 자세를 망각하고 말았다. 민수에 이어 다른 학생들의 발표도 이어졌다. 놀라운 문장 실력이 교실 안을 채운다. 비명에 가까운 짧은 감탄사와 함께 뜨거운 박수를 아낌없이 보냈다.

국어 수업 시간이 끝나고 허겁지겁 가방을 챙겨 다른 교실로 이동하는 학생들의 뒤를 따른다. 그 순간을 놓치지 않고 계단을 급하게 내려가던 민수 학생을 잡아챘다. 급하게 취재수첩 한 장을 뜯어 나의 연락처를 휘갈겼다.

"민수 학생. 민수 학생은 아직 미성년자라서 인터뷰를 하려면 부모님 허락이 있어야 하거든요. 제 연락처를 드릴 테니까……. 부모님께 먼저 내 이야기를 전달해줄래요? 부모님께서 민수 학생과의 인터뷰를 허락해주시면 그때 나에게 연락을 다시 해줄 수 있겠어요? 민수 학생이 있는 곳이라면 어디든지 내가 찾아갈게요. 부모님이 사시는 곳은 어디에요? 방학 때면 부모님한테 가는 거 맞죠?"

교내에서 대화를 이어갈 생각은 애초부터 없었다. 기회가 된다면 민수 학생의 부모님을 만나서 어떤 사연으로 제주도 국제학교에 입학하게 됐는지, 민수 군은 어떤 학생이었는지 성장 과정을 듣고 싶었다. 국제학교에 제대로 적응하려면 입학 전의 삶에서 찾아야 한다. 결과를 말하는 여느 언론과는 달리, 입학하기 전의 과정을 샅샅이 뒤져야 한다. 그것만큼 국제학교에 관한 호기심을 제대로 설득해낼 수 있는 내용은 없을 것이라는 확신이 섰다. 학생 한 명 한 명의 각기 다른 스토리가 국제학교에 관심 있는 이들에게 좋은 선례가 될 것이다. 어떤 삶 속에서 어떤 이유로 선택을 하고 선택을 받게 됐는지에 대한 궁금증은 공감을 주기에 충분하지 않은가. 책에 담아낼 주제가 점점 명확해졌다. 호텔로 돌아온 그날 밤, 저녁 8시를 조금 넘긴 시각에 핸드폰 벨소리가 울렸다.

"작가님. 안녕하세요? 저 민순데요. 저희 부모님이 허락하셨어요.

대전에서 사시거든요. 방학이 되면 저는 대전으로 가요. 대전으로 작가님이 오시면 저와 저희 부모님도 만나실 수 있어요."

민수 학생과의 재회는 그로부터 석 달이 지나서였다. 민수 학생이 대전으로 가는 날짜와 나의 시간을 조절하면서 정성을 쏟았다. 약속을 조율하는 과정이 길어졌다. 긴 여름방학을 제외하고는 일주일이나 열흘 정도의 방학이 종종 있다. 국제학교는 국내 교과과정과는 달리, 겨울방학이 길게 한 번 있는 것이 아니다. 12월과 1월, 2월에 열흘에서 보름 남짓 방학이 있다. 12월에는 크리스마스 전후로, 1월에는 명절 전후로, 2월에는 봄 학기가 시작되는 3월 전에 방학이 주어진다. 학교마다 조금씩 엇갈리게 짧은 방학이 연달아 이어진다.

드디어 인터뷰 날짜를 정했다. 버스를 타고 대전청사버스정류장으로 향했다. 비가 내린다. 좋은 인연을 만나는 날이면, 눈이나 비가 내리곤 했다. 느낌이 좋다. 빗줄기가 점점 강해진다. 두 시간 만에 대전청사정류장에 도착했다. 민수 학생이 버스 앞을 서성인다. 색다른 설렘이 밀려왔다.

잠시 지난 시간이 떠오른다. 기숙사 생활을 하며 부산이 고향이라는 A학생을 만나려고 부산으로 향한 기억이 불쑥 떠올랐다. 대답을 시원스럽게 하지는 않았지만 방학이면 부산으로 간다는 A학생의 말만 믿은 것이 불찰이었다. 부산으로 내려가서는 창원에 산다는 B학생까지 한꺼번에 만날 수 있을 거라는 예상은 빗나갔다. 12학년이던 그 학생들은 방학 때마다 고향에서 머무는 시간은 매우 짧았다. 학기 중에는 학교 수업에만 매달렸고, 방학이면 실력이 다소 부족한 과목에 매달렸다. 두세 명이 월세를 모아서 서초동에 있는 레지던스를 얻는다. 마음에 맞는 친구들끼리 모여 한 달에서 두 달씩 머물며 학원에 다닌다. 그동안 부족했던 학업을 보충하기 위해 학원으로 알음알음 모여드는 것이다. A학생은 방학이 되면 사교육을 받는다는 사실을 드러내고 싶지 않았던 모양이다. 서울에서 사교육을 받을 거라고는 전혀 예상 못했던 나는 국제학교에서 만났던 인연의 끈을 쥐고 부산으로 향했던 것이다. 호의적인 태도로 나를 대해줬던 학생들에게 나름의 깜짝 이벤트였다. 부산에 도착해서 만나자는 문자를 보내자 난처해 했다.

"저……, 사실은…… 부산, 아니에요. 지금 서초동에서 지내고 있어요. 학원에 다녀야 해서. 죄송해요. 말씀드렸어야 했는데……."

창원과 가까운 부산에 왔다는 문자를 보냈으나 반응이 전혀 없던 건 B학생도 마찬가지였다. A학생과 B학생을 만나기 위해 헛걸음했던 일이 주마등처럼 스쳐 지나갔다.

빗속에서 민수 학생이 다가온다. 우산을 들고 버스 안을 기웃거리는 민수 학생과 눈이 마주쳤다. 함께 우산을 쓰자며 건넨다. 교복이 아닌 사복을 입고 엄마 박유숙 씨와 함께 서 있는 민수 학생은 엄마의 품에서 한창 응석을 부려야 할 정도의 솜털 가득한 어린아이처럼 보인다. 택시를 타고 식당으로 향했다. 먼 길을 달려온 손님에게 대접하고픈 마음이 읽혀졌다. 인터뷰할 때 식사 자리는 피하자는 것이 나의 철칙이다. 왜냐하면 식사도 인터뷰도 집중하기가 쉽지 않기 때문이다. 하지만 지금은 그런 나의 고집을 잠시 내려놓는다.

준비해간 질문들을 차분히 꺼내들었다. 민수 학생의 어린 시절이 가장 궁금했다. 민수 학생은 태어난 지 삼십 개월부터 학습지를 해왔다. 무엇이든지 시작을 했으면 끝맺음을 해야 한다는 가르침을 잘 따라준 아이였다. 어린 시절부터 길러온 습관 덕분인지 학교 수업 시간에도 유독 집중력이 뛰어났다. 초등학교 3학년 때부터 교내와 교외 글쓰기 대회를 석권할 정도로 글쓰기에 능했다. 글쓰기와 주제 발표를 바탕으로 다른 과목에서도 우수한 성적을 보이며 학교에서 이미 유명세를 타고 있었다. 그러던 어느 날, 사이판에서 살다가 귀국한 지인을 통해 제주도 국제학교에 관한 정보를 처음 듣게 됐다. 무엇보다 부모와 자녀 모두, 학교에 대한 만족도가 매우 높다고 했다.

'내 아이의 창의력을 더욱 성장시키면서 행복하고 재미있는 학창시절을 만들어주고 싶다'는 간절한 소망이 있던 차에 지인의 입에서 흘러나온 정보는 허투루 들리지 않았다. 그녀는 민수에게 제안했다.

"제주도에 국제학교가 생겼다는데 인터넷에서 한번 찾아볼래? 어떤 학교인지 알아보는 것도 좋을 것 같은데. 새로운 걸 알아보는 것도

다 공부야. 국제학교에 가고 싶은 동기가 우리 민수에게 생긴다면 어떨까 궁금하기도 하고……. 민수가 어떤 결정을 내리든지 엄마아빠는 언제나 찬성이야."

단 한 번도 부모의 제안을 거부하거나 외면한 적 없는 민수는 인터넷을 뒤적였다. 국제학교에 대한 정보는 민수의 마음을 움직이기에 충분했다.

"어, 자유롭다는 느낌이 제일 먼저 들었고……. 음, 저 제주도로 갈래요. 지금부터 국제학교 입학시험 준비를 해야 할 것 같아요. 시험이 꽤 까다로워 보여요."

NLCS, KIS 중에서 NLCS를 선택한 이유를 물었다. 그런데 특별히 떠오르지 않는 모양이다. 어디라도 적응할 수만 있다면 상관없었다. 학교마다 장점이 다르고 프로그램이 다르기 때문에 어디 한 곳만을 집중하겠다는 생각은 없었다고 한다. 시험 날짜가 잡히고 면접 일정이 나왔다. 영어 문법과 발음이 다소 부족하다고 민수 스스로 느끼고 있었기 때문에 시험에 무한한 자신감이 있었다고는 말할 수 없었다. 긴장한 만큼 제출한 서류가 꽤 수북했다. 각종 대회에서 수상한 경력을 빠짐없이 드러냈다. 다행히 합격이었다.

"막상 민수가 합격을 하고 나니까 덜컥 걱정이 됐죠. 합격하길 그렇게 바랐는데, 갑자기 마음이 흔들렸어요. 아직 어린 초등학교 6학년인 첫 아이를 기숙사로 보낼 생각을 하니까 상상이 안 가더라고요. 그렇다고 제가 같이 제주도로 내려갈 수는 없었어요. 큰 아이 때문에 가족이 흩어질 수는 없잖아요. 고민 끝에 민수에게 부탁했죠. 국제학교 입학을 포기하면 안 되겠느냐고 용기를 내서 물었어요. 상당히 조심스러웠어요."

그러나 민수 학생의 대답은 단호했다.

"저는 초등학교 5학년 때 전교 부회장을 했고, 이제 6학년이 되면 전교회장을 할 수 있는 기회가 생겨요. 그런데 국제학교에 다니기 위해서 포기했어요. 이제 와서 대전에 남으라고 하시니……. 부모님은 못 느끼셨을 테지만, 저요. 조금씩 지쳐가고 있었어요. 초등학교 내내 하루도 빠짐없이 학원에 다녔거든요. 학원에 다니고 싶지 않아도 친구를 만나기 위해서는 학원에 다녀야 해요. 그러다 보니 학원가를 돌고 있는 제 모습에 지쳐가고 있더라고요. 제주도 국제학교 입학에 집중했던 이유 중에는 학원 문제도 있었어요. 중학생이 되면 초등학생 때보다 더 많은 학원에 다녀야 하고 더 많은 시간을 투자해야 하는데 상상만으로도 답답했어요. 앞으로 6년 동안 또 그렇게 살아야 하는 거잖아요. 도대체 학원에서 벗어날 수는 없는 건지……. 그렇다고 갑자기 학원을 다니지 않으면 뒤처지고 말겠죠. 학업에 충실한 친구들은 단 하루도 학원에 가지 않으면 불안해서 못 견뎌요."

제주 국제학교에 입학하기 전 민수의 속내는 이러했다. 곁에서 묵

교과서는 따로 없어요. 가방 안에 필통이랑 그동안 나눠주신 프린트물만 들어 있어요.
교과서가 없다는 게 말이 되나. 그럼 교과서 없이 뭐 가지고 배워요?
그때그때 선생님이 프린트를 해서 가져오세요. 유명한 작품을 설명해주면서
토론을 하기도 하고요. 관련 서적을 도서관에서 찾아서 읽어보면서 확실히 이해하게 되죠.

묵히 듣고 있는 민수 엄마의 얼굴이 보였다. 다소 진지해진 분위기에 환기가 필요해 장소를 옮겨 찻집으로 향했다. 딸기가 가득 갈린 주스를 마시며 달달한 케이크를 한 입씩 머금는다.

더욱더 많은 시간을 공유한다면 그동안 털어놓지 못했던 지난한 시간들이 하나둘씩 드러날 것이다. 더 많은 내용을 담아낼 수 있는 기회가 주어진다면 잡아야 한다. 카페에서 나와 시외버스 정류장까지 셋이서 함께 걸었다. 여전히 비는 내린다. 그럼에도 불구하고 소담스런 대화를 나누며 나란히 걸었다. 이미 지쳐가는 민수 학생과는 달리 그녀가 나를 이끈다. 다시 한 번 더 만나야겠다는 생각이 강하게 밀려왔다.

며칠 지나지 않아 민수 엄마에게서 연락이 왔다. 제주도로 간 민수 학생의 컨디션이 제자리를 찾지 못하고 있다는 문자를 받았다. 제주도를 오가며 인터뷰를 진행하고 있다는 나의 말을 놓치지 않았던 모양이다.

"작가님. 제가 다음 주말에 민수 만나러 제주도에 가요. 지난번에 뵀을 때 3월에 제주도에 가신다는 말씀이 생각나서요. 만약 시간과 상황이 맞는다면 연락해주세요. 여의치 않으시면 다음으로……."

"민수 군에게 좋은 소식이나 변화가 있는 건가요? 아니면 여행 삼아 가시는지?"

"민수가 방학 끝나기 전에 속이 불편하다고 해서 치료시켜 보냈는데도 계속 불편하다고 해서요. 뭔가 속에 쌓인 게 있어 탈이 난 게 아닌가 하는 생각에 가파도에 가서 두런두런 얘기해볼까 하고요. 그동안은 책을 읽으면서 스트레스를 푸는 편이었는데, 서서히 사춘기에 접어드는 게 아닌가 싶기도 하네요. 많이 안아주고 이야기 나누다 보면 좋아지지 않을까 싶어요. 혹시라도 더 머무는 경우가 생기면 메시지 남기겠습니다."

"네, 꼭 연락주세요. 저도 만나고 싶습니다."

가파도에서 모자간에 어떤 대화를 나누고, 어떤 바람을 맞으며, 어떤 태양빛을 받았는지 듣고 싶었다. 사춘기에 막 접어든 자녀와 그런 자녀를 묵묵히 바라봐야 하는 엄마의 진솔한 대화를 엿듣고 싶은 욕심도 생겼다. 그녀도 나의 마음을 아는 듯, 나와의 만남을 기대했다. 문자를 살갑게 주고받으며 약속 시간을 조율했다. 그런데 안타깝게도 만남이 이루어지지는 못했다. 친정 엄마의 건강 이상 소식을 듣고 급하게 대전으로 간다고 했다. 나와의 약속은 취소됐다. 쾌차를 기원하는 문자를 주고받으며 다음을 기약했다. 다행히 민수 학생의 사춘기는 부모와의 속 깊은 대화로 이해되고 이해받는 시간들로 채워지고 있었다.

몇 주가 지나고 원고 마감을 늦춰가며 그녀와의 만남을 다시 잡았다. 인터뷰 때문만이 아니더라도 두고두고 곁에서 대화를 나누고 싶은 인생을 만난 감정을 감출 수 없었다. 여느 때와는 달리, 늦어지는 답장 탓에 긴장감이 스며들었다. 친정 엄마의 건강 소식은 그 이후로 듣지 못한 상태다. 몇 시간이나 지났을까. 예감은 틀리지 않았다. 안타까운 문자를 받았다.

"지난번에도 제주에서 작가님을 뵙지 못하고 와서 많이 섭섭했는데, 아쉽게 이번에 뵙는 것도 힘들 것 같네요. 친정 엄마가 많이 안 좋으셔서 수술도 하시고 중환자실을 드나들며 고생 많이 하셨는데, 오늘은 일반병실로 옮겨서 한시름 놓았습니다. 민수는 방학이라서 대전에 와서 있어요. 제가 잘 챙겨주지 못해서 미안한데, 저와 동생을 잘 챙기며 위안을 주고 있어 든든하네요. 작가님, 걱정해주셔서 감사드리고요. 다음엔 꼭 뵐게요."

다시 민수를 제주도에서 만나게 된다면 분명 달라져 있을 것이다. 외할머니와 엄마 그리고 민수 학생의 세월은 결코 뗄 수 없는 감정들로 물들게 될 것이다. 아픈 외할머니를 극진히 간병하는 엄마를 바라보며 민수의 생각은 또 다시 '철듦'으로 향해 갈 것이다. 사춘기를 이겨내는 태도도 달라질 것이다.

마감 직전, 문병을 가겠다는 결심이 섰다. 민수에게 이메일을 보냈다. 별일 없느냐고 조심스레 물었다. 꼬박 하루가 지나서 답장이 왔다.

"외할머니가 돌아가셨어요. 엄마도 저도 정신이 없어서 답장을 못 드렸네요. 책 제목은 정해졌나요? 구입해서 읽어보려고요."

재회를 기대할 수 없는 이별이 안겨주는 정신적인 충격은 이루 헤

아릴 수 없이 아득하기만 하다. 민수가 남긴 몇 줄 안 되는 문장을 읽으며 이별이 남긴 가족의 정서적인 변화가 감지됐다. 민수 학생은 인간의 삶에 대한 철학적 질문을 이어가게 될 것이다. 그런 과정을 겪으며 사춘기는 단어 그대로의 사춘기가 아닌 그 이상의 계기가 될 것이다. 죽음을 고스란히 그 자체로 받아들이기엔 아직 여리고 어린 나이 아니던가.

기회가 된다면, 가파도의 바람을 등지고 먼 바다를 바라보며 셋이서 나란히 걷고 싶다. 서너 개도 되지 않는 짧은 문장을 쓰면서 어떤 생각이 들었는지, 그때의 감정을 듣고 싶다.

• story 2 •

대치동에서 벗어날 수 없을 것만 같았어요

"대치동에서 만나고 싶은데요."

대치역 사거리 카페는 학생들과 학부모들로 북적인다. 약속 장소로는 그리 좋지 않다. 인터뷰를 하는 입장에서는 테이블 간격마저 좁은 것이 썩 내키지 않았다. 다른 지역을 권했다.

"오랜만에 대치동에 가보고 싶어서요."

그녀의 대답에 대치동의 한 카페에서 만나기로 약속을 잡았다. 혹시 모를 상황에 대치동 카페에 삼십 여분 먼저 도착했다. 인터뷰할 때 좌석의 위치와 분위기를 미리 체크하기 위해서다. 그간의 경험과는 달리, 카페 안은 한가했다. 다행이었다. 푹신한 등받이가 있는 의자에 앉아 문자를 보냈다. 이미 도착해서 착석했다는 신호를 알리는 것이다. 문자를 보내자마자 동시에 문자 수신음이 울린다.

"제가 일찍 도착했네요. 카페에 앉아 있을게요."

문자를 확인하자마자 고개를 들어 카페 안을 둘러봤다. 동시에 눈이 마주쳤다. 단박에 알아봤다. Y씨 손에는 이미 커피가 들려 있다. 반갑게 인사를 나눈 뒤 마주 앉았다. 짧은 소개를 끝냈다. 이제 그녀가 입을 열 차례다. 예상치 못한 일이 벌어졌다. 그녀의 볼 위로 눈물이 흐른다.

"일부러 약속 시간보다 일찍 와봤어요. 내심 대치동 주변을 충분히 둘러보려 했거든요. 변한 게 하나도 없더라고요. 제가 여기서 지난 시간을 어떻게 버텼는지 갑자기 떠올라서……. 눈물이 나네요."

'버텼는지'라고 했다. '참고 견뎌내다'와 '맞서서 겨루다' 중 어느 쪽일까. '버티다'의 해석은 문장에 따라 의미를 달리한다. 그녀의 눈물에 당황해 첫마디 이후에 숨 고르기를 했다. 왜 우냐고 묻지 않았다. 그러자 그녀는 눈물을 훔치고 난 뒤 담담히 말을 이어갔다.

"차를 타고 대치동으로 오는 길에, 지인이 어디론가 앞만 보고 뛰다시피 걸어가는 것을 보게 됐어요. 방과 후에 학원에 보낼 준비물을 양손에 든 채 빠른 걸음으로 지나가더라고요. 차를 타고 지나가는 속도가 있어서 유심히 볼 수는 없었지만 제가 예상할 수 있는 모습이었어요. 저도 예전에 그렇게 살았어요. 그것을 보는 순간, 저도 모르게 눈물이 나서……. 대치동의 학습법을 무조건 따르지 않으면 낙오자가 될 거라는 불안감 속에서 살았던 날들이었죠."

그녀 역시 불과 몇 년 전만 해도 그렇게 살아야 했다. 학원을 보내고 싶은 마음이 간절한 부모는 없을 것이다. 거부하려 애를 쓸수록 주변에서 들려오는 학원가 소식에 점점 빠져들 수밖에 없다. 단 하루라도 학원 시계를 멈춘다면 낙오자가 될 거라는 불안감은 시간이 갈수록 더욱 짙어졌다. 일명 '택시맘(taxi mom)'이라고 불린다. 아이의 하루 일과에 따라 엄마의 일과가 정해진다. 엄마의 노선이 정해진다. 새벽 1시가 다 되어서야 집으로 돌아오는 초등학생이 있는가 하면, 새벽 5시에 일어나서 등교하기 전까지 학원 수업을 듣고 학교에 간다는 중학생이 있다는 말은 과장된 이야기가 절대 아니다. 더욱 잔인해진 건 유명한 영어유치원이나 학원에 다니기 위해 테스트를 거쳐야 하는데, 이것을 준비하는 전문학원이 우후죽순 생겨나고 있다는 현실이었다. 말 그대로 학원에 입학하기 위해 학원에 다녀야 하는 것이다. 제주도 국제학교에 자녀를 입학시킨 부모와의 인터뷰에서 공통적으로 듣는 말이 있다.

"저는 기존 교육관에 순응하는 스타일이 아니에요. 그러다 보니 학원을 돌아다니며 학업을 보충해야 하는 자녀를 더 이상 바라보기 힘들었어요. 전혀 행복해 보이지 않았으니까요. 새로운 정권이 들어설 때마다 바뀌는 입시 제도를 따라가기도 힘들고 짜증이

나고 화도 나고 분노도 치밀고 그래요. 제주도로 온 이유는 바로 그것으로부터 벗어나기 위해서였어요."

눈물을 멈추고 마음을 가다듬은 그녀도 그랬다. 그녀의 학창 시절에도 사교육은 절정에 달했다는 기사가 넘쳐날 정도였다. 수십 년이 지났지만 사교육은 사라질 기미는커녕 더욱 들끓고 있다.

부부는 모두 유학파다. 유학 시절의 즐거웠던 경험을 자녀들에게 물려주고 싶은 마음뿐이었다. 그녀는 자녀들이 초등학교에 다닐 때까지만 해도 주변의 조언에 휘둘리지 않으려 했다. 될 수 있으면 사교육을 거부하고 학교 수업에만 집중하게 했다. 초등학교 때는 '잡초'처럼 지내는 것이 옳다는 부부의 합의에서다. 다행히도 남편의 사업은 중국으로 시장을 넓혀갈 기회를 맞았다. 베이징에 있는 국제학교로 자녀들과 함께 떠나게 되었다.

"주말마다 남편이 베이징으로 왔어요. 중국에 있는 지사를 운영하는 일도 생겼고 아이들에게 학원에서 벗어날 수 있는 대안을 찾았기 때문에 만족스러웠죠. 그런데 그렇게 일 년 반 정도 지나고 나니, 남편이 굉장히 힘들어했어요. 주말마다 중국을 오가며 아이들과 시간을 함께 보내려 애쓰다가 지친 거죠."

기러기 가족은 가족 모두의 희생 위에 지탱할 수 있다. 집안의 가장이 힘들어한다면 더는 현 상황을 유지할 이유가 없는 것이다. 결국 자녀들을 데리고 서둘러 귀국했다.

그런데 문제가 생겼다. 중국에서 일 년 반 동안 국제학교를 다닌 자녀들의 한글 맞춤법이 정확하지 않았다. 당연한 결과였는데, 맞춤법이 틀리면 호되게 야단을 쳤다고 했다. 야단을 칠 것이 아니라 한글을 다시 제대로 배울 때까지 인내심 있게 기다려줬어야 했음에도 불구하고 다그쳤다.

원인은 대치동에 있었다. 귀국 후, 학구열이 가장 높다는 대치동에 둥지를 튼 것이 문제였다. 부작용으로 드러난 것이다. 주변 시선을 의식하고 수학과 영어에 집중적으로 매달렸다. 귀국하자마자 친구들을 따라 학원에 다니고 싶다고 자발적으로 나서던 아이들은 한 달 만에 힘겨워했다. 영어학원에서 배우는 것은 단어와 문법이었다. 매일 일정량을 암기해야 하는 단어시험은 아이들을 지치게 만들었다. 일방적으로 가르치고 암기해야 하고 시험을 치르는 수업 방식에 적응하기 힘들어했다. 적성검사 결과도 평범하지 않았다.

"완전 우뇌로 나왔어요. 보통 완전 좌뇌 아이들은 과학고등학교 등에 진학하는 것이 유리하다고 나오거든요. 보통 영재라고 하죠. 제가 듣기로는 한국식 교육이 좌뇌 교육형이거든요. 그러다 보니 저희 아이는 완전 우뇌라서 적응을 잘 못 하는 거라고 하더라고요."

적성검사에 맞춰 진로를 선회하는 것이 옳다는 판단을 내렸다. 예체능 중학교를 지원하는 것이 아이에게 유리할 것이다. 오후 시간을 미술학원에서 보내게 했다. 새벽 2시까지 학원에서 그림을 그렸다.

많은 시간을 투자했지만 결과는 아쉽게도 불합격이었다. 새벽 시간까지 그림에 매달려도 경쟁자들보다 뒤늦게 시작한 탓에 탁월한 결과를 얻어내기 힘들었다. 대청중학교에 입학할 수밖에 없었다.

외국어고등학교와 민족사관학교를 준비하던 학생들이 수학 성적으로 인해 좌절하게 되면 유학을 떠났다. 국내 유명 대학에 갈 성적이 안 되면 유학을 떠났다. 지방 외고나 지방에 있는 과학고등학교를 갈 실력이 안 돼도 유학을 떠났다. 평균이 90점 미만이어도 유학을 떠났다. 여전히 유학을 떠나는 지인들은 대치동에서는 흔한 정보였다. 중학교 1학년 1학기가 지나자 서른 명이던 학생 중에서 여섯 명이 떠났다. 주변 학생들이 사라질수록 마음은 더욱 갈피를 잡지 못했다.

그러던 어느 날, 우연히 신문에서 NLCS 광고가 눈에 들어왔다. 커리큘럼에 눈길이 끌렸다. 예체능 중학교를 들어가기 위해 준비했던 모든 서류를 영문으로 번역했다. 모을 수 있는 모든 자료를 재빨리 수집했다. 큰딸과 함께 둘째 아들도 시험 준비를 시켰다. 과학과 수학에 뛰어난 아들의 합격보다는 큰딸의 합격에 따라 둘의 진로는 결정되는 것이다. 둘째는 대치동을 벗어나서 산골학교나 서당학교로 전학할 생각을 막 하던 찰나였다. 학업 성적은 뛰어나지만 인성적인 부분이 부족하다고 판단했기 때문이다.

"큰딸은 8학년에, 둘째는 6학년에 합격했어요. 기뻤죠. 저희는 큰아이가 불합격당하면 둘째가 합격해도 포기하고 서울에서 해결하려

했는데……. 다행히 둘 다 합격해서 다행이었어요. 둘 다 기숙사에서 지낼 생각에 신나 했죠. 더 이상 대치동 학원가를 메뚜기처럼 다니지 않아도 된다면서 무척 좋아하더라고요. 정말 행복해 보였어요."

NLCS는 기숙사별 팀 색깔이 뚜렷하다. 팀원 간의 배려와 협력이 매우 중요하다. 지극히 개인적이었던 둘째는 기숙사에서 지내기 시작하면서 조금씩 변해갔다. 운동을 좋아했는데 팀의 소중함을 절실히 깨닫게 되는 듯했다. 학업에 열중해도 부족할 시간에 축구와 럭비에 빠져드는 아이를 보며 제대로 된 학교생활을 즐긴다는 생각과 함께 학업에 충실할 시간을 빼앗기고 있다는 마음이 충돌했다. 대치동 아이들을 떠올리면 저렇게 지내도 되나 싶을 정도로 학업에 소홀한 것처럼 보였다. 학부모가 국내 교육 방식을 버리지 못하면 아이들도 방황하게 마련이다.

"아이비리그는 리더를 만드는 교육이라고 생각해요. 취업을 원한다면 국내 대학을 다니는 것이 훨씬 인정받게 되겠죠. 그걸 분명히 인지하면서도 부모들의 실수는 끊임없이 반복되잖아요. 그래서 대학에 가서도 학부모의 도움에서 벗어나지 못하는 학생들이 있다는 건 다들 알 거예요. 언론에서 떠드는 게 과장이 심했다는 사람도 있지만 제가 주변에서 봐도 과장이 아니라 현실이에요. 안 시키고 싶고 벗어나고 싶어도 쉽지 않아요. 지금도 마음 편히 아들의 학교생활을 바라볼 수 없을 때가 종종 있어요. 여전히 대치동 학생들의 삶이 그려지니까요. 이제는 저만 마음을 잘 잡고 바라봐주면 돼요. 아이들이 즐거워하니까요. 행복해하니까요. 대치동에서 벗어나서 아이 셋을 국제학교에 보낼 수 있는 환경에 늘 감사히 생각해요. 행운인 거죠."

셋째까지 NLCS에 입학했다. 자녀 셋이 기숙사 생활을 하는 중이다. 학교에 적응하기 위해서는 기숙사 생활이 제일 중요하다. 친구들과 어울려 지내는 것보다 더 중요한 것은 없을 것이다. 학업은 그다음 문제라는 생각에서다. 바른 인성을 원하면서 오로지 성적으로만 평가하게 된다. 인생을 살아보면 성적만으로는 가질 수 없는 기회들이 넘쳐난다. 그녀는 NLCS에서 즐거운 학교생활을 이어가 주는 자녀들에게 오히려 고맙기만 하다. 불과 몇 년 전만 해도 학원가를 돌던 자신의 시간이 안타까운 생각이 들 때면 여전히 학원가에서 자녀들과 씨름하고 있는 지인들이 떠오른다.

정답은 없다. 성공 확률이 높은 쪽으로 우르르 몰려들 수밖에 없다. 벗어날 수 있었던 용기가 새삼 놀랍기만 하다. 자녀 셋 모두 그녀의 용기 있는 선택을 통해 행복이 무엇인지 다시 한 번 생각할 수 있는 시간을 가질 수 있게 된다면, 그것으로 된 것이다.

tip 보딩하우스의 모든 것

제주도 국제학교의 모든 학생은 통학과 보딩하우스로 나뉜다. 일명 보딩하우스는 보딩으로 줄여 부른다. NLCS의 경우를 예로 들어 설명해 보겠다. 기숙사 생활을 하는 학생들뿐만 아니라 통학을 하는 학생들도 소속감과 정체성을 기를 수 있게 각 보딩하우스로 나눠 구분 짓는다. 각 하우스별 경쟁을 통해 협동심과 자긍심을 배운다. 7학년부터 13학년까지 생활하는 6개의 하우스가 있다. 각 하우스는 공용 공간을 사이에 두고 남학생과 여학생 공간으로 나뉘어져 있다. 모든 교사들도 보딩하우스에 소속돼 각 하우스 학생들의 학업과 학생 지도를 돕는다.

보딩하우스의 일반적 일과는 다음과 같다. 주중에는 아침 7시에 기상한다. 도우미 아주머니들과 기숙사 직원들은 학생들이 제시간에 일어날 수 있도록 관리한다. 아침 식사는 오전 7시 30분까지다. 8시 15분 담임 시간을 갖기 전 8시에 기숙사별로 브리핑 시간이 있다. 이때 사감선생님을 통해 학교생활의 지침을 전달받는다. 브리핑 시간이 끝나면 튜터 시간이 곧 이어진다. 학생들은 기숙사를 벗어나 교실로 이동한다. 학생들은 담당 튜터선생님과 만나서 학교생활에 대한 걱정거리나 문제점을 이야기할 수 있다. 화요일과 목요일에는 튜터 시간이 25분 더 길게 진행된다. 이때 학업을 잘 따라가고 있는지 확인할 수 있으며, 향후 있을 과제의 날짜 및 여러 교내외 이벤트에 대해 의논한다. 또한 다른 학생 관리 관련 상담은 PSHCE(Personal, Social, Health and Citizenship Education) 프로그램에 반영된다. 튜터 시간이 끝나면 조회 시간이다. 월요일, 수요일, 금요일에는 오전 8시 20분에 조회 시간이 있다. 월요일은 전교 조회 시간이며, 학생들은 시니어 교사진의 인솔 하에 강당에 모인다. 수요일은 각 학년별 교사 대표진에 의해 각각 다른 장소에서 학년별로 진행되며, 금요일은 기숙사별 조회 시간이다.

수업 시간은 오전 8시 40분부터다. 한 수업은 40분간 진행되며, 오전 수업은 네 과목이다. 20분간의 휴식 시간이 주어진다. 점심 이후의 오후 시간에는 두 과목의 수업이 진행된다.

전체 수업은 3시 30분에 종료된다. 오후 3시 30분에 전교생들이 기숙사별로 모인다. 이때 자습 및 방과 후 활동을 준비한다. 모든 학생들은 도서관에서 개인적으로 공부를 하거나 방과 후 활동에 참석한다. 저녁 식사는 오후 5시 45분부터 6시 45분까지다. 통학 학생들은 6시 이전에 하교해야 한다. 기숙학생들은 오후 7시 15분에 기숙사별 브리핑을 위해 모이며, 저녁 자습 시간은 대략 오후 10시까지 지속된다. 저학년일 경우에는 조금 더 일찍 마치기도 한다. 저녁 간식은 모든 기숙 학생들에게 제공된다. 학년별로 소등 시간은 각각 다르지만, 오후 11시 이후에는 모든 기숙사 건물이 통제된다.

주말에는 다양한 활동이 있다. 토요일 오전에는 브라이언트 프로그램이 진행되며, 이와 함께 다양한 스포츠 행사도 진행된다. 토요일 오후에는 예술 프로그램 및 견학, 리허설, 스포츠 연습, 수영 및 레저 활동이 있다. 일요일 아침은 토요일보다 느긋하게 시작된다. 아침 식사도 조금 늦게 제공되며, 기독교나 천주교 신자들은 종교 활동도 할 수 있다. 9학년 이하의 어린 학생들도 부모님의 동의에 따라 종교 활동에 참가할 수 있으며, 일요일 오후에는 독서, 숙제 및 휴식 시간을 가지며 다음 주 학교생활을 준비한다.

• story 3 •

아이들은 행복을 말해요

자녀의 행복을 위해서라면 어떤 대가도 지불하겠다는 결심은 늘 변함이 없다. 다만, 자녀가 말하는 행복의 기준은 누구의 기준인가? 아이들이 말하는 행복과 어른들의 행복은 달랐다. 성실, 끈기, 인내의 힘으로 행복이 주어진다고 믿는 어른과 성실, 끈기, 인내의 강도와 깊이가 다름을 인정받고 싶은 아이들의 행복은 다를 수밖에 없다. 다름을 인정받는 환경 속에서 아이들은 존재감을 느낀다. 호기심과 관심 속에서 성실과 끈기, 인내는 자연스럽게 달라붙게 된다.

국제학교 아이들은 호기심으로 접근해서 관심을 키우고 깊이 있게 파고들어 스스로 성실성을 검증하려 한다. 지난한 과정에서 겪는 고민과 갈등은 자신의 콘텐츠를 풍성하게 만드는 기록쯤으로 여긴다. 문제를 하나씩 해결하는 과정이 에세이를 풍성하게 한다는 현실을 일찌감치 깨달았기 때문이다. 매일이 행복하고 매일이 즐거운 학교생활은 없다. 다만, 존재감을 확인받을 다양한 기회를 부여받고 그 기회가 결국 대학이라는 관문을 앞두고 다양한 시선으로 평가받을 수 있다는 것이 가장 큰 장점이다.

정은정 씨의 눈이 충혈됐다. 자세히 보니 코끝도 발갛다. 양손에 든 건 다양한 서적이다. 신앙생활을 누구보다 성실히 하고 있다고 자부할 만큼 진지한 그녀의 얼굴이 초췌하다. 이번이 두 번째 만남이다. 늘 기도하는 삶을 이어간다는 그녀를 다시 만난 건 처음 만났을 때 입 밖으로 꺼내 들지 않은 아들의 관한 이야기를 묻고 싶었기 때문이다.

"큰딸인 민하와 둘째 아들 민수는 달라요. 큰아이는 성실한데, 민수는 큰아이와는 조금은 달라요. 저희가 원하는 사교육은 받으려 하지 않고 바둑을 배우겠다고 해서 아예 무시해버렸거든요. 여느 아이들과는 달리, 호기심이 매우 강했죠. 지금 생각해보면 본인이 원하는 취미 생활을 배우게 했어도 됐는데, 그때는 왜 그렇게 남들처럼 배우지 않으면 불안했는지 모르겠어요. 대치동에 살다 보면 남들과 다르다는 것을 인정하는 것이 얼마나 힘든지 몰라요. 옆집 아이가 다니는 학원에 가지 않으면 하루가 다르게 실력에 차이가 벌어져서는 뒤처지게 될 거라는 불안을 떨쳐버릴 수 없게 돼버리거든요."

자녀 모두 학업에 충실하면 서로 간에 경쟁심이 생겨 좋은 결과가 빚어지기도 한다. 문제는 전혀 다른 성향의 자녀가 부모의 섬세한 감정 변화를 감지하고는 상처를 받게 된다는 것이다. 열 손가락 깨물면 덜 아픈 손가락도 있게 마련이다. 사랑을 베푸는 입장에서는 차이가 없다고 아무리 강조해도 받아들이는 입장에서 만족도가 다름을 인정해야 한다. 성실한 누나의 삶을 처음부터 따르려 하지 않았던 것도 그런 감정에 바탕을 두고 있었을 것이다. 국제학교에 다니고 있던 누나의 생활이 마냥 좋아 보이지만은 않았던지 국제학교에 대한 관심도 없었다. 딸이 국제학교에 대한 만족도가 높아질수록 둘째도 함께 다니면 어떨까 고민을 안 해본 것은 아니다. 아들에게 넌지시 의견을 건네 보기도 했다. 국제학교 시험을 쳐볼 생각 없느냐는 질문에는 "누나를 보면 늘 공부하고 있어서 싫다"라며 늘 부정적으로 바라보기만 했다. 그러던 어느 날, 침대에 누워 NLCS 브로슈어를 건성건성 훑어보던 민수가 불쑥 말했다.

"엄마, 나도 국제학교에 가볼까?"

관리하지 않아도 알아서 스스로 학업에 매진하던 딸과는 달랐던 아들의 결심을 선뜻 환영하지는 못했다. 부모의 시야에서 한시라도 벗어나면 안 된다는 생각에서였다. 어쩌면 유난히 성실한 딸과 늘 비교 대상이 돼야 했던 아들에 대한 믿음이 부족했던 것일지도 모른다. 입학시험을 쳐보게 해달라는 아들의 의지를 꺾을 필요는 없었다. 도전을 해보겠다는 자세를 칭찬했다. 어차피 합격은 쉽지 않을 것이다. 자신을 되돌아보는 충격요법이 될 것이라고 예상했다. 그런데 예상 밖의 결과를 받아들었다. 덜컥 합격한 것이다. 수학 시험이 매우 어려워서 제대로 풀지 못했다며 풀이 죽어 있던 아들의 모습과는 달리, 시험 성적이 우수했다는 면접관의 말에 귀를 의심했다. 면접관에게 아들의 성적을 물어볼 용기가 생겼던 이유도 불합격일 거라는 판단에서였다.

"자기 길을 찾지 못해서 방황하는 아이들이 많잖아요. 제 아들도 그런 케이스라고 생각합니다. 부모가 확신을 갖지 못하고 있는 것을 자녀에게 다그치는 꼴인 거죠. 이제 겨우 십 대인 자녀에게 확신을 갖는 것이 당연한 것이 아니었는데 말이에요. 제 아들은 호기심은 강한데 무엇을 자기가 절실히 하고 싶은지 모르고 있는 거죠. 그걸 빨리 알아채는 것이 학교와 부모가 해줄 일인데 여전히 모르겠어요. 부모의 말을 그대로 잘 따라주는 아이들과 그렇지 않은 아이들이 어디에서나 섞이게 마련인데……. 고무적인 건 시간이 지날수록 부모 말과 학교의 방침을 그대로 잘 따라주는 아이들이 유독 많아지는 곳이 국제학교 아이들이라는 생각이 들어요. 그곳에서 제 아이들도 깨닫고 배울 거라 믿고요."

그녀의 아들은 학교생활에 적응도 잘하고 무척 즐거워했다. 일반 학교에 다니며 밤늦게까지 학원가를 전전하며 공부하는 아이들에 비하면 행복해하는 아들의 표정만으로도 다행이라 여겼다. 취미로 배우기 시작한 기타 연주에 집중하며 서너 번 학교 공연에 서기도 했다. 대치동에서 계속 학업을 이어갔더라면 경험하지 못했을 추억이 쌓인 것이다. 아들이 즐거워하는 만큼 그녀는 마냥 기뻐하지 못했다. 성실함은 도대체 언제쯤 길러질까. 뒤늦게 깨달았다. 공연을 위해 연습하는 그 시간이 쌓이고 쌓여 존재감이 길러지고 인정 욕구가 강해질수록 성실함은 저절로 따라붙는다는 것을.

"자녀 모두 다 순탄한 시간을 보낸다면 어떤 일이라도 할 수 있는 것이 부모 마음일 거예요. 아들도 누나가 지내온 시간들이 얼마나 치열했는지 새삼 알게 됐을 거고. 도망치거나 외면하지 않고 운명 앞에 당당하게 도전해보는 아들이 되길 진짜 바라요."

딸에게로 화제를 돌릴 때마다 표정은 환해졌다. 스탠퍼드대학교에 입학한 큰딸 민하의 이야기를 꺼낼 때마다 '기적'이라는 표현을 반복했다. 국제학교에 진학하지 않았더라도 만족할 만한 결과를 얻었을 만큼 성실함이 장점이었다. 그럼에도 그녀는 손사래를 친다.

"저희 딸이 스탠퍼드대학교에 입학한 것은 기적이에요. 국제학교에 다니지 않았더라면 입학하지 못했을 겁니다. 국제학교 생활을 한마디로 말하면 책임을 가르친다고 생각해요. 하찮은 수업은 없는 거예요. 모든 국제학교 수업과 특히, 방과 후 활동의 결과물이 대학교에서 바라는 인재상이라는 것을 지금은 믿어요. 국제학교 시스템을 전적으로 믿고 맡겼다고는 말할 수 없어요. 대치동에 사는 엄마들은 대부분 저와 비슷할 거예요. 사교육을 하지 않고, 시험을 앞두고 시험에 매진하지 않는 모든 학교 활동은 아예 필요 없다고 생각하거든요. 단어 하나 더 외우고 수학 문제 하나 더 풀어야 마음이 놓였으니까요. 기적 같은 결과를 얻고 나서 보니 국제학교 시스템을 전적으로 믿고 따라준 딸에게 고마운 마음이 들어요."

대학 졸업장이 평생의 삶을 좌지우지한다고 믿는 건 예나 지금이나 변함이 없다. 제주도 국제학교는 유명 대학의 입학 사례와 입학률이 존재 이유의 전부가 돼버리기도 한다. 민하 양의 입학 소식은 삽시간에 퍼졌다.

"대단한 스펙을 챙긴 것도 아니고요. 외부에서 흔히들 대학교 입학 컨설팅을 받잖아요. 저희는 한 번도 받아본 적이 없어요. 국제학교 내에 상주하고 계신 컨설팅 담당선생님이 시키는 대로 그대로 믿고 따랐어요. 비용을 따져본다면, 컨설팅 비용으로 7주 정도 하버드대학교 서머 캠프에 다녀온 것과 교환한 셈입니다. 수학과 연출, 두 과목을 학점 크레딧(credit)으로 인정받을 수 있는 캠프에 다녀왔는데요. 놀랍게도 두 과목 모두 A를 받아왔더라고요. 자신감을 얻어온 거죠. A 학점이 중요한 건 노력한 만큼 실력을 평가받고 있다는 것 때문일 거예요. 딸도 스스로를 무척 자랑스러워했어요."

민하 양은 어린 시절부터 남달랐다. 영어유치원 출신은 전혀 아니다. 교우 관계가 자녀에게 그 무엇보다 소중한 경험이 될 거라는 생각에 뛰어노는 데만 열중했다. 초등학교에 입학하고 2학년이 임원을 선출한다. 1학기 임원은 엄마가 만들고 2학기 임원은 본인이 만든다는 말이 있다. 결국 2학기 임원이 된다는 것은 학업 성적뿐만 아니라 교우 관계도 잘 해내고 있다는 증명이 된다. 민하는 2학기에 임원이 된다는 것이 어떤 의미인지 제대로 알고 도전하는 아이였다. 주변을 경쟁 상대로만 바라보는 또래들과는 분명 달랐다. 주변을 살피고 주변을 챙기는 것이 결국 자신을 챙기는 것임을 어린 시절부터 느끼고 있는 듯했다. 교육청에서 주최하는 대치동 '지역공동수학영재학급'에 발탁될 정도로 성적은 나날이 향상됐다. 내친 김에 수도권에 있는 국제중학교에 지원할 여유도 생겼다. 각종 교외 수상 여부에 관한 스펙은 보지 않고 학업 실력만으로 테스트를 한다는 공고가 났기 때문이다. 국제중학교를 가기 위한 1차 시험에는 합격했다. 바로 다음 날, 교장선생님이 뽑기를 통해 최종 학생들을 선발하는 '운'만 남아 있었다. 결과는 불합격이었다.

"엄마, 하나님은 왜 하루만 기분 좋게 해주셨을까?"

억울했다. 실력이 부족해서가 아니라는 것으로는 도저히 위로가 되지 않았다. 딸이 받았을 충격은 더욱 컸다. '이유'를 외부에서 찾으려 애쓰는 딸을 바라보며 안도했다. 인생을 살면서 수많은 '이유'를 알 수 없는 일들이 벌어질 것이다. 그럴 때마다 합리적이고 논리적인 이유를 찾을 수는 없다. 기도하는 자세를 가르쳐준 이유도 여기에 있다.

"신앙의 힘이 컸던 것 같아요. 자녀를 키우면서 의지할 대상이 있으면 좋지 않을까 싶어요. 인간의 삶을 들여다보면 얼마나 많은 굴곡이 있어요? 굴곡을 잘 극복해내는 것이 인생인데도 흔들리고 포기하고 좌절하고 상처받게 되잖아요. 그럴 때마다 부모도 나약해질 수밖에 없어요. 강해지려고 안간힘을 쓰는 거죠. 저는 그럴 때 종교라는 믿음이 큰 힘을 발휘한다고 믿어요."

교우 관계에 무난했던 딸은 어느 환경에 던져놔도 적응력이 뛰어날 거라는 믿음이 있었다. 최종적으로 '뽑기'로 결정하는 입학시험에서 실패를 맛본 뒤에 그녀의 시선은 폭넓어졌다. 제주도 국제학교에 관한 정보도 이때부터 관심을 갖게 됐다.

"신설 유치원을 보내놓고 체계가 없어서 마음고생한 기억이 강하게 남아 있었어요. 그래서 제주도에 국제학교가 생긴다고 해도 크게 관심을 두지 않았죠. 5년은 지나야 그들의 색깔이 드러나게 되는 거니까요. 우연히 국제학교에 관한 정보에 조금 더 자세히 관심을 갖게 됐고, 백여 년이 넘는 학교가 우리나라에 온다는 것은 신생이라고 봐서는 안 되는 거잖아요. 그래서 더욱 유심히 알아보게 되었죠. 딸에게 본교 홈페이지와 제주도 국제학교 홈페이지에 들어가서 일일이 확인해보자고 제안했어요. 용기를 갖게 된다면 국제학교로 보내겠다는 마음이 서서히 자리 잡던 시기였죠. 보장된 미래를 버리고 떠날 때는 용기와 결단이 필요해요. 민하는 대치동에서도 상위권에 있었거든요. 그런데도 늘 불안했고 걱정스러웠어요. 조바심내기 일쑤였고요. 인성에 대한 평가보다는 학업 성적 위주로 돌아가는 시스템에 지쳐가고 있었어요."

홈페이지를 뒤적이던 딸의 표정은 점점 밝아졌다. 입학시험을 치러보겠다는 적극성을 보였다. 국제학교에서 원하는 서류는 국제중학교 지원을 위해 준비해놓은 것으로도 충분했다. 모든 서류를 영문으로 번역하는 작업만 마치면 준비는 끝이다. 스스로를 믿고 실력에 당당함을 잃지 않던 딸은 합격의 기쁨을 맛볼 수 있었다. 입학한 뒤에는 기숙사에서 지내면서 성적에 매달리던 모습에서 벗어날 수 있었다.

어느 곳에서나 불안은 존재한다. 그나마 딸이 학교생활을 즐거워하고 행복해하면 나머지는 부모의 몫인 것이다. 그녀는 늘 기도했다. 그녀가 할 수 있는 건 윤리적이고 도덕적으로 올바른 부모로서 모범을 보이는 것과 그것을 유지하는 힘을 종교에서 찾는 것이다. 분명한 건 자녀들은 부모의 생활 습관이나 태도, 가치관을 고스란히 물려받는다. 흐트러진 삶을 살아서는 안 되는 이유도 여기에 있다. 기숙사로 자녀를 보낸 부모의 기도는 끝이 없다. 특정 종교를 찾든, 그렇지 않든 자녀의 행복을 위한 기도는 그들의 삶의 전부라고 해도 과언이 아

겉옷을 제 멋대로 벗어놓고는 운동장으로 향했다. 11월이었다.
서울은 코트를 꺼내 입은 이들이 눈에 띄던 날씨다.
제주는 따뜻했다. 제주 바람은 유명하다. 세차게 몰아칠 때면
추위에 온몸을 웅크리게 되지만 그럴 때도 운동장으로 뛰어나갔다.

니다. 비슷한 상황에 처하게 된다면 종교의 힘은 조금 더 두텁게 그들의 마음을 다스리게 되는 긍정적인 효과를 맛보게 된다.

국제학교가 자리를 잡기 전에 조바심을 감추지 못하고 되돌아간 학생과 학부모도 꽤 있었다. 완벽한 시스템이란 건 없을 텐데도 더욱 더 완벽함을 요구하는 건 이해할 수 있다. 선택의 기로에 섰을 때 어떤 결정을 하느냐에 따라 인생은 달라진다. 물론, 지금의 그 길이 최선의 길일 것이다. 남들보다 조금 더 믿어보고 남들보다 조금 더 먼발치에서 바라보려는 자세가 그녀에겐 단단하게 배어 있었다.

"민하는 2년 전까지만 해도 하고 싶은 방과 후 활동, 액티비티만 하고 아무것도 없었어요. 공인된 점수도 없었죠. 엄마인 저는 늘 걱정스러웠지만 민하는 매순간을 즐기고 있었어요. 한국무용을 배우고 해금연주를 접하고, 그렇게 배우고 나면 규모가 작더라도 꼭 공연을 준비하고 발표했어요. 결과물을 내놓는 건 당연한 순서라고 생각하는 것 같아요. 마침표를 콕 찍는 것처럼요. 그렇게 민하는 학교생활을 충분히 즐겼어요. 스펙을 쌓으려고 공인된 점수에 매달려야 할 시기인데도요. 그때는 저도 조바심이 나서 힘들었지만 결과가 좋고 나니까 시험 점수만으로 대학에 합격할 수 있는 구조가 아니라는 것을 다시 한번 느끼게 되네요."

12학년이 되기 전까지도 성적이 그리 높은 편이 아니었다. 12학년이 되면서 집중력을 발휘하고 동기부여가 확실히 된 듯했다. 새벽이면 기독교학생회 친구들과 모여 기도를 하며 하루를 시작했다. 만약 국내 고등학교에 다녔더라면 사교육을 받았을 시간과 비용을 액티비티에 쏟았다. 부족한 과목인 수학, 중국어, 경제를 딸이 정해서 단기로 학원을 다닌 것 이외에는 사교육에 들어간 비용은 없다. 사교육비에 투자할 비용을 그대로 어학연수 경험을 살리는 데 지출했다.

"IB 프로그램은 무척 힘들고 어려워요. 제가 곁에서 바라본 것만으로도 성실하지 못한 아이들은 결코 좋은 결과를 얻지 못해요. 성실히 따라준 딸에게 고마울 뿐입니다. 딸과는 성향이 다른 아들이 잘 해낼지 걱정이 앞서요. 절박해지면 알아서 학업에 매진하던데……. 제 아들도 딸을 닮아서 열정을 쏟을 거라고 믿어요. 늘 기도해요. 방과 후 활동을 무시했던 지난 시간들도 반성해요. 딸의 결과가 방과 후 활동에서 힘을 얻었다고 해도 과언이 아니죠. 저희가 미처 깨닫지 못해서 그랬던 겁니다. 그런 모든 과정의 결과물을 외국 유명 대학에서는 원하고 있는 거죠."

민하 학생과의 만남은 제주도에서였다. IB 시험 준비로 정신없이 바쁜 그녀가 인터뷰 요청을 받아들였다.

"제주도에 오실 때 조심해서 오세요"라는 그녀의 문자를 받아들고는 절로 미소가 번졌다. 민하는 방과 후 활동에 관한 이야기를 가장 먼저 꺼내들었다. 방과 후 활동이 매우 중요하다고 했다.

"자신을 바꿀 수 있는 힘은 다른 사람에게 어떤 영향을 주고 있고, 앞으로는 어떤 방향으로 줄 것이냐에 달려 있다고 생각해요. NLCS에 다니면서 액티비티의 중요성을 알게 되었어요. 의미 없는 액티비티는 안 하는 게 좋아요."

"의미 없는 액티비티의 종류에는 어떤 것이 있나요?"

다양한 액티비티 중에서 별 도움이 안 되는 액티비티 리스트가 있다는 의미로 받아들였다. 학생들만이 아는 정보가 술술 나올 거라고 생각했다.

"의미 없다는 건, 열정 없이 시간만 채우기 위한 마음으로 접근하는 것이라 생각해요. 남들이 하니까 군중심리에 이끌려 하는 것도 포함되죠. 스스로를 테스트하는 방법은 매우 간단해요. 여섯 달을 넘길 정도로 관심과 열정이 있지 않으면 그것은 의미 없는 액티비티라고 할 수 있죠."

민하 학생은 산방산 도서관에서 자원봉사를 2년 넘게 지속했다. 금요일마다 방과 후에 지역 아이들에게 영어와 수학을 가르쳤다. 학생들을 가르치면서 절실히 깨닫게 된 것은 가르치면서 배운다는 점이다. 충분히 습득하지 않으면 가르침이 매끄럽지 못하다. 어떤 질문에도 정확한 해답을 주려면 완벽히 이해해야 한다. 지역, 친구, 종교 등 자신이 속한 커뮤니티에 좋은 영향을 끼치는 사람이 되도록 노력하고 성장해야 한다는 것, 이것이야말로 국제학교에서 배운 가장 큰 교훈이다.

학업에 집중하는 힘은 스트레스를 제거하는 힘에서 나온다. 그녀는 댄스 소사이어티를 통해 육체적인 긴장감을 풀고 정신적인 여유를 가질 수 있었다. 집중력에 도움을 받은 것도 댄스 소사이어티 덕분이다. 프로젝트 '마음'이란 모임을 만들어서 브랭섬홀 아시아 학생들과도 연계된 공연을 했다. 현대무용에 관심 있는 후배들이 모여들었다. 애교심이 강한 그녀는 후배들에게 도움이 되는 멘토링 역할을 자처하고 있다.

"저도 대학 컨설팅을 선배들을 통해서 실질적인 도움을 많이 받았거든요. 대학에 다니고 있는 선배들이야말로 지금 가장 많은 정보를 가진 전문가들이라고 생각해요. 제가 선배들과 친분을 유지하게 된 것도 액티비티나 자원봉사를 통해서죠. 만약 서울에 있었다면 상상도 못할 경험을 한 건데요. 무엇이 정답인지는 모르겠어요. 다만, 저는 앞서 경험한 선배들에게 얻는 정보가 가장 현실적이고 정확하다고 생각해요. 저 역시 후배들에게 지금의 경험을 그대로 전달할 거예요."

세 번에 걸친 인터뷰를 마쳤다. 유명 대학 입학이라는 흡족한 결과를 얻은 그녀는 지나온 시간들이 모두 다 필요했던 과정이라 강조한다. 방과 후 활동으로 인해 남들보다 부족하다 스스로 느낀 학업 시간은 집중력을 높이는 데 큰 몫을 했다. 노력한 만큼 결과가 좋지 않을 때는 종교적 힘을 통해 극복해냈다. 지금 당장 이유를 찾지는 못하지만 시간이 흐르면서 이유를 알게 될 거라는 긍정 마인드로 무장했던 것이다. 대학 입학을 위한 학업이 아닌, 스스로의 행복을 찾기 위한 학업을 이어갔듯이 취업을 위한 학업이 아닌, 학업을 위한 학업을 이어갈 것이다. 지금 이 순간을 즐기며 주어진 시간에 집중력을 높인다면 어느 곳에서든지 그녀의 삶은 행복의 길로 묵묵히 걸어가게 될 것이다. 그녀가 국제학교에 다니면서 충실했던 모든 학업과 액티비티, 커뮤니티 등 방과 후 활동이 지금의 결과를 만들어냈다는 데는 의심할 여지가 없는 사실이기 때문이다.

수려한 외모, 꼿꼿한 자세에 어울리는 당당함은 잊을 수 없을 것이다. 질문의 의도를 정확히 파악하고 답변을 이어가되, 에피소드를 섞어 상대에게 흥미를 유발하는 그녀와의 대화를 아마도 꽤 오랫동안 기억하게 될 것이다. 차 한 잔을 앞에 두고 세상살이를 나눌 수 있을 어른으로 훌쩍 성장해 있을 그 시간을 기다린다. 언젠가 다시 만나게 될 거라 믿는다. 그 눈빛과 그 미소가 그리울 것이다.

선배에게 듣는 방과 후 활동에 대한 모든 것

방과 후 활동에 대한 다양한 명칭이 민하와의 대화중에 끊임없이 소재꺼리가 됐다. 방과 후 활동이 얼마나 중요한지 알려주고 싶은 간절한 마음에서일 것이다. 학교 담당자가 방과 후 활동에 대해 소개했었다. 들으면서 반신반의했다. 막상 제대로 활동에 집중할 수 있는 여건이 마련돼 있긴 한 걸까. 학교의 다양성과 창의성을 소개하기 위해 부풀려진 면은 없을까. 민하에게 이메일로 질문을 보냈다. 마치 끊어진 대화를 잇고 있는 듯 답변이 왔다. 답변을 그대로 싣는다. 영문 답변이 더 쉬웠을 그녀에게 고마운 마음을 전한다.

"말씀하신 대로 학교마다 명칭이 다르겠지만 NLCS에서는 이렇게 나눠져요. 액티비티는 포괄적으로 학교 수업 외에 모든 활동을 일컬을 수도 있고, 아니면 학교 끝나고 있는 After school activity를 줄여서 액티비티라고 말할 때도 있어요. 방과 후 활동은 After School Activity인데 매주 화요일부터 금요일까지, 학교 수업이 끝나고 4시 15분부터 5시 15분까지 하는 다양한 활동이에요. 학교 선생님들이 자기 과목 아니면 자기 취미 분야에서 액티비티를 이끌어주세요. 학교 잡지, 운동, 과학랩, 서커스/저글링까지 다양해요. 월요일에는 하우스 컴피티션 하느라 안 해요.

브라이언트는 영국 본교에서 브라이언트라는 전 교장선생님 중 한 분이 도입한 건데 토요일 아침 9~12시에 학교 내외에서 다양한 활동을 해요. 주니어스쿨은 잘 모르겠는데 7학년부터 12학년은 필수로 해요. 펜싱, 골프, 암벽타기, 학교 스포츠팀, 봉사, 글쓰기, 보드게임, 요리, 베이킹, 제주 탐방, 제주 돌아다니면서 그림그리기 등등 다양한 활동을 하고 있어요. 학교 선생님이 이끌거나 제주 다양한 곳에서 강사님들이 학교로 오시거나 학생들이 가서 배워요.

소사이어티는 일반 학교에서 말하는 동아리예요. 아카데믹 한 부분이 꼭 있어야 학교에서 정식으로 인정하는, 학생들이 이끄는 동아리이고요. 링크 티처(link teacher)도 한 명 있어서 되게 적극적으로 선생님이 하는 경우도 있어요. 아니면 문제없이 잘되는지 감독 역할 정도만 해주는 경우도 있고 다양해요. 예를 들면 저는 댄스 소사이어티랑 수학 소사이어티에서 활동했는데, 주로 쉬는 시간, 점심시간에 매주 미팅이 있고, 대회에 같이 참가하거나 또 학교에 신청하면 소사이어티마다 한 주 동안 액션 위크(action week)라고 학교 전체에서 이벤트를 열 수 있어서 모금 활동(fund raising)을 하기도 하고, 전문가 초빙해서 강연도 하고, 게임이나 영화 상영도 하고 그래요. 클럽은 소사이어티보다는 덜 정식적이고 아카데믹하지 않아도 돼요. 굳이 따지면 제가 만들었던 project MAUM이나 Christian Union은 클럽 활동이라 할 수 있을 것 같아요. 이건 아무래도 더 학생 주도적이고 더 자유로운 만큼 이벤트할 때 지원받기도 힘들고 액션위크처럼 학교 전체를 동원한 이벤트를 열기는 좀더 힘들지만 그래도 불가능하지는 않아요.

커뮤니티는 조금 더 모호한 개념인 것 같은데 그냥 학생이나 지역 사람들이 속한 집단 정도를 커뮤니티라고 부를 수 있는 것 같아요. 댄스 커뮤니티라던지, 크리스천 커뮤니티, NLCS 커뮤니티라던지요. 방과 후 활동 설명할 때 잘 쓰는 단어는 아닌 것 같아요. 커뮤니티 서비스는 흔히 말하는 봉사 활동인데 스케일에 따라 지역 커뮤니티, 글로벌 커뮤니티 등 그 지역 봉사 활동(천사의 집, 도서관 봉사, etc.)이나 네팔/피지 트립 등 봉사 여행 같이 범위를 나타내요.”

• story 4 •

징검다리,
새로운 선택을 위한 발판이 되다

그 무엇도 장담할 수 없다. 확신하기 위해 조심스레 내디뎌 나갈 뿐. 지금 이 순간에도 무수히 많은 작은 변화들이 몸부림치며 바람처럼 스쳐 지나간다. 선택은 했으나 믿음을 갖기 위한 검증은 학부모와 자녀, 서로의 몫이다. '모두' 대세에 순응하려 한다. 특히 자녀 교육은 더욱 그렇다. 입시에 성공한 학부모의 선택이 방향이 되고 길이 된다. 자신의 아이가 다르고 남의 아이가 다를 텐데, 성공한 아이의 일과는 모범답안으로 입소문을 타게 된다. 결심은 단 한 치 앞도 장담할 수 없는 내일을 향해 단단해진다. 단단해져야만 했다. 시간이 흐르고 원하는 결과물이 손에 잡히지 않으면 균열이 생기기 시작한다. 갈피를 잡지 못하는 시간이 길어지면 확신은 눈에 띄게 줄어든다. 희망과 불안이 뒤섞인 결심은 오히려 간단명료해진다. 비껴간다는 것은 셀 수 없는 고민의 결과물이다. 빗나간 선택이었다는 것으로.

윤성경 씨와의 첫 대면은 그리 길지 않았다. 대화를 주도적으로 이끌어가는 누군가의 흐름에 따라 지그시 바라보기도 하고 응시하기도 한다. 안경을 매만지는 손끝에서 분위기를 흩뜨리지 않으려는 조심함이 배어 있다. 속내를 끄집어내기가 만만치 않을 것이다.

"따로 만나시죠."

차분하고 섬세한 동작으로 시선을 끌던 그녀를 향한 호기심에는 무언가가 있다. 분명 그녀의 색채는 집안 분위기에 스며들어 자녀들의 인생에 많은 영향을 미치고 있을 것이다. 나흘 만에 시선을 마주하고 앉는다. 나는 굳이 질문하지 않는다. 서로 알고 있다. 호기심의 시선을 읽혔다. 그녀는 최근에 벌어진 선택에 관한 사례를 꺼내든다. 담담히 그때로 되돌아간다.

"바로 이 자리였어요. 지금도 그때를 떠올리면 어디서 그런 밀어붙이는 힘이 갑자기 생겼는지 모르겠어요. 다른 사람의 인생에 끼어드는 것이 얼마나 위험하고 무책임할 수 있는지 짧은 순간이지만 그 고민의 깊이는 제가 경험하지 못한 거였어요. 그런데도 절박한 그 아이의 눈빛을 외면할 수 없었죠. 내 아이의 선택을 바라봐주는 것보다 더욱 긴장했던 순간이었어요."

자녀 넷을 둔 그녀가 브랭섬홀 아시아 10학년에 재학 중인 학생 A를 만난 건 그리 달가운 시작은 아니었다. 누구누구의 소개로 전화하게 됐다는 A와의 통화는 어색하기만 했다. 선뜻 머릿속에 떠오르지 않는 '누구누구'를 기억해내는 것도, "아줌마"라고 부르며 사연을 쏟아내는 A와 통화를 하는 것도 난감하기만 했다.

학생 A는 힘겨운 날들을 보내고 있었다. A는 제주도에 있는 대학 입학 컨설팅 회사를 찾아 자신이 겪고 있는 불안감을 해소하려 했다. 그곳에서도 역시 A를 만족시킬 만한 대답은 나오지 않았다. 컨설팅 회사 관계자는 A에게 "자녀 넷 중 자녀 둘은 독일로, 자녀 둘은 제주도 국제학교에 입학시킨 윤성경 씨를 만나라"고 권한 것이다. 자녀 넷을 공교육에서 벗어나 교육시켜냈다는 것만으로도 대화를 나눠볼 만한 가치가 충분할 거라는 충고가 이어졌다. 그 어떤 전문적인 컨설팅보다도 가치를 매길 수 없는 소중한 사연들이 넘쳐날 거라고도 했다. A는 서둘러 그녀와의 만남을 원했다고 한다. 핸드폰 너머로 A의 절박함이 느껴졌다고 했다. 그래서 더욱 달갑지만은 않은 부담감이 밀려들었다.

국제학교에 입학한 학생 중에는 간혹 갈피를 못 잡고 서성이는 경우가 있다. 세상 그 어느 곳에서도 빈틈없는 만족은 없다. 아마도 국제학교에 입학하기 전에도 실망스런 나날의 연속이었을 것이다. 어쩌면 만족이란 건 세상과의 타협에서 주어지는 감정일지도 모른다.

"언니들 두 명이나 독일로 유학 보내셨으니까 도와주실 수 있잖아요, 선생님."

성경 씨를 부르는 호칭이 변했다. A는 그녀를 아줌마에서 사모님으로, 마주 앉아서는 선생님으로 부르고 있다. 그렇다. 먼저 경험한 부분에 대해서는 선생이 맞다. 그녀는 A에게 질문한다.

"정말 독일로 갈 생각이니?"

A의 대답은 단호하다.

"이곳에서 단 하루도 버틸 수가 없어요."

그녀는 A의 학교생활에 대해 더 이상 묻지 않는다. A의 삶의 태도에 대해서도 알 필요가 없다. 그녀의 셋째와 넷째 자녀도 NLCS와 KIS에 다니고 있다. 만족과 불만족에 대해 수없이 고민한 날들이 떠오른다. 세상 어느 곳에서도 그녀의 곁을 떠나지 않던 물음이다. A는 어느새 그녀에게 동의를 구하고 있다.

"선생님도 아시잖아요? 여기 분위기요."

그녀는 잠시 아무 대답도 하지 않는다. 그리고 불현듯 떠오른 대안을 꺼내든다.

"그러면 우리 지금 이 자리에서 인터넷 검색을 해보자. 너는 독일어를 못하는데 무작정 독일로 가겠다는 건 해결책이 아니야. 우리 독일에 있는 국제학교를 찾아보는 건 어떨까? 내 둘째 딸아이도 독일에 있는 영국 국제학교에 다녔거든. 너도 이미 제주도 국제학교에 다니고 있으니 어느 정도 영어 실력은 될 테고 전반적인 국제학교 분위기는 이제 알잖아. 막연하지도 않고. 학교 입장에서도 국제학교 학생을 받는 건 그리 어려운 일이 아닐지도 모르잖아. 한국에 있는 제주도란 섬에 국제학교가 있고 그 학교들이 어떤 시스템으로 운영되고 있는지 간략하게 설명을 하면 그들을 설득하는 데 어렵지 않을 것 같은데……. 네 생각은 어떠니? 물론 지금 당장 어떤 결과물을 얻을 수 없어. 해보는 데까지 해보는 거지. 한 가지 명심할 건 세상 어디에도 우리가 완벽하게 만족할 만한 그런 선택은 없을 거야. 잘 안 되더라도 과정을 즐겨보는 건 어떨까 생각해."

독일에 있는 국제학교 리스트를 간추리기 시작한다. 서둘러 입학 담당자에게 보낼 메일을 쓴다. A의 지금 상황과 마음가짐, 불안감마저 메일에 쏟아낸다. A의 스토리가 채워진다. A의 인생이 담겨진다. 무작정 보낼 수는 없다. 메일 하나가 A를 판단하는 첫인상이 될지도 모른다. 메일 한 문장이 A를 대변하게 될지도 모른다. 메일 내용에 대한 검토가 필요하다. 그녀는 A에게 영어학원 선생님을 통해 메일 내용을 재검토할 수 있는 방법을 택한다.

"주말에 영어학원 다니고 있지? 그 선생님께 이 메일 내용을 감수받아보는 게 낫겠어."

학원 선생에게 보내진 영문 메일에 대한 답변을 기다린다. 조언대로 몇 문장의 수정을 하고 나니 메일이 완성된다. 독일에 있는 국제학교 담당자 이메일 주소로 보낸다. 기다림만이 남는다. 곧바로 답장은 오지 않을 것이다. 아무리 간단한 상담이라 해도 행정 절차를 거쳐 체계적으로 이뤄질 것이다.

그날 이후 A는 그녀에게 매일 오전과 오후에 연락을 한다. A의 불안은 점점 깊어지고 있다. 제주도 국제학교에 대한 불만도 덩달아 깊어지고 있다. 그럴 때마다 그녀는 A를 다독인다.

"독일에 있는 국제학교라고 해서 너를 완벽히 만족시켜주지는 못할 거야. 그나마 제주도에 있는 국제학교를 다녔다는 그 경험이 분명히 크나큰 도움이 될 거고, 어디를 가게 되더라도……. 어쩌면 선택할 수 있는 기회가 많아져서 고민도 여러 갈래로 뻗어나가는 거 같아."

이틀이 지나고 사흘째다. A는 다른 대안을 찾아봐달라고 보챈다. 친분이 두텁지도 않은 A와의 관계 속에서 잘하고 있는 것인지 그녀는 생각하고 또 생각한다. 일주일 되던 날, 드디어 국제학교에서 연락이 왔다. A에게 관심을 보인다. 그녀와 A는 흥분을 감추지 못한다. 첫 단추는 잘 엮었다는 감정이 물밀듯이 밀려든다.

"A야. 내가 도와줄 것은 너에게 연락 온 그 학교가 다행히 내 둘째 딸아이 학교에서 30분 거리에 있다는 거야. 네가 직접 독일로 간다면 내 딸에게 도움을 요청해볼게."

독일로 바로 가겠다는 메일을 담당자에게 다시 보냈다. 담당자는 A의 태도를 높이 평가한다. 선택은 언제나 할 수 있다. 그러나 그 선택을 함에 있어서 최대한 정보를 얻으려는 자세는 중요하다. 국제학교 담당자는 A의 자세를 적극적이고 설득력 높은 태도라 칭찬한다.

독일로 날아간 A는 나흘간 머물며 국제학교 담당자와의 면담을 진행했다. 기숙사도 둘러보며 A는 확신이 선다.

"제주도 국제학교의 3분의 1 금액으로 학비와 기숙사를 다 감당할 수 있어요. 그리고 제주도에서 국제학교에 다녔다는 것 덕분에 독일에서도 쉽게 받아들였던 것 같아요. 되돌아보니 고마운 시간이네요."

그녀가 지인을 통해 A를 첫 대면한 지 딱 삼 주 만에 그녀는 독일에 있는 국제학교에 입학하게 된 것이다. 인생을 살다 보면 기대하지 않았는데도 쉽게 일이 풀리는 경우가 있고, 애를 쓰고 노력하는데도 꼬일 대로 꼬이는 경우가 있다. 합격했다는 연락을 받은 그녀는 A를 다시 찾았다. 누구나 인생을 두 번이고 세 번이고 재생할 수 있다면 두려움이나 불안은 다시 한 번 되살아보는 기회라는 단어로 둔갑할 것이다.

"내 아이도 아닌데 누군가의 삶에 끼어든 상황이 벌어졌죠. 너무 절박하게 매달리고 의지해서 저도 감정이입을 제대로 한 것 같아요. 이제 만족과 불만은 또다시 그 아이의 선택에 의해 채색되겠죠. 후회는 그 아이의 몫인데요. 큰딸과 작은딸이 독일에서 공부 중이고, 셋째와 넷째는 제주도 국제학교에 다니고 있어요. 경험이 자산이라면 이것이 전부인 거죠. 그런데 나로 인해 또 한 명의 자녀가 독일로 가게 되었어요. 이번 경험을 통해 또 배우게 되네요. 도전은 아름답죠. 아름답게 만드는 건 우리라는 거."

첫째와 둘째를 독일로 유학을 보내기까지 녹록지 않은 시간을 보냈다. 지난 시간을 떠올릴 때마다 '제주도에 국제학교가 진작 생겼더라면 혹은 아이를 뒤늦게 낳았더라면, 마음고생은 덜하지 않았을까?'란 아쉬움이 절로 드는 것도 사실이다. 독일에 있는 국제학교로 둘째를 보내기까지 선택지는 거의 없는 상태였다. 캐나다와 미국으로 어학연수를 보내는 붐이 일던 시기였다.

일 년 남짓 어학연수를 즐기고 온 둘째에게 이상기류를 발견한 건 학교에 가기 싫다는 그날 아침의 언쟁으로부터다. '부적응' 상태였다. 한창 예민한 시기에 어학연수를 마치고 온 둘째에게 국내 중학교 분위기는 어색하게 변해 있었다. 따지고 보면 둘째가 변해 있었던 것이었다. 얽매이지 않은 자유로운 언행마저도 존중받던 어학코스 분위기와는 달리 엄격하게 언행에 통제를 가하는 국내 중학교의 생활은 둘째를 힘겹게 만들고 있었다. 개성이 강하다는 말로 에둘러 칭찬 아닌 칭찬을 듣고 있던 아슬아슬한 시기였다. 그러던 중 친구들과의 잦은 마찰은 도를 넘어서고 있었다.

"핑계를 대자면 어학연수 탓이고. 지금 생각해보면 사춘기를 심하게 앓았던 것 같아요. 그리고 제주도라는 지역적인 테두리에서 벗어나고 싶어 했던 것이라고 생각해요. 반항이었던 거죠."

그녀는 대화 내내 한 손에 든 핸드폰을 내려놓지 않았다. 막힘없이 털어놓는 사연과는 달리 자세는 불편해 보인다. 지천명을 바라보는 이들에게 새로움이란 드물다. 삶의 나이테가 고스란히 드러나게 마련이다. 편한 자세를 취하라는 조언조차 의미 없다. 질문 속에서 이해하는 것이 옳다.

"둘째 딸이 독일로 떠나기 전부터 거실에서 잠을 자는 버릇이 있었어요. 큰딸이 너무 어린 나이에 독일로 유학을 떠났기 때문에 언제 어떤 일로 제게 도움을 요청할지 모를 상황이 벌어지니까 방에서 두 다리 쭉 펴고 침대에서 잘 수가 없었어요."

둘째 딸이 독일에 있는 국제학교에 입학하게 된 동기에 큰딸의 존재가 있었음이다. 둘째의 반항을 받아들이기 힘들었던 그녀는 밤이면 그녀의 안부를 묻는 큰딸에게 속내를 털어놨다. 둘째의 방황을 접한 큰딸은 산책길에서 스치고 지나쳤던 국제학교를 떠올린다. 큰딸은 한국에서 접하지 못했던 국제학교에 대한 정보를 독일 친구들을 통해 듣곤 했었다.

"엄마, 둘째를 제주도에서 머물게 하는 건 아닌 것 같아. 둘째의 삶도 불쌍해지고. 엄마랑 아빠도 괴롭기만 할 텐데……. 새로운 기회를 둘째에게 제안해보는 건 어때? 둘째는 제주도에서 벗어날 수만 있다면 무조건 받아들일 거야."

그녀는 선뜻 대답을 하지 못했다. 국내에서 적응 못하는 아이를 외국에 보낸 뒤 성공한 사례를 들은 기억이 없다. 성공이란 건 자녀의 행복이고 그 행복은 결국 결과물로 평가되는 것이 현실이다. 부모 곁에서 문제를 일으키는 자녀가 부모의 관리를 벗어나는 순간, 어떤 상황이 벌어질지는 불 보듯 뻔하다. 도피성 유학을 부정적일 수밖에 없다고 늘 강조하던 남편의 확고한 철학이 있었음을 그녀는 떠올린다. 단기 어학연수 뒤 예상치 못한 둘째의 변화는 큰딸의 지나온 시간을 되짚어보게 됐다. 자식이기 전에 한 인간으로 올바르게 성장해준 것만으로 다시금 감사해야 했다.

"자녀 수만큼 부모도 같이 성장한다고 믿게 됐어요. 고집은 세지만 그만큼 책임감도 강한 큰딸을 키우면서는 당연하다고 받아들이는 것들이 많았는데. 둘째, 셋째, 넷째를 키우면서 한 인간의 성장을 바라봐주고 지원해주고 책임을 가져야 한다는 것이 얼마나 많은 고민의 시간과 함께 이를 극복해내야 한다는 것임을 느꼈죠. 큰딸은 지금 뒤돌아 생각해봐도 소설 같은 삶을 살고 있어요. 엄마이지만 존경하는 마음도 들고요."

그녀의 큰딸은 여느 아이들처럼 초등학교 저학년 때 악기를 배우게 됐다. 앙증맞고 가벼운 바이올린에 호감을 보인 큰딸을 적극 지원했다. 바이올린보다는 첼로의 저음에 매료된 그녀는 간간이 큰딸에게 첼로를 권유하기도 했다. 그럴 때마다 큰딸은 별 관심을 보이지 않았다. 그러다 초등학교 고학년이 되면서 바이올린을 그만두고 첼로를 배워보겠다는 큰딸의 결심을 반갑게 받아들였다. 새로운 악기에 도전한다는 것은 새로운 열정의 씨앗을 키우는 의미이기 때문이다. 저녁 식사를 마치고 큰딸이 연주하는 악기 소리에 빠져 지내는 시간은 또 다른 행복이었다. 고르지 못한 운율마저도 곱디고운 딸의 손을 상상하며 대견스러움에 젖어들었다. 큰딸의 태도가 달라진 건 일주일에 두 번 첼로를 배우기 시작한 지 얼마 지나지 않아서였다.

"악보가 더 잘 외워져요."

천재적인 재능을 발휘한 건 아니다. 큰딸은 첼로를 연주하는 그 순간에 흠뻑 빠져들기 시작했다.

"영어 단어장보다 악보가 더 좋아요."

묵묵히 자기 생활을 잘 이끌어가던 큰딸은 전공을 첼로로 하겠다는 폭탄선언을 한다. 중학생이 자신의 삶에 대해 선택을 한다는 것이 부모로서는 받아들일 수 없었다. 취미로 해도 충분히 풍요롭게 인생을 즐길 수 있음을 알려야 했다. 그녀의 남편은 첼로를 전공하기에 필요한 투자비용을 매달 큰딸의 계좌에 저금을 해주겠다고 했다. 그것이 어른의 시선에서 자녀에게 해줄 수 있는 최대한의 배려라고 믿었다. 큰딸의 의지에는 한 치의 변함도 보이지 않았다. 큰딸의 목적지는 서울이었다. 어느새 제주도를 벗어나 서울에 있는 예고에 입학하는 것이 그녀의 목표가 돼 있었다.

"남편은 큰딸을 포기하게 만들 작정이었어요. 서울과 제주를 오가며 큰딸을 키운다는 건 시간과 돈 낭비라는 거였죠. 상상을 해본다면 너무 복잡한 거예요. 바로 밑에 동생이 셋이나 있는 상황에서 큰딸을 위해 모두가 희생하는 일들이 벌어질 거라는 거. 결국 남편의 결론은 큰딸이 첼로를 전공하려면 더 멀리 가야 한다는 논리였어요. 부모가 자주 가볼 수 없는 곳으로, 결심한 것에 대해 앞만 보고 달릴 수 있는 곳이라면 무조건 멀리 떨어져 나가야 한다는 거였죠. 부모와 한순간도 떨어져 본 경험이 없는 큰딸에게 서울이 아닌 외국으로 갈 수밖에 없다는 선택지를 내놓은 겁니다. 겨우 중학교 2학년인 딸에게는 가혹한 현실이었어요. 저희는 이 정도면 큰딸이 포기할 거라 생각했죠."

첼로를 전공하려면 독일로 가는 방법밖에 대안은 없다는 것이 남편의 주장이었다. 지금 당장 선택을 하라는 남편의 강요가 이어졌다. 남편과 맞선 큰딸은 흐트러짐 없이 대답한다.

"나는 독일로 갈래."

대화를 이어가던 그녀가 짧은 한숨을 내뱉는다. 그날의 기억을 떠올리면서 그날의 감정마저도 끄집어낸 것이다. 큰딸을 다그치던 남편의 눈빛에는 당황한 기색이 역력했다. 그런 그를 똑바로 쳐다보는 큰딸의 눈빛은 흔들림 없이 또렷했다. 남편은 잠시 뜸을 들인 뒤, 말을 이었다.

"그렇다면 독일로 가는 것으로 결정하는 거다. 뒤돌아보지 말고 매진해야 해. 독일로 떠나는 순간부터는 너의 삶은 네가 전달하는 내용 속에서만 이뤄짐을 명심해. 우리는 너의 결정을 바라보는 수밖에 없어."

독일에 있는 중학교에 입학하기 위한 예비학교 면담 날짜가 잡혔다. 학업을 위한 시스템은 그리 까다롭지 않게 일사천리로 진행됐다. 그녀는 이날 이후부터 숙면을 취할 수 없었다. 잘하는 결정인지에 대한 해답은 어디에도 없다. 하루하루 열심히 사는 방법밖에는. 부모가 나약해지면 아이들은 더 쉽게 무너진다는 생각뿐이었다. 독일로 면접을 치루기 위해 떠나기로 한 날짜가 정해졌다.

"자퇴를 하고 바로 독일로 떠났죠. 자퇴를 하게 만든 건 남편의 판단이었어요. 그만큼 절박하게 집중하라는 뜻이기도 했고요. 지금 생각하면 무모할 수도 있었는데. 다시 그 시간으로 되돌아간다고 해도 같은 결정을 내렸을 거예요. 첼로 연주로 면담을 진행한 독일 담당 교수가 재능을 받아줬어요. 열정적인 자세를 높이 샀다고 봐요."

뭣 모르고 싸간 도시락에서 독일인 친구들과 다른 음식 냄새가 번질 것을 염려한 나머지, 화장실에서 점심을 먹었다는 큰딸의 고백은 얼마만큼 외국 유학 생활에 적응하려고 애를 썼는지 엿볼 수 있는 대목이다. 큰딸은 뤼벡 국립음대를 졸업한 첼로리스트다. 큰딸은 다시 한 번 자기 삶의 선택지를 받아 쥔다. 연주자가 아닌 첼로를 제작하는 장인이 되겠다는 것이다. 큰딸은 현재 삼백 년 전통을 자랑하는 미텐발트 악기 제작학교에 다닌다.

부모와 가까이 지내면서 다양한 기회를 만날 수 있다면 더없이 좋을 것이다. 그녀는 네 명의 자녀를 키우면서 셋째와 넷째가 지근거리에서 NLCS와 KIS를 다닐 수 있는 환경의 변화를 행운이라 여긴다. 첫째와 둘째의 독특한 삶의 방식이 셋째와 넷째에게 그대로 좋은 영향을 끼치고 있다. 국내 교육환경을 무작정 거부했던 것은 아님에도 불구하고 결과적으로 국제적인 시스템에 자녀들을 맡기고 있는 셈이 됐다.

"지금으로도 충분히 만족스럽지만요. 첫째와 둘째도 제주도 국제학교에 다닐 수 있는 기회가 주어졌더라면 부모와 이른 나이에 떨어져서 홀로 고생하는 시간들을 보내지 않았을 수도 있었을 거예요. 제주도에 국제학교가 생길 거라고는 그 누구도 예상하지 못했으니까요. 그나마 셋째와 넷째가 혜택을 보고 있어서 매우 기쁘게 받아들이고 있어요."

부모는 자녀의 행복을 바란다. 행복의 기준은 부모로부터 나오기도 한다. 확고한 철학을 가지고 있지 않다면 주변에 휩쓸리기 마련이다. 행복한 결말이 보장되기만 한다면 그 어떤 시기와 시련도 감내할 것이다. 행복함의 횟수를 높이는 길은 좌절과 포기를 수차례 경험하는 것일 것이다. 다양한 선택을 하고 다양한 좌절을 맛보면 역설적이게도 다양한 행복이 다가오기도 한다. 그것이 인생인 것이다.

• story 5 •

저는 어제보다 조금이라도 발전하는 오늘을 만들고 있습니다

"영어 실력은 반에서 꼴찌였어요."

"책에 꼴찌였다고 그대로 써도 되겠어요?"

"네. 정확히 꼴찌였어요. 하지만 지금은 꼴찌 수준은 아니기 때문에 그렇게 작성하셔도 돼요. 저는 발전하고 있어요."

배시시 웃는 표정으로 자랑삼아 말한다. '꼴찌'라는 단어에 힘이 들어간다. '꼴찌'를 반복했지만 철저히 과거형이다.

"발전이 중요해요. 조금이라도 발전이 있으면 부모님은 칭찬을 아끼지 않으시니깐요."

성적표를 받는 날에 스트레스가 없다면 거짓일 것이다. 현재 시점이 중요한 것이 아니라 시점과 시점을 연결하는 과정이 중요하다. 성적에는 과거의 어느 시점이 존재한다. 과거의 시점을 성적표가 나온 현재 시점에서 평가받는다. 더 먼 과거의 시점보다 과거 시점이 나아졌다면 분명 현재 시점에도 발전은 이루어지고 있을 거라는 믿음을 가지고 있으면 된다. 그것이 박유나 양이 '꼴찌'였다는 스스로의 평가에 대해 창피해하거나 괴로워하지 않는 중요한 포인트다.

그녀가 국제학교로 가게 된 동기는 여느 아이들과는 다르다. 제주도에 머물 가족 구성원의 성격도 다르다. 언니 두 명은 서울에 남고 아빠와 엄마와 함께 제주도로 이주했다. 또래보다는 부모님의 연령대가 높다. 부모가 직장을 그만두고 이전을 감행할 수 없는 또래들과는 달리 그녀의 부모는 이미 지나쳐 왔다. 그녀가 가진 환경적 장점은 부모와 함께 살 수 있으며, 부모 모두 영어 실력이 꼴찌인 그녀보다는 월등히 뛰어나다는 점이다. 그녀의 영어 실력이 꼴찌에 가깝다는 평가에 대해 조급해하지 않은 점도 놀랍기만 하다.

"늘 언제나 기다려 주셨어요. 영어로만 대화하자고 결심해도 쉽지 않거든요. 국제학교 입시를 준비하면서 영어로 대화를 해보겠다고 엄마 앞에 앉았을 때 영어 단어 하나씩만 자꾸 튀어나오는 거예요. 엄마는 제가 떠듬떠듬 영어 문장을 만들어갈 때까지 기다려 주셨어요."

그녀가 국제학교 입시를 준비하는 기간 동안 그녀의 아빠는 지낼 공간을 찾아, 그녀의 엄마는 각 학교 입학설명회를 찾아다니며 정보를 얻었다.

"제주도에서의 생활을 특히 아빠가 원하시는 게 느껴졌어요. 부담을 느끼지 않으려고 해도 자꾸 보이고 들리니까요. 제가 만약 불합격당하면 어쩌려고 저렇게 아파트도 알아보시고 그러시나 걱정이 됐어요. 부담 때문에 잠도 설쳤어요. 태어나서 처음 느껴보는 강한 스트레스였어요. 무척 부담스러웠죠."

입시를 치루기 전, 그녀와 아빠는 제주도에 2박 3일 코스로 국제학교 주변을 배회했다. 다니고 있던 학교와는 캠퍼스 크기부터 환경이 전혀 달랐다. 각 학교마다 캠퍼스 모양도 다르다. 넓게 퍼진 잔디밭에서 뛰어놀 생각에 들떴다. KIS 캠퍼스를 흡족한 표정으로 바라보는 아빠의 눈빛을 읽을 수 있었다. 그럴수록 부담감은 더욱 커져만 갔다.

"KIS에 다니고 싶다고 해서 해결될 문제가 아니잖아요. 점점 떨리기 시작했어요. 참 신기한 건요. 어릴 때부터 엄마가 늘 말씀해주신 문장이 있거든요. 긍정적으로 생각하라는 표현인데요. 흔히 들을 수 있고 흔히 하실 수 있는 표현인데. 입시를 준비하면서 머릿속에 그 문장이 떠나질 않는 거예요. 그 문장을 떠올리면 긴장도 덜 됐던 것 같아요."

평상시 부모와 나눈 대화나 부모가 전달하는 감정들이 극단적인 상황에 처하게 되면 드러난다. 그때의 감정을 꺼내들어 의지하게 마련이다.

KIS 입학시험을 치른 날, 컴퓨터 서버에 문제가 생겼다. 학년에 따라 달리 치러져야 하는 시험에 차이를 두지 못하고 뭉뚱그려서 시험을 치를 수밖에 없는 상황이 벌어진 것이다. 그녀는 자신보다 실력이 높은 학년의 시험을 치러야 했다. 다들 운이 좋지 않다고 했다. 그녀는 오히려 잘 됐다 싶었다. 핑계가 생겼기 때문이다. 결과가 안 좋아도 낙담하거나 좌절할 것까지는 아닌 것이다. 합리적인 원인이 생겼다. 온몸을 꽉 차고 있던 부담감이 점점 아래로 가라앉는 기분이었다.

시험 본 지 일주일이 지나가고 있었다. 합격 통보는 오지 않았다. 긍정적으로 살라는 말도 흐릿해져 갔다. 합격과 불합격으로 갈리는 시험을 태어나서 처음 치른 것이다. 기다리는 동안 아무 일도 할 수 없었다. 아무것도 하고 싶지 않았다. 막상 시험이 끝나면 결과와는 상관없이 하고 싶었던 것들이 많았다. 상상과는 달리, 한없이 꺼져 내려가는 기분을 주체할 수 없었다. 긍정적이기만 했던 생각들은 어느새 부정적인 색채를 띠기 시작했다. 6개월 남짓 열정적으로 영어에만 매달렸던 시간만으로 영어로만 수업한다는 국제학교에 입학한다는 것이 욕심이었다는 생각마저 들었다. 별 뜻 없이 주고받는 대화도 평범하게 들리지 않았다. 혼자서 감당하고 있다는 감정에 빠져들고 있었다. 일주일이 지날 무렵, 결과를 기다리다 포기 상태에 접어들었다.

맥이 풀려 지친 오후 9시경, 엄마는 그녀에게 데이트 신청을 했다. 마지못해 이끌려 나갔다. 위로를 해주려는 엄마의 말끝이 따뜻하기만 했다. 부드러울수록 코끝이 찡해왔다. 모녀는 엘리베이터에 탔다. 1층에 도착하자 엘리베이터 문이 열렸다. 급하게 울리는 핸드폰 벨소리에 엄마는 통화버튼을 눌렀다. 핸드폰 너머로 아빠 목소리가 들린다. 앞서 걷던 그녀의 발걸음을 멈춘 건 엄마의 비명 때문이다.

"꺄아."

어깨가 들썩거릴 만큼 눈물이 터졌다. 합격이다. 합격 문자를 집에서 머물던 아빠가 받아들자마자 알려온 것이다. 절묘하게도 엘리베이터에 타 있던 그 순간, 문자는 날아들지 못하고 허공을 맴돌고 있었다. 외마디 소리와 함께 문자 도착 알림 소리가 들린다. 그녀에게도 합격을 알리는 문자가 안착했다. 쏟아지는 눈물을 주체할 수 없었다. 밑바닥으로 내리꽂혔던 감정만큼 그녀는 달라졌다. 할 수 있고 해낼 수 있다는 자신감이 생겼다.

"시험에 합격한다는 것이 그 무엇보다 자신감을 확실히 안겨주는 것 같아요. 막상 입학하고 나서 학교 수업을 들으면서 제가 상상했던 것 그 이상의 발전을 보게 됐어요. 저는 KIS에 다니면서 충분히 발전해 나가고 있어요. 첫 수업 이해도는 삼십 퍼센트도 안 됐어요. 저는 어학연수 경험도 없고 영어 실력은 꼴찌였으니까요. 점점 발전하면 되는 거잖아요. 사교육에서 배운 걸 확인하러 학교에 다니는 게 아니라 조금씩 발전하려고 학교에 다니는 거니까요. 한 학기 다녀보니까 확 달라졌다고 느껴져요. 입학 때와는 달리, 지금은 대략 칠십 퍼센트

정도 수업을 이해하게 됐어요. 엄청난 거라고 믿어요. 두 배 이상 발전한 거라고 보시면 돼요."

그녀가 전달하려는 메시지는 '발전'이다. 맞다. 그녀 말이 옳다. 누구와의 경쟁이 아닌 어제의 나보다 나은 오늘을 살려고 노력하는 '발전'의 마음가짐이 중요하다.

서울과는 달리, 한적한 제주도 영어마을은 때로는 적막하기까지 하다. 주변에 학생들의 시선을 빼앗을 만한 그 어떤 유해시설이 존재하지 않는다. 편의점과 빵집 그리고 학원들만 눈에 띈다. 유나가 즐기는 것 중의 하나는 다름 아닌 오설록을 방문하는 것이다.

오설록까지 자전거로 달린다. 오설록까지 달렸다가 집으로 돌아오면 아빠가 차려놓은 저녁 식사를 맛있게 먹을 수 있다. 운동 때문인지 아빠의 요리 실력이 '발전'한 것인지 구분하기 어려울 만큼 오설록까지는 딱 알맞은 거리다. 서울에서 지낼 때 심했던 비염은 어느새 사라졌다. 약을 먹지도 않았고 특별히 관리를 한 것도 없다. 서서히 나아지더니 사라져버렸다. 방학이면 서울로 간다. 언니들을 만나러 서울에 가면 어느새 코맹맹이 소리가 다시 난다. 제주도로 이주하면서 문화생활은 줄었지만 비염이 사라지면서 집중력은 높아졌다.

그녀는 반년 사이에 분명히 달라졌다. 처음 맞은 방학 때는 서울로 올라와 예전에 다니던 중학교를 방문했다. 교복을 다시 꺼내 입었다.

전날 담임선생님께 이미 허락은 받았다. 예전과 달라질 것 없는 학교 생활이다. 그녀만 쏙 빠져나온 기분이다. 학원에서 영어 단어에 매달려 지낸 친구들과는 비교할 수 없을 정도로 그녀의 영어 실력은 향상됐다. 영어로 수업을 듣고 발표를 할 정도로 변했다. 여유가 생겼다. 감정적 발전도 있음을 깨닫는다. 그녀는 오늘도 '발전' 중이다.

그 이후로 유나를 두 번 더 만났다. 유나와 친한 친구인 가람 학생을 빵집에서 함께 만났다. 방과 후에 만났기 때문에 출출할 거라 생각했다. 마음껏 주문해도 된다는 나의 요구에 그들이 집어든 내용물은 소박하기만 하다.

"음료수는 나눠서 마시면 되고요. 타르트는 하나씩이면 돼요."

한껏 멋을 부릴 나이인지라 입술색이 유난히 오렌지 빛이다. 귀를 여러 개 뚫은 가람 학생과 수수한 유나의 이미지가 상충된다. 메이크업은 또래집단의 문화일 뿐, 당사자를 평가하는 기준이 돼서는 안 된다는 생각이 절로 든다. 타르트를 집어 든 손은 조막만 하다. 불과 한 달 전에 만났을 때와는 달리, 유나의 볼에 주근깨가 보인다. 외부 활동이 잦았던 모양이다.

"체육 수업 시간이 좋아요. 뛰어다니고 다양한 스포츠도 즐겁고 좋거든요. 물론 담당선생님마다 수업 내용의 차이는 있기 때문에 매번 뛰어노는 건 아니에요."

국제학교의 친구는 국내 학교와는 다르다. 잠을 자는 시간을 제외하고는 늘 붙어 있는 경우가 많다. 별도로 학원을 다니지 않는다면 그들의 각자 집마저 공유 개념이 된다.

"저희 둘이 원래 서로 끌리지는 않았어요. 방과 후에 다들 학원으로 간다고 서둘러 학교를 빠져 나갔는데, 결국 저랑 가람이만 매점에 남게 된 거였어요. 각자 가져온 맥북을 보면서 수다를 떨었는데 그때부터 친해진 계기가 됐어요. 지금까지도 저희는 학원에 다니지 않고 학교 수업에만 매진하고 있어요."

부모의 영향이다. 제주 국제학교에 입학하면서 사교육과는 멀어지기 위한 원칙을 지켜나가고 있는 것이다. 쉽지는 않다. 듣고 싶지 않아도 들리는 주변의 정보는 학부모의 마음을 불안하게 만든다. 이럴 때일수록 자신의 어린 시절 경험이 원칙이 되고 지탱하는 힘을 갖게 마련이다. 유나의 엄마도 어린 시절 국제학교를 다녔다. 친정아버지의 직업 덕분에 외국에서 생활할 수 있는 기회가 주어졌던 것이다. 자신의 노력으로 부모를 선택할 수 있다면 더없이 자랑스럽게 발언해도 무관하지만 그렇지 않기 때문에 조심스럽기만 하다. 부모와 자녀는 서로에게 선택의 존재가 아니기 때문이다. 어떤 부모가 돼서 자녀들에게 새로운 기회를 부여해 주느냐는 태도로 그동안에 받은 혜택을 갚아나간다고 믿는다. 자신의 경험이 자녀에게 살아 있는 조언이 된다면 그 무엇과도 바꿀 수 없는 소중한 자산이 될 것이다.

• story 6 •

이미 오를 대로 올라버린 실력을 더 높일 수 있는 방법을 찾다

"방황했죠. 엄청 심하게. 학교에서 문제아라고 낙인찍힌 친구들과 어울리면서 학교생활에 충실하지 않았어요. 많이 지쳐 있었던 것 같아요."

자존감을 성적에서 찾던 박지윤 학생은 학업을 향한 의욕을 점점 잃어가고 있었다. 일명 '대치동 엄마'의 적극성은 그녀의 시간을 사교육으로 채워갔다. 초반에는 눈에 띄게 실력이 올라 학원의 학습법에 대한 믿음이 쌓여갔다. 꾸준히 실력이 향상됐다면 맞닥뜨리지 않았을 시간이 다가오리라고는 예상하지 못했다. 어느 순간, 성적은 더 이상 향상되지 않았다. 이미 오를 대로 올라버린 실력을 더 높이는 데는 또 다른 무언가가 필요한 듯싶었다. 잠을 줄이며 소문난 새로운 학원을 찾아다녔고, 사교육을 늘렸다. 그런데도 성적은 더 이상 오르지 않았다. 지치지 않을 것만 같았던 학업을 향한 열정은 주춤했다. 서서히 그녀는 지쳐갔다. 엉뚱하게도 존재 의식에 대한 고민에까지 휩싸였다. 자신보다 높은 성적을 지닌 친구들과 비교하며 자존감은 낮아져만 갔다. 그동안 학업을 위해 어울렸던 친구들이 아닌 '노는' 친구들에게 다가섰다. 불안감을 지울 수는 없었지만 친구들과 함께 있으면 학업 이외에도 인정받을 수 있는 일들이 많았다. 어떤 삶이든, 어떤 생각을 갖든 친구들에게 인정받을 수 있다는 것이 놀랍기만 했다. 친구들과 헤어지고 집으로 돌아오면 여전히 그녀의 상황은 변함이 없었다.

"언제까지 끌려다니면서 강압적인 수업을 들어야 하는지, 언제까지 이렇게 재미없는 시간들을 소비하며 지내야 하는지 숨이 막혀왔어요. 미래는 성실한 현재 속에서 만들어지는 거잖아요. 현실을 부정하게 되면서 불안한 미래를 받아들여야 하는 게 힘들었어요. 매일 고민했어요. 그러다 결심했죠. 조기 유학을 보내달라고 부모님께 말씀드렸어요."

가족이 해체돼야 한다는 받아들이기 힘든 현실적 문제가 발생한다. 외동딸인 그녀를 외국으로 보낸다는 것에는 합의를 보지 못했다. 그녀의 부모는 때마침 제주도에 국제학교가 막 생긴다는 정보를 접했다. 학교에서 제공하는 프로그램을 보며 믿을 수밖에 없었다. 믿어야만 했다.

"제가 처한 환경에서 완전히 벗어나고 싶었어요. 집도, 학교도, 학원에서도 벗어나서 새로운 환경에서 새롭게 고민하면서 공부하고 싶었어요. 그렇게 브랭섬홀 아시아에 지원하게 됐고. 무조건 여자 학교에만 들어가겠다고 고집을 피웠어요. 이성에게 빼앗길 시간조차도 아깝다는 생각에서요."

브랭섬홀 아시아에서의 첫 수업을 잊을 수 없다. 영화에서 보던 자유로움만을 말하는 것이 아니다. 언제나 자신의 의견을 말할 수 있고, 언제나 학생들의 의견을 들어줄 여유를 가진 선생님이 있다. 선생님은 학생들의 사고를 확장시키기 위해 끊임없이 질문하고 대답을 듣는다. 이런 수업은 난생 처음이었다. 집중력이 떨어질 때면 수업 도중에도 밖으로 나갔다. 복도를 한 바퀴 돌거나 홀로 구석에 앉았다. 짧게는 1분여, 길게는 3분 정도 후에 다시 교실로 돌아갔다. 선생님은 강하게 제재하지 않았다. 그것은 무관심이 아니다. '이해'를 한다는 무언의 허락이었다. 단 1분이라도 홀로 시간을 보내고 나면 그녀는 감정을 조절할 수 있었다. 숨통이 트였다. 방황에 지쳐 있던 그녀의 생활을 다시 제자리로 돌릴 수 있었던 것도 이런 교육적 환경 덕분이었다. 출석체크를 위한 수업이 아닌 제대로 배우기 위한 시간들이 나열됐다. 그녀에게 의미 있는 시간들로 채워져만 갔다.

"우리 학교는 다양한 분야에서 다양한 분석을 통해 공개적으로 칭찬을 받기도 해요. 누구나 수상을 할 기회를 거머쥐는 거죠. 예를 들면 open-minded, risk taker, caring 등에서 눈에 띄는 과정을 이겨낸 학생들에게 상을 줘요. 제가 받은 상은 risk taker였어요."

수상의 의미는 위험한 상황이나 괴로운 상황을 잘 이겨내고 자기관리를 잘 해냈다는 최고의 칭찬인 것이다. 관리를 잘해낸 그녀의 대학 입시 결과가 궁금했다. 대학 발표가 이미 있던 시점이었다. 묻지 않을 수 없었다. 자평할 정도로 좋은 결과만 바라보고 달려온 시간들 아니던가.

"코넬대학교에 합격했어요. 부모님이 무척 기뻐하셨어요. 지인들도 축하해줬고요. 합격 발표를 듣고 굉장히 기뻐했는데 문득 그런 생각이 들더라고요. 코넬대학교에 입학하는 것이 최종 목적일 수는 없잖아요. 대학은 저를 성장시킬 환경을 제공하는 수단일 뿐인데요. 어떤 모습으로 하루를 살아가고 어떤 가치관으로 세상을 바라보며 사회구성원으로 성장하는지가 결국 우리의 목적이자 목표라는 생각이 들었어요."

대학 생활에 적응하지 못해 자퇴를 하거나 교환학생으로 되돌아오는 경우가 결코 남의 일이 아니라는 긴장감이 들었다. 아무리 국제학교 졸업생이라고 해도 적응하기가 쉽지 않다는 말은 익히 들어 알고 있다. 합격 발표날 그녀는 대학교 홈페이지에서 교과목을 훑고 재학생들의 과제물을 찾아보며 준비에 들어갔다. 학업을 이어가야 하는 학생으로서 충분히 미리 자료를 정리해서 찾아보고 알아보는 것은 당연한 일일 것이다.

"누가 시켜서 하는 공부는 아니죠. 공부는 꾸준히 해야 하는데 바탕이 약하면 오래 가지 못하잖아요. 습관이 돼서 그런지 자료를 찾고 준비하는 자체가 퍽 재미있어요. 제가 대학 입시에 제출한 포트폴리오는 경쟁자들에 비해 뛰어나지 않았다고 생각해요. 그건 확실해요. 그렇지만 각각의 포트폴리오를 설명하는 문장은 완벽에 가깝다고 자부할 수 있어요. 대학에서 원하는 학생상은 자신들의 프로그램에서 성장하고 발전할 수 있는 가능성을 품은 사람들을 찾는 것 아니겠어요? 독창적이고 창의적인 생각들을 펼쳐나갈 수 있는 분위기를 만들어주는 곳이 대학이라고 생각해요. 비슷한 포트폴리오를 제출한다면 매력을 끌지 못할 거예요."

그녀는 미술 전공자다. 그렇다고 미술 전공을 위해 석고상 앞에서 데생에 매달렸던 건 아니다. 미술을 전공하겠다고 결심하고 일주일에 세 번 여덟 시간 투자한 여름방학 기간이 전부다. 때론 사교육에 의지해서 대학교에 제출해야 하는 포트폴리오를 구성하는 학생들도 있다. 들키는 건 어디까지나 시간 문제다. 그녀가 미술을 전공하겠다고 결심한 이유도 독창적이고 창의적인 생각들을 개발시키고 싶어서다.

언어학, 법학, 철학, 역사학을 전공하려고 생각했던 적도 있다. 사고가 단단하지 않다면 그 어떤 학문도 깊이는 사라질 것이라는 판단에 예술을 선택했다. 예술은 독창성과 감각, 현실을 바라보는 넓고 깊이 있는 사고를 학습하게 만든다. 예술을 구현해내려면 다방면의 인문학적 지식이 켜켜이 깔렸어야 가능하지 않던가.

박지윤 학생을 만난 후 며칠 지나지 않아 제주도 국제학교 근처에서 그녀의 엄마를 만날 수 있었다. 아무래도 같은 사건에 대해 어떤 기억으로 남아 있는지 질문을 던지지 않을 수 없다. 자기반성이 강했던 지윤 학생의 국제학교 지원 동기가 생생히 남아 있었다. 엄마는 어떤 동기로 그녀를 국제학교에 보내겠다는 결심을 했을까.

"유난히 도덕관념, 정의로움이 강해서 중학교에 진학하면서 힘들어 했어요. 초등학교 때 친한 친구들이 괴롭힘당하는 것을 곁에서 못 견뎌 했어요. 더 정확히 표현하면 그건 굴욕감이죠. 남학생들은 서열 싸움을 하잖아요. 치욕스런 일까지 겪으면서 신경전을 벌여가요. 솔직히 제 자식이 딸이어서, 그러니까 아들이 아니어서 다행이라는 생각이 들 정도로 남학생 간에는 엄청난 사건들이 비일비재해요. 사춘기 전에는 이성친구와도 우정을 나누는데, 지윤이와 친한 남학생이 다른 남학생들에게 괴롭힘당하는 것을 해결해보려 했던 것 같아요. 제 기억이 맞는다면요."

'굴욕'이란 단어에 궁금증 섞인 시선으로 바라보다가 들키고 말았다. 게다가 학구열이 가장 뜨겁다는 강남에서 학교생활에 굴욕감까지 느낄 사건이 무엇인지 그려지지 않았다.

재빨리 알아듣지 못하자 그녀가 구체적인 사례를 마지못해 꺼내들었다. 학교에서 벌어지는 굴욕적인 사건은 남학생들의 힘겨루기 정도로 이해해야만 했다. 도시락에 침을 뱉거나 바지를 벗겨버리는 행위들이 벌어졌다는 이야기를 꺼내들며 그녀의 미간이 찌푸려졌다. 지인의 자녀가 이런 일을 겪는 소식을 듣게 되면 괴로움은 더했다. 그런 피해 학생의 부모와 우연히 길에서 마주치게 되면 머뭇거렸다. 밝은 표정으로 안부를 주고받지만 머릿속은 안타까움에 더욱 복잡해진다. "아드님의 건강을 위해 운동을 시키는 것이 어떠느냐?"는 정도의 조언에서 머뭇거리게 된다. 정작 당사자의 부모만 모르는 아이들의 서열 싸움은 상상 이상으로 잔인하게 자행되고 있는 것이 현실이다.

"딸아이가 괴롭힘당하는 친구를 지키기 위해서 방법을 찾다가 담임선생님께 알리게 되었대요. 괴롭힘을 자행하는 친구들에게 들켜버리고 만 거죠. 고자질하는 아이로 손가락질을 받게 되면서 제 딸의 상황이 안 좋은 방향으로 흘러간 거예요. 괴롭힘을 당한 친구도 함께요. 참견하지 말라며 심각한 경고까지 받았던 것 같아요."

이때부터 딸의 방황은 더욱 심해졌다. 각 과목마다 1등을 놓치지 않던 성적은 더 이상 유지되지 못했다. 즐거워야 할 학교생활은 점점 힘들어져만 갔다. 학업에 집중하지 못하고 반발심만 강해져 갔다. 그러던 어느 날, 딸은 미국이나 캐나다로 떠나길 강력히 원했다. 사춘기만 넘기면 제자리를 찾을 수 있을 것만 같았다. 다독이며 위로하는 부모와는 달리, 시간이 지날수록 유학을 원하는 결심은 확고해져 갔다. 해결책은 유학을 떠나는 길뿐이라며 고집을 꺾지 않았다. 외동딸과의 이별을 상상해본 적조차 없었다. 아무리 설득해도 고집은 더욱 확장되어 갔다. 예민할 대로 예민해져서는 해결책은 보이지 않았다.

그러던 어느 날, 딸의 초등학교 친구가 NLCS에 입학해서 제주도로 떠난 가족이 떠올랐다. 수소문해보니 연달아 제주도로 떠난 또 다른 친구도 NLCS에서 학교생활을 재미있게 하고 있다는 소식을 접했다. 성적이나 교우 관계에 있어서 만족스럽던 시절에는 관심조차 두지 않던 정보들이 다르게 다가왔다. 도망치는 것이 아니라 대안을 찾아서 원래의 자리로 되돌려놓는 것이 급선무였다. 국제학교에 관한 정보를 알아볼수록 매력적인 대안이라는 결론을 내리기에 충분했다. 제주도라면 캐나다나 미국으로 보내는 것보다 훨씬 나은 대안이지 않은가. 백여 년 넘게 인재들을 길러낸 영국, 캐나다, 미국 시스템을 그대로 국내로 들여온 국제학교에 대한 신뢰는 의심의 여지가 없었다. 딸의 눈치를 보며 조심스레 제안했다.

"정서적으로 불안한 생활의 연속이었어요. 제안을 선뜻 받아들인다면 더없이 좋겠다는 간절함뿐이었죠. 정말 다행스럽게도 관심을 보였어요. 날 선 반응이 아니었어요. 유학 이외에는 어떠한 해결 방법도 받아들일 기색이 없어 보였었는데, 어느새 구체적인 정보를 딸이 나서서 직접 알아보고 있더라고요. 현실에서 무조건 벗어나고 싶어 했던 터라 제주도로 떠나는 것에 대해서 흔쾌히 받아들였던 것 같아요. 다만, 딸의 조건은 다른 곳에 있었어요. 친구가 다니고 있던 NLCS가 아닌 여학생들만 다니는 국제학교는 없느냐고 되묻더라고요. 저야말로 다행이다 싶었죠. 여자 중학교에 다니면 아무래도 학업에 더 집중할 수 있을 것 같다는 생각은 어느 부모든지 갖게 되잖아요. 설득은 끝난 거죠. 이제는 국제학교 입학시험에 합격해야 하는 문제가 발생한 거예요. 저의 걱정과는 달리, 딸은 굉장히 자신 있어 하면서 눈빛이 달라지더라고요. 매우 자신 있어 했어요. 뚜렷한 목적이 생기면 집중력을 발휘하던 습관이 다시 나온 거예요. 국제학교 시험에도 그런 자세로 임해서 얼마나 안심했는지 몰라요. 더는 이런 종류의 방황은 하지 않을 거라는 것만으로도 정말 기뻤어요."

국제학교에 방학도 자주 있다는 정보는 매력적이었다. 미리 학교 측에 허락만 받으면 주말마다 딸을 만날 수 있다는 건 굉장한 장점이었다. 국제학교에 관한 정보를 건넨 학부모도 이 부분을 높이 평가했다. 언제든지 자녀를 만나 관리할 수 있다는 건 엄청난 가치를 둘 수 있다.

미국이나 캐나다로 유학을 떠날 마음가짐이라면 학업은 걱정하지

부모와 떨어져 기숙사에서 생활하면 하루 종일 친구들과 어울려야 한다.
혼자만의 시간을 갖기가 쉽지 않다. 교우 관계가 그 어느 곳보다
중요하게 작용하기 때문이다. 대신 적극성만 있다면
방과 후의 다양한 활동을 통해 배려 있는 관계 맺기를 경험할 수 있다.

않아도 될 거라는 믿음이 생겼다. 주입식 교육이 아닌 주도적인 자기 학습이 어쩌면 딸의 성향에 잘 맞는 학업 방식이기 때문이다. 영어 실력이 뛰어나다고 해서 무조건 합격이 되는 것은 분명 아니다. 필기시험과 면접이 중요했다. 그 부분에 대해서는 오히려 덤덤히 준비에 착수했다. 단번에 합격 소식을 들었다. 국내 학부와는 달리 가을 학기부터 새로운 학년이 시작된다. 입학을 앞두고 딸은 서서히 제자리를 찾고 있었다. 안정을 되찾고 있음이 확연히 눈에 띄었다.

"부모 마음이 다 그럴 거예요. 딸을 혼자 보내는 것을 상상하기 힘들었죠. 외국으로 유학을 안 가는 것만으로도 다행이라던 마음은 온데간데없이 사라지고 매일 볼 수 없다는 것을 받아들이기 힘들 정도였어요. 가슴앓이가 시작된 거죠."

며칠을 고민한 그녀는 딸과 함께 제주도로 가겠다는 뜻을 남편에게 조심스레 내비쳤다. 남편 역시 그녀와 딸을 모두 걱정하고 있었다. 그녀의 선택에 찬성했다. 남편의 허락을 받자마자 딸에게 곧바로 알렸다. 딸도 기뻐할 거란 예상과는 달리, 낯빛이 변했다. 정작 딸은 그녀의 제주도행을 완강히 거부했다. 자신 때문에 아빠가 홀로 서울에 남는다는 게 용납이 안 된다는 이유였다. 국제학교 정보를 샅샅이 훑은 딸은 기숙사 생활을 원했다. 기숙사 생활을 해야 학교생활뿐만 아니라 서먹한 친구들과도 하루빨리 친해질 수 있을 거라고 했다. 또래 문화는 어느 세대를 막론하고 소중하다. 게다가 청소년기에는 친구가 소중한 나이 아니던가. 그녀는 딸의 선택을 어쩔 수 없이 존중해야 했다. 기숙사 생활을 위한 모든 준비를 마쳤다. 제주도로 함께 간 그녀는 기숙사에 딸을 두고 뒤돌아 나오던 날, 입을 뗄 수 없을 정도로 괴로움과 허탈감에 빠져들었다.

"말도 못하게 힘들었어요. 남들처럼 자식이 여럿이면 덜 그랬을까요? 온통 머릿속에는 딸을 못 본다는 걱정뿐이었어요. 매일 바라볼 수 있는 것이 얼마나 소중한 시간들이었는지 반성할 정도라고 보시면 돼요. 행복이 대단한 게 아니었더라고요. '점점 내가 미쳐가는 구나'라는 생각이 들 정도로 달력만 쳐다보게 됐어요. 아침에 눈을 떴을 때 그리움이 북받쳐 밀려들면 평일임에도 불구하고 딸을 만나러 갔어요. 보고 싶은 마음이 솟구쳐 오를 때면 어느새 김포공항으로 향하고 있더라고요. 당일치기로 돌아와야 하는데도 무작정 가는 거예요. 저녁 비행기로 다시 서울로 돌아오고 나면 그나마 마음이 놓였어요. 수업을 마친 딸과 교내 휴게실에서 만나곤 했어요. 저녁도 같이 먹고 얼굴을 볼 수 있어서 매우 좋았죠. 그렇게라도 하지 않으면 견딜 수 없었어요."

수업이 끝나면 다양한 체육 활동과 취미 활동을 한다. 담당선생님의 관리 하에 이뤄지는 수업이다. 아이들의 열정은 이때도 어김없이 드러난다. 스포츠는 경쟁심을 자극하기에 충분했다. 취미 활동은 결과물 속에서 존재감을 드러내게 된다. 그녀가 당일치기로 학교를 방문할 때마다 딸은 방과 후 활동을 하지 못했다. 그럴 때마다 딸은 체육 활동이나 취미 활동에 지장을 받았다. 각종 수업 참여는 곧 성실성으로 평가받는 국제학교 시스템 속에서 스트레스를 받았던 모양이다.

"어느 날, 딸이 그러더라고요. 농구선생님이 자신을 인정하지 않는 것 같다고. 놀라서 이유를 물었더니, 한 달에 한 번 꼴로 제가 방문했던 게 화근이었나 봐요. 제가 딸의 성실성 평가에 방해를 하는 요인이 된 거예요. 그때의 충격이란……. 스포츠나 취미 활동은 불참해도 된다고 막연하게 생각했던 거예요. 솔직히 말하자면……. 정식 수업이 아니잖아요. 그런데 학교생활 전체를 평가하더라고요. 생각해보니 정말 좋은 평가 기준인 건 맞아요. 성실과 열정을 자연스럽게 길러주는 시스템인 거죠. 결국 제가 마음가짐을 다르게 가졌어요. 서서히 만남의 횟수도 줄였고요. 딸에게 제가 방해물이 되어서는 안 되잖아요. 방학이 자주 있어서 기다리면 되겠더라고요. 저도 그렇고, 딸도 그렇고 일 년이 지나면서부터 완벽히 적응하게 됐죠."

딸은 예전 모습으로 돌아갔다. 학교생활과 기숙사 생활을 무척 재미있게 해냈다. 적응 기간만 끝나면 학교생활에 재미를 느끼고 행복해하는 것은 당연한 결과다.

"이미 공부를 잘 하는 아이들이 좋은 성적을 내는 건 당연한 거고요. 중요한 건 졸업할 때 즈음이면 대부분 비슷한 결과를 얻어낼 수 있다는 거죠. 우리가 익히 들어 알고 있는 학교만 이 이 세상에 존재하는 것은 아니잖아요. 전공에 맞게 학교를 찾아가는 것이 당연한 결과죠. 그래서 저는 제주도 국제학교가 대단하다고 생각해요. 솔직히 저희 아이는 거의 모든 과목에서 1등을 놓치지 않은 아이였어요. 저희 아이와 함께 공부한 학생 중에는 그렇지 않은 아이들도 많았고요. 그런데 시간이 지나서 대학에 입학할 때나 전공을 정할 때 결과적으로 보면 비슷한 결과를 얻어내고 있더라고요. 국제학교의 매우 중요한 장점이 바로 그거라고 생각해요. 학생들이 비슷한 결과를 얻을 수 있다는 것이요."

그녀는 지나온 시간을 훑으며 또 하나의 인생을 키워낸 기록을 되짚고 있다. 자녀이기 전에 공통분모가 있는 또 하나의 인생을 성장시키고 응원하는 과정이 인생임을 새삼 깨달았다. 해답조차 없어 보였던 시간도 존재할 이유가 있었음을 되새긴다. 그녀와 딸의 진짜 인생은 어쩌면 지금 이 순간부터일지도 모른다.

• story 7 •

ADHD 약을 복용하라고 경고한 담임선생님으로부터 벗어나다

약을 복용해야 한다고 했다. 발언 그대로를 정확히 옮기면 이만큼 잔인한 진단도 없을 것이다. 조언이나 충고가 아닌 강요에 가까웠다. 여러 경험이 녹아든 판단이었을 테지만 그의 어머니는 엄청난 충격을 받았다. 한창 언론에서 주의력 결핍, 과잉행동장애인 ADHD 증상에 대해 심각성을 터뜨리던 시기였다. 집중력이 떨어지는 학생들은 마치 무슨 전염병에 걸린 것처럼 바라보기 일쑤였다.

마치 그물에 걸리듯 박민석 군도 헤어나지 못할 지경에 이르렀다. 조용하고 성적이 좋은 학생 위주로 돌아가는 수업을 받아들이기 힘들었다. 게다가 발표를 하려고 손을 들면 미간을 찌푸리는 선생님과 눈이 마주치곤 했다. 자신의 생각을 드러낸다는 것이 이렇게도 잘못된 행위였던가. 말수는 점점 줄었다. 선생님이 의도한 대로 발표 내용이 채워지지 않으면 말끝을 잘랐다. 진심으로 속내를 털어놓고 싶은 적이 한두 번이 아니었다. 복잡한 감정을 드러내놓고도 싶었다. 그럴수록 담임선생님의 관심은 멀어져만 갔다. 담임선생님의 관심은 자존감을 형성하는 데 매우 중요한 역할을 한다. 그는 점점 자존감을 잃어갔다.

교내에는 일진과 이진 그리고 왕따 그룹이 존재한다. 그는 경계를 타고 있었다. 일진과 어울릴 때면 그들의 세계로 빠져들었고 왕따 친구들과 어울릴 때면 그들에게 충분히 감정이 이입됐다. 지금 생각해 보면 그저 장난이 심하고 이상하리만큼 밝은 아이였다. 학업에 충실하지 않고 주변에 호기심이 많아서 엉뚱한 질문을 하는 아이였다. 선생님은 그런 그를 마뜩잖게 여겼다.

"민석 어머님. 약을 먹이세요. 민석이는 약을 먹여야 합니다."

병원 진단을 받아보라고 에둘러 권해도 충격을 받았을 것이다. 약을 먹이라는 강압적 충고에 할 말을 잃은 건 당연한 결과였다. 엄마의 고민은 더욱 깊어졌다. 성적이 나쁜 건 문제될 게 없었다. 건강을 걱정해야 하는 상황에 부닥치게 된 것이다. 그의 엄마는 머릿속이 하얘졌다. 아무것도 할 수가 없었다. 한의사였던 그녀는 우선 냉정함을 잃지 않고 상황을 판단하는 것이 먼저라고 생각했다. 하루가 지나고 이틀이 지났다. 그렇게 손을 놓은 채 한 달이 훌쩍 흘러가 버렸다. 민석에게 솔직하게 전달하는 것이 옳다는 판단이 들었다. 병원에 데리고 가는 것을 잠시 접어두고 대안을 찾았다. 창의력을 길러준다는 국제학교 광고 문구에 눈길이 갔다. 천편일률적으로 같은 질문과 같은 대답을 해야 하는 국내 학교에서의 적응은 쉽지 않아 보였다. 중학교에 진학하면서 그들의 결심은 확고해졌다. 국제학교에 원서를 넣고 결과를 기다리고 있었다. 과목 중 국어와 영어를 유난히 좋아했던 그에게 시험은 그리 긴장감을 주지 않았다. 합격과 불합격으로 갈리는 시험에 대한 호기심이 생겼다. 생전 처음 겪는 갈림길이었다. 실력에 대한 평가가 기존에 학교에서 받던 그런 종류는 분명 아니었다. ADHD가 아님을 증명할 수 있는 절호의 기회였다. 예감은 틀리지 않았다. 합격이다. 국제학교에 입학하기 전, 전학과 자퇴 중에서 선택을 한다. 대부분 전학의 형태를 취한다. 그의 가족은 자퇴를 결정했다. 중학교 1학년 1학기를 마치고 그는 자퇴했다.

"매번 선한 눈길로 바라보지 않는 선생님으로부터 벗어나고 싶었어요. 그래서 서둘러 자퇴를 결심했죠. 쉬면서 영어 공부에 매진했어요. 제 영어 실력은 그리 좋지 않았거든요. 아마도 꼴찌로 합격했을 거예요. 아마 끝자락에 매달려 있지 않았을까요? 제가 영어를 좋아한다고 해서 영어 실력이 뛰어났던 건 아니거든요. 잘 적응할 학생을 뽑다 보니 저 같은 긍정적이고 밝은 아이도 구성원으로 괜찮다고 판단하지 않았을까요?”

그는 KIS에 다니면서 신선한 충격을 받았다. 언제든지 어떤 내용이든지 발표를 하고 의견을 나누는 수업에 매료됐다. 수업이 재미있는 만큼 다양한 분야에도 관심을 뻗어나갔다. 일반 학교보다도 규율은 세부적이며 엄격했다. 그의 관심을 키우는 것과 언행을 조절하는 것에 균형 감각을 만들어줬다. 정학도 당한 적이 있다. 얼핏 들으면 놀랄 일이다. 국내 학교의 정학과는 달리, 규율이 엄격해서 조금이라도 어긋나면 가차 없이 정학을 맞는다. 그가 입학할 당시에는 교내에서 한국어를 세 번 쓰는 것이 적발되면 정학이었다. 일명 ‘하루 정학’은 등교는 한다. 다만, 수업에는 들어갈 수 없고 반성문을 쓰거나 정신교육을 받는다. 규율이 엄격해서 자유로움을 유지할 수 있다. 당시에는 억울하기도 했지만 돌이켜 생각해보면 자신의 발전을 위함이었다. 정학도 추억이 될 거라고는 생각지 못했다.

“제 이야기가 선생님들 사이에 자주 오르내렸나 봐요. 한 번은 미스터 톨러 선생님이 저를 데리고 교감선생님께 함께 간 적도 있어요. 저를 지지해준 선생님인데요. 자신이 저를 책임질 테니 조금만 더 지켜봐 달라고, 기회를 달라고 부탁하는 모습을 보고 충격받았었죠. 저를 위해서 그렇게까지 하실 줄은 몰랐거든요. 그때 동기부여가 돼서 성적도 많이 오르고 학교생활도 열심히 하려고 노력했었어요.”

~~~

인생을 살다 보면 만화에서나 등장할 법한 대화를 주고받기도 한다.
오글대는 아름다운 말들도 있지만 머릿속이 멍해질 정도로 한 대 얻어맞은 것 같은
험악한 말들도 있다. 아름다운 말들은 더 아름다운 말들을 만들어내며 내 입을 통해
향기처럼 날아간다. 하지만 험악한 말은 내 안으로 스며들어 불쑥불쑥 나를 괴롭힌다.
~~~

끊임없이 관심을 기울여주길 원하는 학생도 있고, 알아서 하게 내버려 두길 원하는 학생도 있다. 그는 전자에 가깝다. 주변에 대한 호기심만큼이나 받아들이는 깊이도 다르다.

졸업 때까지 기숙사 생활을 한 그에게 룸메이트는 다른 세상을 경험하게 했다. 이 년간 다섯 명이 넘는 룸메이트가 교체됐다. 그가 원해서 교체된 것은 아니다. 기숙사 방침에 따라 새로운 전학생은 그의 룸메이트가 됐다. 그만큼 꽤 많은 인원이 학교생활에 적응하지 못하고 떠났다. 새로운 전학생이 학교생활에 적응할 수 있도록 활발한 그와 룸메이트를 맺게 했다는 이야기를 뒤늦게 들었다. 적응이 쉽지 않은 친구도 있었고, 부모와 떨어져서 외로워하는 친구도 있었다. 센스가 부족해서 친구들과 마찰을 일으키는 친구도 있었다. 교우 관계에서 센스 있는 반응은 필수 조건이다. 누구나 외롭다. 누구나 의지하고 싶어 한다. 이럴 때 조금만 마음을 열고 다가서면 우정이라는 풍부한 감정을 경험할 수 있다.

그가 학교생활에 열정을 가진 계기는 드라마 수업 시간 덕분이다. 국내 고등학교에서는 상상조차 할 수 없는 수업이다. 드라마 수업뿐만 아니라 연극 동아리를 시작하면서 그의 호기심은 무대로 향했다. 무대무술을 배우기 위해 미국으로 여름캠프도 두 번이나 다녀왔다. 말로 하는 표현조차도 온몸의 근육을 사용해야 한다. 근육을 잘 다루는 사람이 표현력도 뛰어날 것이다. 그는 새로운 경험을 하고 싶었다.

"무대무술은 온몸을 사용하기 때문에 굳어 있던 근육을 푸는 시간부터 갖게 돼요. 근육이 풀어지니까 마음의 여유가 더욱더 생겨났고요. 근육을 풀고 무대에 서는 일을 반복적으로 경험하다 보니 배우를 하겠다는 생각을 하게 됐죠. 배우를 하려면 머리끝부터 발끝까지 전부를 사용할 줄 알아야겠다는 판단에 떠난 어학연수였는데 굉장히 만족스러웠어요."

미국에서 서머캠프가 끝이 나고 공항으로 향했다. 비행기 시간이 맞지 않아 근처 호텔로 향했다. 택시로 한 시간가량 내달려야 하는 거리다. 지나온 시간을 떠올리며 풍경을 감상하다가 택시기사와 대화를 나누게 됐다. 아들 둘의 아버지라는 흑인 기사 아저씨는 자녀 교육에 관심이 많았다. 자녀를 위해 이사까지 감행했다고 했다. 마약에 찌든 학생들을 보게 되면서 도심의 생활을 정리하고 촌으로 이사를 막 떠난 상태였다. 이야기가 길어졌다. 이날의 기억을 꺼내들면 다들 위험하게 그런 짓을 왜 했느냐고 반문한다. 대화를 나눠보면 믿음이란 게 생긴다. 그 믿음을 믿는 마음마저도 속였다면 그것은 어쩔 수 없는 일일 것이다. 대신에 세상을 바라보는 시선의 깊이와 넓이는 달라진다. 그의 신념은 그랬다.

호텔로 가던 길에 멕시칸 음식점에 도착했다. 택시기사와 식사를 함께 하면서 그의 눈빛, 몸짓, 대화하는 스타일 등을 바라본다. 대화 내용은 끊이질 않았다. 마치 오랜만에 만난 옆집 아저씨와 대화에 빠져든 기분이었다. 그가 밥값을 냈다. 그의 외로움을 잠시 잊게 해준 은인 아니던가. 그의 가족들이 궁금해졌다. 그의 마음을 읽은 듯 아저씨는 호텔로 가는 길에 잠시 자신의 집에 들르자고 했다. 초대다. 그는 호텔로 향하던 운전대를 돌려 집으로 향했다. 아직 이삿짐을 다 풀지 못한 정리가 덜 된 집에서 아들 둘은 즐겁게 그를 맞이했다. 잠시 아이들과 함께 놀면서 대화를 이어갔다. 가족을 소개한다는 건 쉬운 일이 아니다. 언제 다시 재회할 인연인지 모르겠지만 마음은 그 누구 못지않게 서로서로를 믿고 내려놓은 것이다.

"이런 경험을 이야기하면 대부분 위험하지 않았느냐는 질문을 하더라고요. 제가 나이는 어리지만 저의 촉을 믿는 거였는데 워낙 위험한 세상이라서 어른들이 걱정하시는 것도 이해해요. 연기를 전공하려다 보니 흔한 인연 속에서조차 그들의 삶이 하나하나 추억처럼 새겨져요. 세밀하게 바라보게 돼요."

그는 국제학교에 적응을 잘하는 학생들뿐만 아니라 적응하지 못하고 되돌아가는 학생들의 뒷모습을 떠올린다. 적응과 부적응으로 나눌 수 없는 세상을 바라본다. 되돌아감이 실패는 아닐 것이라 믿는다.

국제학교 재학생이나 졸업생을 만나면서 대부분 성실성에 의문이 들지 않았다. 스스로 나서서 준비하지 않으면 밝은 미래를 만날 수 없음을 그들도 안다. 그럼에도 불구하고 게으른 학생들도 있다. 성실하지 않은 학생들도 있다. 부모의 성화에 못 이겨 겨우겨우 학교생활을 이어가는 학생도 있다. 국제학교에 입학하는 것만으로는 혜택이 될 수는 없다. 남들보다 더 많은 기회를 얻은 만큼 책임과 의무가 뒤따른다. 일등이 있으면 꼴찌가 있다. 학교에서의 꼴찌가 인생에서의 꼴찌는 아니라고 위안을 삼지만 성실성만큼은 어느 조직에서든지 평가받는 기준이 될 것이다. 성실함은 범위를 넓힐 뿐, 성실한 꼴찌는 없기 때문이다.

밀가루 같은,
소금 같은, 설탕 같은

목적지는 모슬포항이었다. 원래 목적지는 그랬다. 해안을 돌아가는 버스를 타려면 제주시외버스터미널로 가야 한다. 제주국제공항 버스정류장에서 버스를 기다리던 내 눈앞에 '모슬포항'이란 글자를 앞 유리창에 달고 진입하는 버스가 보인다. 버스 번호는 볼 필요 없다. 그저 버스에 올라타면 그만이다. 옆길로 새도 상관없다. 제주에 오면 시간을 쪼개지 않는다. 전략을 세우지도 않는다. 목적지만 맞으면 일단 타고 본다. 버스에 올라타서는 버스기사를 향해 외친다.

"모슬포요."

번잡한 시내에서 몇 정거장 서지 않고 내달린다. 얼마나 지났을까.

'오설록'이다. 버스에서 승객들이 내린다. 버스가 공항을 출발한 이후 첫 하차 승객들이다. 순간, 내릴까. 내려버릴까. 뒤를 돌아보니 여전히 많은 승객이 자리를 채우고 있다. 원래 목적지인 모슬포까지 가겠다는 마음으로 자리에 눌러앉는다. 불과 몇 분이나 흘렀을까. 다음 정거장을 알리는 안내음이다.

"이번 정류장은 Nxxx입니다."

처음엔 제대로 알아듣지 못했다. 운전석 뒷면에 설치된 화면을 응시한다. 제주버스에는 이번 정류장과 다음 정류장을 알리는 전광판이 뜬다.

'NLCS.'

화면에 뜬 다음 버스정류장 이름이 더 낯설다.

'브랭섬홀 아시아.'

NLCS 정류장에는 아무도 내리지 않는다. 코너를 돌자 빽빽한 아파트 단지가 길을 따라 쭉 늘어서 있다. 예전에는 허허벌판이었다. 정신을 가다듬는다. 아무도 타지도 않는다. 잠시 멈췄던 버스는 이내 내달린다. 그리고 얼마 지나지 않아 브랭섬홀 아시아 정류장 앞에 선다. 이미 나는 하차 버튼을 눌렀다. 내 목적지까지는 20여 분을 더 가야 한다. 분별없는 호기심이 나를 이끈다. 낯선 도시다. 생경하다. 전혀 제주답지 않다. 한 프렌차이즈 빵집에 들어선다. 카페라테를 주문한 후 창가에 앉는다. 심장박동수가 빨라진다. 호기심이다. 인터넷을 뒤

제주도에서 가장 짧은 시간 안에 변화가
가장 두드러진 곳이 아닐까 싶다. 세계 어디에도
이런 도시 형태는 없다. 재고 따지고 다시 따지고 재고.
부정적이었다가 긍정적이었다가.

적인다. 이제야 알아챘다. 영어교육도시다. 알아챔과 동시에 똑같은 의상을 위아래 입은 여러 명의 여학생들이 우르르 매장 안으로 들어선다. 그리고 백인 남자 어른이 뒤따른다. 빵과 커피를 주문한 일행들이 순식간에 사라진다. 교복을 입은 수많은 여학생들이 길 건너편 건물에서 쏟아져 나온다. 제주에서 이렇게 많은 학생을 한꺼번에 본 적이 없다. 제주가 달라졌다. 분명 제주가 더욱 다양해지고 있음을 나는 눈치채지 못하고 있었다.

모슬포를 한눈에 내려다 볼 수 있는 얕은 구릉지를 오른 기억이 난다. 내려다보고 싶은 욕구가 생긴다. 얼마나 퍼져나간 것인지 직접 눈으로 확인하고 싶어진다.

그 얕은 구릉이 어디였더라.

기억을 더듬어 찾는다. 단산이다. 한자어인 뫼산 자를 닮은 단산을 오른다. 정갈하게 산책로가 생겨 있다. 제주가 풍족해졌다. 여유로워졌다. 흙길과 돌길로 헤집던 십여 년 전 기억이 발밑에 남아 있다. 오르기 시작한 지 20여 분이 지났을까. 해를 마주보고 선다. 눈부신 햇살이 사계리 앞바다에 내리꽂힌다. 여전히 아름다운 사계항이다. 뒤돌아선다.

12월 중순임에도 연녹색으로 뒤덮인 제주의 밭 사이사이로 저 멀리 하얗고 도톰한 무언가가 보인다. 밀가루 같은, 소금 같은, 설탕 같은 한 줌이 보인다. 곶자왈 바로 옆으로 소담스런 하얀 것이 선명하게 빛을 반사하며 반짝인다. 영어마을이 하얀 박하사탕처럼 길게 나열돼 있다. 달달한 미래를 머금고, 짜고 단 세월들이 쌓이고 있다.

정말 이대로 학교만 보내도 될까

펜이 닳았다. 더 이상 나오질 않는다. 며칠 전 '브랭섬홀 아시아' 캠퍼스 방문 기념 선물로 받은 펜이다. 보라색이다. 그 보라색 펜이 내 손에서 마주 앉은 이의 발언을 휘갈겨 담아내고 있다. 수첩에 동그라미를 연신 그려본다. 심에 눌린 자국만 남는다. 더 이상 나오지 않는다. 다 쓴 거 맞다. 시계를 본다. 네 시간 가까이 대화가 이어지고 있다. 한사코 거절하던 만남도 막상 마주앉아 속내를 털어놓다 보면 두세 시간은 훌쩍 지나버린다.

국제학교에 입학한 아이에 대해 이야기를 한다는 것이 그림이 잡혀지지 않을 때가 있었다. 갈등의 연속이었다. 무엇을 담아내야 하는

가. 누구를 만나야 하는가. 어떤 스토리를 이어가야 하는가. 만남을 시작하기 이전부터 상상만으로 밑그림을 그린 적도 있었다. 밑그림을 그리려 하면 할수록 그려지지 않는다. 아니, 너무 '뻔하디 뻔한' 흔한, 상상이 가능한 그림들이 채워진다. 지운다. 다시 쓴다. 지운다. 반전이 있어야 한다는 집착은 강박으로 바뀐 지 오래다. 목차는 나오지 않고 예상 글도 꺼내들지 못하고 있다. 당연했다. 당연하다. 아직 그 누구도 만나기 전 아니던가.

입학 과정부터 수업 내용까지 직접 체험해 보겠다는 의지를 밝히자 적극성을 띤 학교부터 다소 조심스러운 반응을 보인 학교까지 대응 전략이 다르다. 어차피 시간이 지나면 내가 원하는 방향대로 이끌어 가게 될 것이다. 그건 그리 어려운 일이 아니다.

자녀의 국제학교 입학에 용기를 낸 학부모들에게 궁금증이 생겼다.

"정말 국제학교에 믿음이 가던가요?"

커리큘럼을 보고 믿은 것이다. 선진국의 교과과정 그대로를 제주도로 고스란히 가지고 왔다는 설명을 믿은 것이다. 그리고 나머지는 학생과 학부모의 몫이었다. 불안감과 의구심, 의심은 시간이 지나면 해결될 것이다. 한 학기만 보내보고, 일 년만 다녀보고, 한 학년만 채워봐도 늦지 않는다. 영 아니다 싶으면, 국내 학교로 되돌아갈 수 있는 시스템마저 마련돼 있기 때문이다. 싱가포르나 홍콩으로 떠나는 학부모들의 사연이 넘쳐났다. 그들에게 제주도 국제학교가 생겼다는 소식은 반가움 이전에 부정하고픈 마음이 컸다고 했다.

"제주도에서 제대로 교육이 이뤄지겠어?"

졸업자가 생겼다. 그것도 유명 대학에 입학한 졸업자가 생겼다. 언론이 모여들기 시작했다. 입소문을 타고 학부모와 학생도 모여들기 시작했다. 월세가 오르기 시작했다. 국제학교 입학 경쟁률은 치솟았다. 불합격당하는 일이 이제는 빈번해졌다.

"작가님. 어느 학교가 가장 좋다고 생각하시나요? 그동안 쭉 만나보시면서 평가하실 수 있잖아요. 가장 좋은 학교 하나만 콕 짚어서 추천해주세요."

이런 질문을 처음 한두 번 받았을 때는 예사로 들었다. 이미 국제학교에 다니고 있는 학부모들도 같은 질문을 조심스레 꺼냈다. 그럴 때면 해당 학교를 극찬해줬다. 입학하려고 준비 중인 학부모들의 질문에는 대부분 모두 다 좋다는 코멘트로 그 자리를 모면했다. 같은 질문이 반복되면서 고심하게 됐다. 모든 학교의 정보를 알고 있는 내게 저런 질문을 하는 건 어쩌면 당연한 반응일 것이다. 고민 끝에 이제는 대답을 정리했다. 하나의 덩어리다. 하나의 커다란 집합체다. 커리큘럼은 다를지라도 외국 대학 입학에 유리한 수업 형태를 취하고 있다는 공통점이 있다. 커다란 차이점은 어느 나라의 학교 시스템을 들여왔느냐이다. 문제는 처음과는 달리 발전이든 변질이든 끊임없이 학교가 변하고 있다는 것이다. 한국인 위주로 채워진 학생 속에서 국내 일반 학교에서 존재하는 한 벗어날 수 없는 치맛바람의 위력이 여기서도 살아 있다. 학교 관계자가 학부모를 향해 불만이 생길 법하다.

"외국에 있는 학교를 보냈다면 학교에 단 한마디도 불평과 불만을 이야기하지 못했을 학부모들이 하루에도 수십 건, 수백 건의 건의사항을 제안합니다. 학교의 원래 철학을 제대로 이끌어 나가기 힘든 상황이 벌어지기도 합니다. 때로는 수업 형태를 학부모들의 입맛에 맞춰 바꾸는 학교가 생길 정도입니다. 물론 저희도 버티고는 있는데 그것이 쉽지만은 않은 것이 현실입니다."

비싼 학비는 학부모를 소비자로 둔갑시킨다. 학비로 얼마를 쓰는데 이 정도의 발언도 못하느냐는 애먼 소리는 곳곳에서 터져 나온다. 이것뿐만이 아니다. 초창기에는 학교의 행정에 충실히 따라오면서 좋은 결과를 얻었다. 정보에 발 빠른 강남 엄마들이 관심을 갖게 되면서 이때부터 국제학교가 붐을 타게 됐다. 그런데 여기서 엉뚱한 방향으로 이어지고 있다. 사교육에 투자할 비용으로 국제학교를 보내겠다고 결심한 부모들이 하나둘 학교 옆에 둥지를 틀면서 불안감도 함께 가져왔다. 그들이 갖는 불안감의 원인은 습관 탓이다.

"정말 이대로 학교만 보내도 될까?"

비어 있던 상가에는 하나둘 학원이 들어서게 됐다. 옆집 아이는 방과 후에 학원에 다니고 있는데 가만히 바라만 볼 것인가에 대한 불안은 부적응을 낳고 결국 다시 의지하게 만들었다.

"그래서 그런 학부모들과는 관계를 맺지 않으려 해요. 언제까지 버틸 수 있을지 모르겠지만요. 분명한 건 졸업한 학생들을 보면 알 수 있어요. 솔직히 털어놓으면 예전처럼 사교육에 매달린 아이들의 합격률이 그리 좋지 않다고 생각합니다. 부모 먼저 바뀌어야 한다는 자책이 이어지고 있어요. 지금은 시행착오의 연속이지만 시간이 지나면서 국제학교 커리큘럼을 성실하게 학업하는 학생이 두각을 더욱 나타낼 거라 믿습니다. 사교육이 사라져야 국제학교가 더욱 명성을 높일 수 있을 거라 생각합니다. 부모는 학교를 믿고, 자녀를 믿어야 합니다. 그래야 모두 다 성공할 수 있습니다."

어디나 부적응 사례는 있게 마련이다

결국 그녀들이 버티지 못했다. 주섬주섬 짐을 챙기며 지나온 시간을 부정한다. 떠나야 하는 이유가 포기나 패배가 아닌 존재 자체를 부정해야만 한다. 그래야 그녀들이 살 수 있다. 소중했던 시간이었다고 말끝을 흐리지만 진심은 아니다. 누구나 적응기가 필요하다. 모두 다 적응해야만 한다. 정작 그녀들이 적응을 못하고 탈출한다. 그런 부모를 바라보는 자녀들 역시 힘겨워한다. 기숙사에 남거나 국제학교를 포기하고 함께 떠나거나.

캠퍼스 투어 때 엄마와 자녀가 함께이거나, 아빠와 자녀가 함께이거나, 가족 모두 방문해서 소풍을 즐기듯 둘러보거나, 아예 나이 지긋

한 할머니나 외할머니, 딸이나 며느리 그리고 예비 입학생 등 삼대가 함께 교정을 거닌다. 그런데 간혹 홀로 방문한 그녀들이 있다. 질문은 커녕 목소리조차 들을 수 없었다. 진행자를 따라 걷는 동안 끄트머리를 유지한 채 관망자적인 자세를 취하는 듯 보였다. 그 위치에서 더 나오지도 않고 더 뒤처지지도 않았다. 움츠러든 뒷모습에서 긴장감을 읽을 수 있었다. 발걸음은 가볍다 못해 불안하기까지 했다. 호기심이 생기지 않을 수 없었다. 이유가 궁금했다.

"캠퍼스가 참 좋아요. 자녀분은 안 데리고 오셨나 봐요? 하긴 엄마 말을 잘 따르니까 엄마가 원하면 아이도 원하는 거나 마찬가지겠죠."

질문을 던져놓고 반응을 유심히 살폈다. 그녀가 눈길을 피하려다가 마지못해 입을 열었다.

"아이들을 데리고 오는 게 맞는 건데……. 엄마도 선택하지만 아이가 마음에 들어 하는 게 사실 더 중요한데……. 그쪽도 혼자 오셨나 봐요. 이미 아이가 다른 학교에 다니고 있어서 그런 거죠?"

이럴 때 난감하다. 사연을 깊이 있게 들을 수 있는 기회가 온 것임에는 분명한데 내 정체를 밝히면 멀리 사라질 것이다. 결국 대답할 타이밍을 놓치고 말았다. 몇 초간 대답 없이 흘렀을 뿐인데 오히려 그녀의 표정이 조금은 밝아졌다.

"저도 아이가 국제학교에 이미 다니고 있어요. 그런데 다른 국제학교로 전학을 시키려고요. 잘 어울리지도 못하는 것 같고……. 대응책도 어설프고……. 마음에 들지도 않고 걱정도 되고……. 잘 모르겠어요."

아, 이런 경우도 발생하는구나.

그녀는 국제학교 내에서의 전학을 말하고 있었다. 이쯤 되면 솔직해져야 한다. 캠퍼스 투어에 오게 된 동기를 밝혀야 한다. 내 정체를 밝히자마자 다시 그녀의 표정이 어두워졌다.

"제가 별로 해드릴 말은 없을 것 같아요. 혹시라도 부정적인 글이 한 줄이라도 나갈까봐 걱정이네요. 제가 한 말 중에 부정적인 건 절대 쓰시면 안 돼요, 절대로요."

국제학교를 졸업할 때까지는 늘 같은 학생들과 지내야 한다. 중간에 일반 학교에서 전학을 오거나 국제학교에서 전학 온 새로운 학생들이 생기기도 하지만. 문제는 적응을 못하는 것이라면 전학을 한다고 해서 나아질까. 그녀와 몇 문장 안 되는 대화를 나누면서 수많은 생각이 오갔다. 그녀가 움츠러들 수밖에 없는 문제들이 그녀를 괴롭히고 있다고밖에 해석할 수 없다. 결국 그녀는 캠퍼스 투어를 다 마치기 전에 사라졌다. 그녀의 뒷모습을 상상했다. 아마도 또다시 다양한 대안을 꺼내들고 어두운 표정으로 시간을 보내고 있을 것이다. 지금처럼 혼자서.

중학교 3학년 아니, 고등학교 1학년을 넘기면 더 이상 기회는 없는 거다. 도전해볼 수는 있지만 주어진 기회를 제대로 마음껏 누려보지 못하고 시간은 흘러가버린다. 따라잡기 쉽지 않기 때문이다. 다만, 투박한 삶을 살아온 아이라면 가능성은 남아 있다. 다듬어지지 않은 사연이 넘쳐나는 아이라면 꿈을 꿔도 좋다. 자기 삶을 자신의 언어로 풀어낼 수 있는 아이라면 적기라는 단어로부터 빗겨갈 수 있다.

Chapter 2

지금이 아니면 더 이상 기회는 없다

16세 또는 17세 연령에 국제학교에 입학한 아이들

• story 11 •

위기 속에서 새로운 기회를 제공받다

기억은 나지 않는다. 기억이 날 리가 없다. 그럼에도 유연수 학생은 마치 태어난 지 13개월 된 자신의 모습을 기억하는 양 생생하게 쏟아냈다.

"신기한 한글나라를 13개월부터 했어요. 제 돌 반지를 팔아서 학습지를 신청했대요. 돌 반지를 팔 만큼 가난하지는 않았는데요. 당시에 IMF 금모으기 운동이 벌어질 때여서요. 돌 반지에 대한 가치를 재평가할 시기가 아니었을까 싶어요."

너 나 할 것 없이 애국하는 마음으로 금반지를 들고 줄을 서던 뉴스가 떠올랐다. 돌 반지는 배냇저고리만큼이나 한 인간의 탄생을 기념

하는 것과도 같았다. 장롱 깊숙이 보관하던 모습은 어느 가정에서나 비슷했다. 돌 반지가 상징하는 것은 갓 태어난 생명이 일 년을 버텨내며 세상에 적응해 갈 바탕을 마련했다는 의미이며, 미래의 삶에 긴요하게 쓰일지도 모를 품앗이 개념이 강했다. 흑백사진 속에서 흑백으로 빛을 내던 돌 반지는 컬러사진으로 접어들면서 통통한 아가의 손가락마다 끼워졌다.

유연수 양의 엄마 이진애 씨는 딸아이의 금반지를 팔아 이제 막 태어난 지 13개월이 된 딸에게 당시에 가장 효과적이라 판단한 학습지 교육을 신청했다. 모녀에게 금반지는 '한글나라, 13개월'이란 단어로 치환됐다. 모녀의 추억으로 길이 남게 됐다. 학습 내용을 스펀지처럼 빨아들이는 딸에게 16개월부터는 영어나라를 동시에 신청했다. 미래가 불확실하고 불안할수록 미래 세대에게 어떤 유산보다도 교육을 통해 가치관과 삶의 철학을 남겨야 한다는 신념에서였다. 한글을 배우고 영어를 익히는 과정은 단순히 'ㄱ'과 'A'를 안다는 것, 그 이상이다. 집중력과 끈기를, 기억력과 활용 능력을 그리고 더 나아가 호기심과 열정을 배우게 된다고 믿었다.

천식과 아토피가 심했던 연수 양은 외부 활동에 제약이 심했다. 새로운 침구류에 대한 반응은 심각했다. 친척집을 방문할 때조차 이부자리를 바리바리 싸들고 다녀야 할 정도였다. 세상과의 접촉은 실내에서만 이루어져야 했다. 학습지에 집중할 수밖에 없었던 이유도 또래 아이들보다 더욱 심하게 앓던 천식과 아토피 때문이다. 도서관에서 서적이나 교재를 빌릴 수도 없었다. 연수 양은 남들의 손때가 묻은 물건을 만질 때마다 심한 알레르기 반응을 일으켰다. 연수 양이 관심 있게 집중하는 서적은 전집으로 구입했다. 일반적으로 전집으로 구입해서 절반도 채 읽지 못하고 장식용으로 전락해버리는 경우가 흔했지만, 연수 양은 달랐다. 바깥에서 뛰어놀지 못하는 시간 동안 빠른 속도로 전집을 읽어나갔다. 한 번 읽은 책을 열 번까지 반복했다. 보이는 가능성에 투자한다는 것만큼 확실한 것도 없을 것이다. 연수 양의 학습에 도움될 만한 모든 것을 아낌없이 제공했다. 결과물이 좋지 않았더라면 주춤했을 거라며 속내를 털어놓는다.

엄마 말을 잘 따랐던 연수 양은 여섯 살 때부터는 영어유치원에 다녔다. 학원도 유행처럼 변화한다. 안산에서는 SLP학원이 회화와 글쓰기 등 원어민 교육으로 인기를 끌었다. 유치부 1기로 그녀는 입학했다. 그리고 열일곱 살 때까지 단 한 해도 거르지 않고 꾸준히 다녔다. 학원에서 유치부부터 열일곱 살 때까지 다닌 학생을 찾아보기 힘들다. 대부분 유행 따라 학원도 바꾸게 마련이다. 사교육일지라도 원장의 철학에 믿음이 간다면 끝까지 신뢰를 잃지 않는 것이 옳다고 생각했다. 교육열은 비교할 수 없다. 다만, 감당할 수 있는 금전적인 투자 내에서 기회를 충분히 제공받을 수 있느냐의 문제이다.

"안산은 강남, 분당, 목동에 비하면 사교육 기회 자체가 차이가 나요. 그렇다고 강남이나 목동으로 아이를 끌고 다닐 수는 없는 형편이었고. 그렇다면 이 지역에서 충분히 활용해야 한다는 생각뿐이었죠. 원장선생님과 면담을 나눠본 결과, 한 학원에서 정해놓은 전 과정을 마무리 짓는 것이 훨씬 더 효과적이라는 판단이 섰어요. 다행히 학원도 변함없이 그 자리를 지켜줬죠. 연수가 초등학교 때까지 특별한 재능을 가지고 있거나 실력이 뛰어난 아이라고는 생각하지 않았어요. 성실하게 학습을 이어가고는 있었지만 여전히 불안하기만 했던 거죠. 그런데 연수 같은 아이들은 중학교에 올라가면 더 두각을 나타낼 거라는 평가를 들었거든요. 당시에는 듣기 좋은 말일 거라고만 생각하면서 반신반의했죠."

흔들림 없이 학원의 교과과정을 충실히 따랐다. 과목 하나를 성실히 해내면 다른 과목으로 번져갔다. 생활 태도도 달라졌다. 초등학생 때까지는 부모의 활동과 강요로 이끌 수 있지만 중학생이 되면 갈린다. 중학교 1학년 첫 시험에서 전교 7등을 한다. 연수 양은 덤덤하게 꺼내든 숫자였다. 반면에 엄마의 반응은 성적표를 지금 막 받아든 그날로 돌아간 듯 상기됐다.

"깜짝 놀랐어요. 그 정도까지 잘 할 줄 몰랐으니까요."

엄마의 '투자'가 숫자적으로 빛을 발한 시작점인 셈이다. 성실함과 꾸준함으로 반장과 전교회장을 두루 거치면서 자연스럽게 경기외국어고등학교 국제반 지원을 준비하게 됐다. 다방면으로 대회에 출전해 수상을 거머쥐면서 교장선생님조차도 외국어고등학교 입시 준비는 그녀처럼 하는 것이 옳다는 기분 좋은 대화를 나누기도 했었다. 모든 서류와 내신을 완벽히 준비한 그녀는 외국어고등학교 입학에는 별 문제가 없을 거라는 확신이 섰다. 외국어고등학교에 입학한 이후의 일들을 준비하는 데 몰두했다.

희망을 가득 품은 날들만 바라보며 지내던 어느 날, 청천벽력 같은 소식을 듣는다. 체질적으로 약한 엄마가 9월 갑상선암 진단을 받은 것이다. 딸의 진학시험에 차질을 빚을 것을 염려한 그녀는 11월 25일로 수술 날짜를 잡았다. 11월 24일이 경기외국어고등학교 합격자 발표날이다. 합격 발표를 듣고 수술대에 오르면 된다는 생각뿐이었다. 그때까지 버티면 모든 것이 해결된다는 마음뿐이었다. 모든 신경을 시험일에 맞춰서 살았다. 결과는 불합격이었다. 충격은 이루 말할 수 없었다. 딸의 좌절을 두려워했던 나머지 엄마는 냉정함을 잃지 않으려 안간힘을 썼다. 그 냉정함은 수술대에 올라야 하는 자신에게도 절실했던 마음가짐이었다.

"너의 자만심을 꺾기 위해 이런 일이 벌어진 거라 생각해. 겸손해지자."

충격이 컸던 딸은 점점 변했다. 딸은 실패 원인을 엄마에게로 돌렸다. 단 한 치의 흐트러짐 없이 엄마가 원하는 길을 따랐던 결과가 참

혹하기만 했다며 반항했다. 엄마가 시키는 대로 생각하고 고민할 기회조차 없는 시간들이었다. 엄마의 표정으로 하루를 살았다. 엄마가 원하는 대로 시간을 채웠다. 어느새 그녀의 목표는 외국어고등학교 입학으로 정해져 있었고, 불합격이라는 결과는 그녀의 지나온 삶 전체를 송두리째 사라져버리게 했다. 게다가 그녀의 마음을 위로해주기는커녕 냉정하게 내뱉은 엄마의 조언은 그녀의 분노에 기름을 붓는 격이었다.

"맞아요. 나는 엄마의 아바타였을 뿐이었어요. 당연하게 합격할 거라는 희망은 빈껍데기만 남았어요. 제가 사라져버린 거죠. 삶이 무너지는 것 같았어요. 제가 어떻게 살았는지 작가님은 모르실 거예요."

학업에 대한 스트레스가 극에 치달았을 때 일화를 꺼내든다. 중간고사가 시작된 첫날, 이른 새벽에 눈을 뜬 채로 터져 나오는 눈물을 참을 수 없었다. 완벽하게 준비해왔지만 실수를 저지르면 어쩌나 하는 불안감에 울음이 터져버린 것이다. 그만큼 하루하루를 치열하게 버텨내며 학업에 매진했다. 도대체 불합격이란 결과를 왜 받아들여야 하는지 도무지 이해할 수 없었다.

그녀의 방황이 시작됐다. 세상을 향한 반격은 처절했다. 그렇지 않으면 단 하루도 버틸 수 없었다. 단 한 번도 결석을 하지 않던 학원 수업은 거들떠보지도 않았다. 귀걸이를 하고 화장을 했다. 서클렌즈를 끼고 거리에서 방황했다. 엄마와의 갈등은 전쟁과도 같았다. 그 어느 가정보다 화목했던 사이는 전쟁터처럼 변했다. 제자리로 되돌아오길 바라는 엄마를 향해 그녀의 막말은 도를 넘어서고 있었다.

"'내 인생인데 엄마가 뭔데 이래라 저래라 하는 것이냐. 내 마음대로도 못하느냐'고 거친 소리를 마구 퍼부었어요. 그렇게라도 하지 않으면 저는 정말 미쳐버릴 것 같았거든요. 세상이 저만 버린 것 같았어요. 저만요."

외국어고등학교를 향한 미련을 마음에 품은 채 인문계 고등학교에 진학했다. 곁눈질을 하지 않던 그녀는 오케스트라 동아리에도 가입하고 남자친구도 사귀었다. 학업보다는 동아리 활동에 열정을 쏟았다. 과목마다 좋은 점수를 받기 위해 잠을 줄여가며 살았던 지나온 시간들은 온데간데없이 사라져버렸다. 헛헛했다.

한 달여를 즐겁게 지내던 어느 날, 브랭섬홀 아시아 신문 광고가 정갈하게 오려진 채로 그녀의 책상 위에 놓여 있었다. 엄마와의 대화는 오래전에 단절된 상태였다. 읽을 만한 칼럼이나 기사를 스크랩해서 책상 위에 올려놓는 아빠는 해결책을 찾던 중이었다. 그러다 우연히 눈에 띄는 광고를 본 것이다. 딸에게 제안할 수 있는 해결 방안은 제주도뿐이었다.

"좋은 환경 속에서 훌륭한 교육을 받게 하고 싶었던 부모의 욕심이 너를 이 지경까지 오게 했다"라는 말로 시작된 아빠의 담담한 속내를 듣고 나서 그녀는 잠시 긴 호흡을 내쉬었다. 마치 인생이 끝난 것처럼 지내기에는 지나온 시간들이 아깝지 않느냐는 설득에 그녀는 와락 눈물이 쏟아졌다. 되돌아보면 그 누구의 잘못도 아니다. 결국 자신의 부족함에서 나온 결과 아니겠는가. 브랭섬홀 아시아 입학을 권유하면서도 엄마는 선뜻 말을 꺼내들지 못했다는 사실을 뒤늦게 알았다. 또다시 불합격되면 딸을 원래대로 되돌려놓을 수 있는 시간은 더욱 밀리게 되는 것이 아니던가. 게다가 엄청난 학비에 놀라움을 금치 못했다. 더 이상 방치하면 제자리로 되돌아올 수도 없을 거라는 판단이 서면서 비싼 학비는 더 이상 문제될 것이 없었다. 국제학교에 입학하는 것으로 시선을 돌리는 것이 급선무였다. 외국어고등학교만큼 인생의 목표로 삼았던 것이 아니었기에 그녀는 그리 긴장되지 않았다. 브랭섬홀 아시아라는 국제학교가 있는지조차 몰랐기 때문에 긴장감이 생기지도 않았다. 합격과 불합격의 의미는 갈림길에 서서 선택을 당한다는 것이다. 살면서 수많은 목표와 목적이 있을 것이다. 겨우 단 하나의 목표를 지나치기도 전에 수없이 남은 목표를 세워보지도 못하고 좌절했던 것이다.

브랭섬홀 아시아 시험 당일, 그녀의 영어 실력은 뛰어났다. 가족 모두 면접관을 마주하고 편하게 대화를 이어갔다. 통역이 있었음에도 그녀가 통역을 하기도 했다. 그녀의 당당하고 자연스러운 행동 덕분에 분위기는 좋았다. 일주일이 지나지 않아 합격 발표가 났다. 합격 소식을 전달하면서 엄마가 울기 시작했다.

그녀는 엄마의 눈물을 처음 마주했다. 방황했던 시간들이 떠올랐다. 남몰래 눈물을 훔쳤을 엄마의 마음이 그려졌다.

10학년 입학을 앞두고 그녀는 다시 영어학원을 찾았다. 학원 근처에도 얼씬거리지 않았던 마음을 추스르고 앞으로 세울 목표를 향해 필요한 실력을 쌓기 위해 마음을 다잡았다. 11년 동안 하루도 빠짐없이 학원에 다니면서 "학원을 믿자. 모든 것은 너의 마음가짐에 달려 있고 네가 하기에 달렸다"는 엄마의 조언이 다시 맴돌았다. 브랭섬홀 아시아에 입학한 후 학교에 빨리 적응하기 위해서는 기숙사 생활이 낫다고 생각했다. 다른 학생들보다 뒤늦게 입학한 만큼 두 배로 성실해야 한다. 빠른 적응을 위해서 기숙사 생활을 하는 것이 무조건 좋은 방법이라는 데는 적극 찬성이다. 다만, 기숙사 생활에서도 갈등은 이어졌다. 몇 년 동안을 하루 종일 함께 생활해야 하는 친구들과의 관계가 언제나 좋다는 것도 이상한 것이다. 매일 싸우고 매일 화해하면서 미운 정도 들고 이해하는 마음도 생긴다. 머리채를 잡고 싸운 친구들이 더 친해지는 경우도 왕왕 있다.

"그때 제 실력을 친구들과 비교해 본다면 중간 정도였어요. 스무 명 중에서 10등 정도였을 거예요. 학원만 열심히 다녔기 때문에 발음이 그다지 좋지 않았어요. 친구들이 대놓고 어학연수 경험이 없어서 발음이 별로라는 이야기를 할 때, 자존심이 상하지 않았다면 거짓말이고요. 주눅들었죠. 오히려 발음 연습도 게을리하지 않았던 계기가 되

~~~

학업 이외에도 다양한 예체능 생활을 즐길 수 있다.
즐기는 수준에서 한 단계 업그레이드 시키는 방법은 발표회일 것이다.
전시회나 공연을 통해 그들은 스스로의 성장 과정을 바라보는 기회를 얻게 된다.
그 과정을 글로 담아내는 과정이야말로 사고를 넓히고 깊이 있는 생각을 유도하게 만든다.
어느 것 하나 허투루 지나가는 시간은 없게 되는 것이다.
~~~

었어요. 저는 안산에서 살고 유학은커녕 어학연수도 가본 적 없어요. 그렇지만 저를 비웃던 친구들과 함께 같은 교실에서 같은 선생님에게 배우고 있잖아요. 어학연수도 다녀오고 유학 경험도 있는 친구들이 제 옆자리에 앉아서 함께 공부하고 있는 거잖아요. 따지고 들자면 제가 이득인 거죠."

그녀가 '이득'이란 단어를 사용할 수 있는 또 다른 커다란 이유가 있다. 연수는 과학 과목을 무척 좋아했다. 다만, 수학 실력에 자신감이 없었다. 브랭섬홀 아시아에 입학한 후에 수학 과목에 대한 관심이 조금씩 더 생겼다. 수업 시간이 재미있어졌다. 과학 과목 실력은 월등히 뛰어났다. 이과보다는 문과적인 성향이 강할 것이라는 판단에 대한 의구심이 들기 시작한 것도 이때부터다.

드라마 수업을 배우면서 뮤지컬 공연을 준비했다. 여느 고등학생이라면 상상도 못했을 것이다. 주요 과목에 집중해도 부족한 시간이라며 다그치기 일쑤였기 때문이다. 시간을 쪼개서 공연 준비를 하면서 인생의 목표라는 것이 단 하나일 수 없다는 삶의 변화가 생겼다. 외국어고등학교에 불합격했을 때의 방황하던 자신의 모습을 바라볼 수 있게 됐다. 다시 돌아간다고 해도 방황은 이어졌을 것이다. 위기 속에서 새로운 기회를 제공받을 수 있었던 것도 부모님 덕분이었다. 분노와 원망으로 거친 말들을 쏟아냈던 지난날에 대한 후회가 밀려왔다. 자신의 삶에 더 큰 그림을 그리고 더 나은 관계 맺는 인간이 되기 위한 과정이었을 것이라며 위안을 삼았다.

전공을 정할 시기가 되면 사소한 다툼도 사라진다. 서로 정보를 교환하기 바쁘다. 원윈할 수 있는 전략을 짜기에도 모자란 시간이기 때문이다. 전공을 정하면서 고민에 빠져들었다. 그녀는 방과 후에 카운슬링 선생님의 도움에 매달렸다. 학교 선생님만큼 자신들에게 눈높이를 맞춰줄 사람도 주위에 없었다. 몇백만 원을 들여서 카운슬링 전문 선생님과 상담을 하는 친구들도 있지만, 그녀는 그것까지 비용을 들인다는 것에 대해 미안함이 들었다. 스스로 정하고 싶었다. 그리고 국제학교에 다니게 해준 것만으로도 충분했기 때문에 대학 진학만큼은 스스로 결정하는 것이 옳다고 생각했다. 기숙사 사감선생님과는 매일매일 대화를 나누면서 자기소개서 작성에 도움을 받았다. 외국에서 대학을 나온 외국인 사감선생님들이야말로 살아 있는 경험담을 들려주기 때문이다. 전공을 생명공학으로 정하고는 영국, 캐나다, 싱가포르 대학에 입학원서를 냈다. 제일 처음 합격 연락이 온 곳은 캐나다 토론토대학이었다. 떨 듯이 기뻤다. '합격'이란 단어만큼 아드레날린을 분출하게 만드는 단어도 드물 것이다.

캐나다로 떠날 채비를 하던 도중에, 부모님은 새로운 제안을 꺼내들었다. 그녀에게 한국 대학 입학을 다시 준비하는 것을 조언했다. 일반전형 지원 자격은 충분했다. 별다른 정보는 없었다. 다시 브랭섬홀 아시아 입시 담당선생님을 찾았다. 제주도를 오가며 자료를 수집하고 정보를 얻었다. 캐나다에서 학업을 이어가면서 동시에 준비해야 했기에 엄마의 도움이 빛을 발했다. 국내 대학은 IB 프로그램에 대한 점수를 후하게 주지 않는다는 정보도 익히 들어 알고 있었다. 하버드대학교에 합격한 학생이 서울대학교에는 불합격했다는 소식은 이미 널리 퍼져 있다. 그녀가 지원한 전공은 융합과학공학부에 바이오융합 전공이다. 신설된 전공이다. 수업은 영어로 진행된다.

연세대학교 시험 당일 날, 브랭섬홀 아시아 졸업생은 그녀 말고도 한 명 더 있었다. 교복 차림으로 온 경쟁자와는 인사조차 나누지 못했다. 대부분 교복 차림으로 면접을 치룬 반면, 그녀는 후드티셔츠 차림에 사복이었다. 순간, 불안감이 스며들었다.

"쉽지 않겠다는 분위기를 느꼈어요. 저는 준비 자세가 덜 된 것처럼 보여질 테니까요. 교복이나 정장을 입고 예의를 갖추라는 문구는 없었어요. 하지만 누가 봐도 저는 성의가 없어 보일 거라는 생각이 들었어요. 복장에서 이미 경쟁자들에게 뒤쳐졌다는 생각이 들면서 긴장감도 내려놨던 것 같아요. 솔직히 연세대학교에 불합격당해도 캐나다에서 마음을 다잡고 학업에 매진하면 되니까요. 오히려 남들보다 조금 더 당당했던 것 같아요. 될 대로 되라는 식으로."

영어로 된 질문지를 받아들고는 영어로 답변을 작성했다. 뒤늦게 한글로 다시 작성하라는 말을 듣고 반박했다. 영어로 수업을 진행할 것인데, 시험에 굳이 한글로 답변을 작성해야만 한다는 것이 상식적으로 납득이 되지 않았다. 영어로 된 질문에 영어로 답한다는 건 당연한 반응이 아니던가. 영어로 술술 써내려간 답안지를 다시 한글로 번역을 하려니 쉽지 않았다. 매끄럽지 못한 문장들이 튀어나왔다. 한글로 다시 답변을 써내려가면서 불합격이 될 거라는 생각은 더욱 확고해졌다.

다시 캐나다로 돌아간 그녀는 토론토대학에서 학업에 열중하겠다는 다짐을 했다. 4년 안에 졸업을 못하는 학생들이 넘쳐난다는 정보는 흔했다. 긴장감을 안고 수업 준비에 여념이 없었다.

얼마 지나지 않아 엄마에게 연락을 받았다. 예상치 못한 결과를 받았다. 그녀와 함께 시험을 치른 학생 중에 그녀만 합격을 통보받았다. 예상치 못한 결과에 당혹스럽기까지 했다. 캐나다 생활을 정리하고 귀국해야 한다는 현실을 받아들이기 쉽지 않았다. 부모님과 친척들은 연세대학교 입학을 대놓고 더 좋아했다. 국내에서 직장에 다니고 생활을 하려면 국내 대학을 졸업하는 것이 유리할 거라는 찬사까지 들었다.

캐나다 토론토대학을 포기하고 연세대학교를 선택한 연수 양은 '포기'와 '선택'이 인생에서 늘 존재한다는 것을 새삼 깨닫는다. 그 속에서 갈등과 후회라는 자양분이 삶의 뿌리를 더욱 견고히 한다는 것도 알게 됐다. 막상 연세대학교에 입학을 하고 수업을 듣는 과정 속에서 갈증이 일었다. 토론토대학교의 분위기와는 달랐다. 물론 브랭섬홀 아시아의 분위기와도 달랐다. 오랜 시간 익숙해져 버린 수업 형태와는 차이가 났다.

시간이 차츰 흐르면서 해답은 성실한 열정에 있음을 다시 한 번 확인하는 계기가 됐다. 국제학교에서 배운 건 스스로를 속이지 않는 열정과 성실함이다. 외국 대학처럼 졸업이 매우 어렵거나 까다롭지는 않을 것이다. 다만, 대학교 이후의 삶에 대한 고민은 더욱 치열하게 다가올 것이다. 그럴 때마다 제주도 국제학교에서 배운 열정과 성실함으로 이겨낼 것이다.

• story 12 •

큰아이 덕분에 둘째도 국제학교에 도전하고 있어요

"과거의 나처럼 살아가게 될 딸에 대한 측은함을 지울 수 없었어요. 더군다나 유명 대학의 문은 더욱 높아졌고요. 제 경험을 말씀드린다면 제주도는 지역적, 문화적 특성 탓에 대학 입시에 관한 정보가 충분하지 않다는 생각이 들었죠. 서울처럼 대학 입학 전에 외부 전문 업체에서 컨설팅을 받는 학생은 거의 드물어요."

제주도 토박이인 김수영 씨는 늘 고민에 휩싸여 있었다. 결혼 후 딸과 아들을 제주도에서 낳아 기르면서 불안감은 점점 깊어만 갔다. 육지로 유학을 보내려는 마음을 애써 드러낼 때마다 비난은 이어졌다. 자신감을 상실하게 만드는 상처만 받게 될 거라고 했다. 만족한 결과를 얻기 힘들 거라는 주변의 조언은 늘 넘쳐났다. 못내 수긍을 하다가도 교육열이 뜨거운 지역에 관한 뉴스를 마주할 때마다 조바심이 났다.

자녀의 교육에 있어서 마냥 편하게 바라보는 부모가 몇이나 될까. 고민하고 대안을 찾으려 노력하지만 무엇보다 경제적으로 감당하기 힘들면 현실 속에서 안주해버리고 만다. 어느새 숙명론이 가미된 합리화로 변질된다. 그녀는 그런 현실이 두려웠다. 그녀가 부족하다고 판단하는 부분을 변화하려 애쓰는 것이 옳다는 생각뿐이었다. 용기 있는 결단을 내리지 못한다면 자신의 과거는 현실에서 반복될 것이다.

그러던 어느 날, 짧은 뉴스 한 꼭지가 그녀의 눈길을 잡아챘다. 군더더기 없는 간결한 뉴스였다. 제주도에 국제학교가 생긴다는 앵커의 짧은 코멘트가 강렬한 인상을 남기며 지나갔다.

"텔레비전 앞에서 그대로 한참을 서 있었던 것 같아요. 뭔가 훅 하고 밀려들어와서는 꼬리에 꼬리를 무는 생각들이 이어져 갔어요. '왜'라는 질문이 가장 먼저 떠올랐죠. 많고 많은 지역 중에서 왜 제주도에 국제학교가 들어오는 것인지에 대해서 궁금증이 생겨서 도저히 참을 수가 없었어요. 한꺼번에 국제학교가 여럿 생긴다면 경영에 문제는 없을까? 공급은 수요를 예측하기 마련일 텐데, 어설픈 예측 통계로 선불리 기획을 하지 않았겠죠. 교육 시장을 보고 어떤 방향으로 이끌어갈 것인지에 대한 구체적인 확신이 있기 때문에 그 많은 학교들이 제주도에 국제학교를 개교하는 게 아니겠어요? 교육 사업을 기획하고 발전시키려는 사람들은 전문가들일 테니까요. 세계 각국에서 전문가들이 제주도로 몰려온다는 소식으로 확대해석해도 되는 뉴스라고 느꼈어요. 마치 저희 아이들을 위해서 때마침 제주도가 새로운 도전을 모색하기 위해 첫발을 뗐다는 생각마저 들 정도로 그때는 흥분 상태였어요. 몇 줄 안 되는 뉴스 내용에 충격받은 거죠. 뒷골이 쭈뼛 서는 기분이었어요. 그때까지만 해도 제주도는 유명한 관광지일 뿐이었으니까요."

구체적인 정보 수집을 위해 주변에 도움을 요청했다. 그녀만큼 관심 있게 바라본 지인은 드물었다. 언론을 통해 들은 그 몇 줄 이상도 이하도 아니었다. 기획 자체가 무산될 가능성도 존재한다는 부정적인 의견도 있었다. 그럴수록 구체적인 정보나 자료를 찾기 위해 지인을 총동원했다. "누가 공부를 하러 오겠느냐"며 현실 가능성이 제로에 가깝다는 답변만 돌아왔다. 그녀의 궁금증은 해결될 기미가 보이질 않았다. 고민 끝에 제주도교육청을 찾았다. 교육청이라면 구체적인 정보를 건네줄 거라는 확신에서다. 이곳이라면 한 줄기 희망을 안겨줄 거라는 기대에 부풀었다. 그녀의 표정은 무척 상기돼 있었다. 그녀는 질문을 쏟아냈다. 예상 밖의 답변이 돌아왔다.

"그곳에 뭐 하려고요. 그런 곳에 보내지 마세요."

기획 단계였기 때문에 담당공무원으로서는 확답을 줄 수 없었던 것이었을까. 제대로 된 관리를 할 수 없을 것이라는 설전이 오가면서 믿음이 덜 갔던 것일까. 도시 전체가 관광지라는 이미지와 교육은 어울리지 않았을까. 시간이 훌쩍 지난 지금의 시점에서 그날의 기억을 떠올려보면, 담당자마저 그만큼 불안하고 불안정하게 바라봤던 것이다. 그녀가 국제학교에 관심을 두고 고군분투한다는 것을 눈치챈 시댁 어른들의 반대도 엄청났다.

"시부모님이 반대하는 시선도 제가 이겨내야 할 힘든 일이었어요. 그런데도 어디서 그런 확고한 믿음이 생겼는지 모르겠어요. 교육청 담당자의 말이 믿기지 않았으니까. 제주도 토박이인 시댁 어른들의 말씀도 거스를 수는 없었지만 결정은 제 몫이니까요. 제가 흔들리면 저희 아이들은 새로운 기회를 놓치게 되는 거예요. 그 놓친 기회로 인해 차츰 발생할 더 많은 기회와 갈등이 사라지는 거죠. 선택을 하는 만큼 갈등과 고비는 곱절로 생길 텐데 말이에요. 그것이 얼마나 행복한 일들인지 자녀들이 느끼게 될 거라는 확신도 있었어요. 용감한 부모가 선사할 수 있는 값진 가치는 그런 거잖아요. 기회를 제공하는 것이요. 제 스스로 흔들림 없는 마음가짐이 중요했어요. 국제학교 인근 아파트와 주택 공사 현장을 찾았죠. 부동산 정보도 지인을 통해 얻어 봤고요. 분명한 건 육지 사람들이 제주도로 이주해오고 있다는 사실이었어요. 여러 면을 비교한다면 육지 사람들은 저희보다 더 큰 모험을 하는 거죠. 제주도 국제학교에 입학하기 위해서 교육비만 들고 제주도로 이주하는 것이 아니니까요. 기러기 가족까지는 아니더라도 가족이 흩어져야 하잖아요. 아파트도 얻어야 하고 자동차도 구매해야 하고 그러다가 학교에 문제가 생기거나 자녀에게 문제가 벌어지면 저보다는 훨씬 정신적, 물질적 희생이 크겠죠. 저는 제주도 토박이니까 국제학교에 다녀보다가 도저히 안 되겠다 싶으면 다시 제자리로 돌아오면 그만인 거잖아요. 그들보다는 훨씬 가볍게 되돌아올 수 있는 거죠. 장단점을 나열하면서 분석한 결과, 제주도 국제학교는 제주도민에게 주는 특혜와도 같은 거라는 확신이 더욱 견고해졌어요."

제주도에 국제학교가 생기지 않았다면, 그녀는 자녀를 데리고 서울로 이주를 감행했을지도 모른다. 더 나아가 외국으로 유학길에 올랐을지도 모를 일이다. 낯선 어느 나라에서 아파트를 얻고 자동차를 구매해서는 여느 부모처럼 열정을 쏟았을지도 모른다. 외국으로 떠나는 유학은 학업뿐만 아니라 그 사회의 문화를 배울 수 있는 장점도 있지만 이미 드러나 있는 부작용도 만만치 않다.

'만약'을 떠올리며 현재 주어진 모든 조건을 배제해봤다. 결정에 앞서 계산기를 두드렸다. 국제학교에 도전을 해보는 것이 비교적 비용이 덜 드는 결론이다. 게다가 본교 홈페이지를 뒤적이며 일반 학교와는 전혀 다른 교육 시스템에 대한 호기심을 거둘 수 없었다. 해외 유학이나 어학연수를 떠나야만 경험해 볼 수 있는 커리큘럼이 제주도로 모여드는 것이다. 그녀가 다시 학창 시절로 돌아간다면 국제학교에 입학하기 위해 부모를 설득했을 것이라는 결론에 다다르자 주변의 부정적인 조언은 더 이상 들리지 않았다.

그녀는 딸 고수인 양과 함께 꼼꼼하게 입학시험을 준비해나갔다. 어학연수나 유학 경험이 없기 때문에 긴장할 수밖에 없었다. 늦어도 고등학교 1학년 때부터는 국제학교에 입학해야 적응할 수 있다. 더 늦어지면 적응조차도 제대로 못하는 결과를 빚을 것이다. 마음이 조급해질수록 결과는 낙담할 수준이었다. 연거푸 불합격이었다. 서서히 자신감을 잃어가던 그녀와는 달리, 딸은 또다시 준비에 매진했다. 딸은 어린 시절 '자기주도학습반'에 다닌 적이 있다. 보습학원에서 진행한 교육이었다. 지금도 여전히 딸은 '자기주도학습반'에서 배운 대로 계획을 세우고 학업을 진행하고 있다. 이미 습관이 돼버려서 미리미리 계획을 세워 학업을 진행하지 않으면 불안하다고도 했다. 브랭섬홀 아시아에 입학 면접을 보러 갔을 때 일이다. 필기시험 성적도 확신이 서지 않았다. 면접도 그리 매끄럽게 대답하지 못했다. 마지막으로 가방 안에 넣어간 손가락 마디 두께의 노트를 꺼내 들었다. 면접관의 시선이 호기심으로 달라졌다. 그녀는 한글과 영어로 써내려간 자기주도학습법을 설명했다. 면접관의 호감도가 상승함을 딸이 느꼈다. 면접을 끝내고 나오는 딸이 환한 미소를 짓는다.

"엄마. 이번에는 붙은 거 같아. 그 노트 덕분이야. 합격을 간절히 원하다 보니까 떠오른 건데 내가 그동안 어떻게 생활하고 학습해왔는지 보여주면 나에 대해 더 잘 표현해낼 수 있을 거라는 생각이었어. 나라면, 내가 담당면접관이라면 그런 학생을 입학시켜야 하는 거 아닐까."

대단한 스펙은 없었지만 딸의 노트를 통해 성실한 태도를 확인한 눈치다.

"1회 입학생이어서 조금 더 호의적이지 않았을까 싶기도 해요. 브랭섬홀 아시아 9학년으로 입학했는데요. 영어 실력이 그리 뛰어나지 않은 학생들이 적응할 수 있는 마지노선인 9학년에 입학하게 된 거죠. 합격 소식을 듣고는 둘이서 굉장히 기뻐서 어쩔 줄 몰라 했던 기억이 새록새록 나네요. 어떤 힘든 일도 다 이겨낼 것 같은 자신감으로 희망에 부풀었죠. 전국에서 모여든 학생들과 함께 생활하면서 경쟁할 수 있는 기회가 생긴 거죠. 기죽지 말고 자신감 있게 적응해나가길 바랐어요."

기쁨도 잠시, 딸은 난관에 부딪쳤다. 영어로만 진행되는 수업에 적응하기가 여간 어려운 것이 아니었다. 수업을 이해하지 못하고 겉돌면서 일반 학교에 다니던 지난 시간들을 그리워하기 시작했다. 딸은 집으로 돌아와서 풀이 죽어 있기 일쑤였다.

"개인주의적이고 이기적이야. 재미도 없고. 예전 친구들이 그리워."

다양한 영어학원을 접하지 못한 딸은 학교 수업 시간에 맨 앞자리에 앉아서 집중하지 않으면 수업을 따라가지 못했다. 집중하고 집중해도 그나마 수업을 겨우 절반도 채 이해하지 못하는 수준이었다. 왕복 두 시간을 통학하면서 집으로 돌아오면 뻗어버렸다. 그럴수록 수업 시간에 선생님이 하는 말씀을 토씨 하나라도 빠뜨리지 않으려 집중했다.

남몰래 모녀는 눈물을 훔친 시간도 있었다. 그럴 때마다 그녀는 딸에게 솔직하게 털어놨다.

"언제든지 포기해도 돼. 네 잘못은 없어. 그저 엄마의 결정을 성실히 따랐을 뿐이니까. 그래도 뭔가 도전해보고 후회하는 삶이 더 풍요롭거든. 시간이 지나면 너도 알게 될 거야. 가치 없는 경험은 없어."

그렇게 일 년을 보내고 나니 어느새 영어 실력이 늘어 있었다. 자신도 모르게 조금씩 늘어난 실력을 확인하면서 학교에 적응했다. 자신감이 붙자 딸의 성적은 눈에 띄게 늘어만 갔다. 어설펐던 영어 실력은 수업을 완벽히 이해할 수 있을 정도로 발전했다. 덩달아 수학과 과학 수업을 이해하는 실력도 늘어만 갔다. 점점 안정적인 학교생활을 하게 되면서 친구 관계도 나아졌다.

"국제학교는 팀별 과제가 많아요. 팀별 과제를 통해서 생각의 스펙트럼도 넓힐 수 있고, 의견을 교환하는 방법도 자연스럽게 터득하게 되고 그 와중에 배려와 리더십도 익히게 되는 것 같더라고요. 토론을 잘 하는 법, 토론을 잘 정리하는 법, 토론을 잘 활용하는 법을 수업 과정을 통해서 배우더라고요. 수업에 참여하는 순간에는 잘 못 느껴요. 대학 입시를 준비하면서 얼마나 성장했는지 알게 되는 거고. 대학에 가면 적응력은 빛을 발하게 되는 거죠."

팀별 과제가 넘쳐나는 수업 형태로 인해 방과 후에 모여서 과제를 해야 한다. 사교육을 받는 친구들은 팀별 과제를 마치지도 못한 상태에서 학원으로 향했다. 마무리는 학원에 갈 필요가 없는 딸의 몫인 일이 종종 벌어졌다. 브랭섬홀 아시아는 사교육을 철저히 거부하는 분위기다. 학교생활만으로도 충분하다고 설득해도 불안감을 지울 수 없는 학부모들이 삼삼오오 모여 사교육을 진행했다.

"팀별 과제를 마무리 짓고 나면 굉장히 뿌듯하면서도 속상했나 봐요. 팀으로 평가받는 거니까요. 그런데 다행인 건 담당선생님께서 어떻게 아시고는 딸의 노력에 맞는 평가를 내려주셨어요. 그런 감정 아시잖아요? 손해 보는 기분이 들면 억울한 감정에 휩싸이게 되는데, 팀별 평가 이외에도 개인별 평가를 정확히 내려주시니까 얼마나 감사하던지 이루 말로 표현할 수 없을 정도로 흥가분했어요. 뒤돌아서 생각해보니 살다 보면 억울한 일들이나 의도하지 않게 평가받는 일들이 벌어지기도 하잖아요. 그것도 다 배우는 과정에 속하는 거더라고요. 노력한 만큼 평가받는 세상을 만들어가

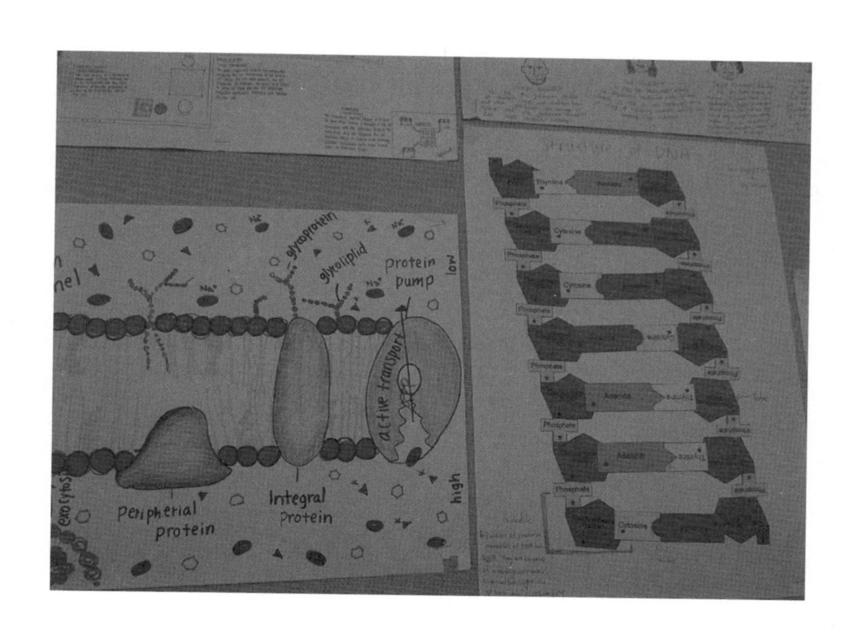

과학을 싫어했던 아이가 공대를 준비한다.
수학을 어려워했던 아이가 점점 논리적으로 변해간다.
어렵고 지겨워서 포기했다는 아이가 어느 과목 하나 놓치지 않고 따라가려 애를 쓴다.
모르는 것을 알게 해주고 흥미를 불러일으켜 주는 곳, 그곳이 학교다.

야 하는 과정이니까요. 묵묵히 자신의 일을 하는 사람들이 제대로 평가받는 세상을 우리 모두 원하잖아요."

국제학교에 대한 평가를 높게 내린 기준은 따로 있다. 딸은 과학 과목을 어려워했다. 도무지 알 수 없는 공식과 암기로 힘겹게만 느꼈다. 국제학교에서 과학 수업을 들으면서 딸의 태도는 달라졌다.

"과학이 이렇게 재미있는 과목인 줄 정말 몰랐어, 엄마."

문과적인 성향이 강했다고 생각했는데 스스로에게 놀라워했다. 직접 실험에 참여하고 결과를 눈으로 확인하는 과정을 겪으면서 흥미로웠다. 언제든지 궁금한 점을 질문하면 흔쾌히 방과 후에도 시간을 내서 답변을 해주는 선생님과의 궁합도 좋았다. 담당선생님을 향한 신뢰 덕분에 사교육을 굳이 받으려 하지 않았다. 흥미로워진 과목마다 사교육의 도움을 받으면 실력이 월등히 달라질 거라는 생각에 슬쩍 의견을 물었다.

"엄마, 학원 선생님이 더 훌륭하겠어? 아니면 학교 선생님이 더 낫겠어? 학원 선생님도 좋지만 입시 점수만을 위해서 매진할 수밖에 없을 것이고, 반대로 학교 선생님은 과학 수업에 흥미를 더 주기 위해서 곁가지를 뻗어나가시는 거잖아. 그러니까 학교 선생님이 더 다양하게 알고 계시고, 알려주시려고 애쓴다는 생각이 들어. 학교에 남아서 공부 조금 더 하다가 궁금한 거 있으면 담당선생님 만나서 물어보고 집으로 갈게."

주말에도 궁금한 점이 있으면 거침없이 핸드폰을 들었고 이에 반응하는 선생님은 그 어느 때보다 더 반갑게 딸을 대했다. 어떤 날은 수업 중에 소의 간을 해부했다는 말을 들었다. 놀란 나머지 왜 그런 수업이 있느냐고 반문했다. 딸의 눈빛을 지금도 잊을 수 없다. 소의 간을 해부하면서 피가 손에 묻었지만 스릴 만점이라고 했다. 소리를 지르는 친구들도 있었지만 딸은 적극적으로 해부에 가담했다는 것이다. 관찰 수업이 학업에 영향을 미친다는 건 당연한 결과다. 아이들은 새로운 자극을 통해 진로 결정에 폭을 넓히기 때문이다.

12학년이 되고 대학 진학을 목전에 두게 되자 기숙사 생활을 하고 싶어 했다. 등하교 때 빼앗기는 시간을 줄이고 싶다고 했다. 학교 인근에 있는 아파트를 구했다. 부모로서 최선을 다하는 모습을 보여주는 것도 딸에게는 자극을 줄 수 있을 거라는 판단에서다. 여름방학이면 과목별로 단기간 사교육을 받길 원한 딸은 스스로 계획을 짜서 그녀에게 건넸다. 그녀가 늘 걱정했던 제주도라는 지역적인 한계를 이미 딸은 넘어서고 있었다. 딸은 육지에서 온 친구들과 어울려 사교육을 받을 계획을 세웠다. 폭넓은 사고를 길러주는 수업과 친구들과 어울려 진행하던 수업은 딸의 진로에도 영향을 미쳤다.

"작은아버지가 폐렴으로 젊은 나이에 돌아가셨어요. 그때 딸이 어려서 충분히 이해한 것 같지는 않아요. 왜 약으로 치료가 안 되느냐는 질문을 했던 기억이 나네요. 작가님과 대화를 나누다 보니 떠오른 기억들인데……. 딸의 무의식 속에 제약에 관한 호기심 내지는 궁금증이 그때부터 싹 트지 않았을까 싶어요. 흥미 유발을 전혀 일으키지 못하던 수업을 받으면서 까맣게 잊고 지냈던 거죠. 브랭섬홀 아시아에 다니면서 자녀의 장점을 새롭게 발견했다는 사실이 놀라울 따름이에요. 국내 고등학교를 다녔다면 점수를 위한 과목에 매달렸겠죠. 호기심을 키워줄 수 있는 시간은 이미 지났다고 포기하면서 말이에요."

딸은 제약 관련 연구원이 되겠다고 한다. 브랭섬홀 아시아에 입학하기 전에는 상상하지 않았던 전공이다. 수학과 과학은 어려운 과목이어서 쉽게 포기를 말했던 지난 기억이 떠올랐다. 홍콩의 명문대인 홍콩대학교를 지원하게 된 동기도 홍콩에 거주하는 이들의 정보를 통해서다. 우연히 홍콩에서 열린 지인의 파티에 초대받게 됐고 그 자리에서 홍콩대학교에 대한 정보를 충분히 들을 수 있었다. 미국, 캐나다, 유럽으로 대학을 지원하는 사람들 시선에서는 의문을 가질 만하다. 수십만 원이 넘는 컨설팅을 받아서 지원하는 학생들도 많다. 그녀는 학교 입학 담당자와의 면담을 자주 했다. 그런 과정마저도 딸에게는 삶을 채워가는 법을 알려준다고 믿는다. 컨설팅 업체를 찾지 않은 것은 딸의 선택이었다. 딸은 학교 입학 담당선생님과의 소통을 무척 만족스러워했다.

국제학교 입학을 반대했던 시댁 어른들이 더욱 기뻐하셨다. 대학

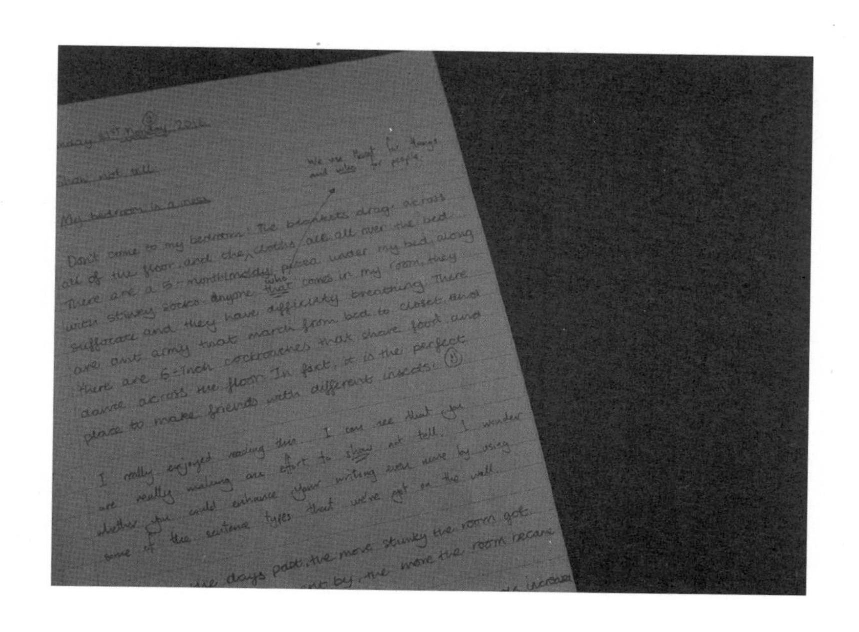

Show not tell

My bedroom is a mess

We use that for things and who for people.

Don't come to my bedroom! The blankets drag across all of the floor, and the cloths are all over the bed. There are a 5-month moldy pizza under my bed, along with stinky socks. Anyone who comes in my room, they suffocate and they have difficulty breathing. There are ant army that march from bed to closet, and there are 6-inch cockroaches that share food and dance across the floor. In fact, it is the perfect place to make friends with different insects!

I really enjoyed reading this. I can see that you are really making an effort to show not tell. I wonder whether you could enhance your writing even more by using some of the sentence types that we've got on the wall.

days past, the more stinky the room got.
by, the more the room became

매일매일 쓰는 영어 에세이가 쉬울 리 없다. 어린 시절 쓰던 그림일기를 떠올린다.
나를 중심으로 퍼져나간다. 퍼져나가려면 생각을 해야 한다. 바라봐야 한다.
그렇게 나를 바라보는 시간을 반복적으로 갖게 되면 어느새
사소한 에피소드 하나도 그냥 지나치지 않고 스토리텔링을 할 수 있게 된다.

입학에 대한 불안감을 가지고 지내던 시간들이 주마등처럼 떠올랐다.

"시댁 어른들은 국제학교에 대한 믿음이 확실해지셨어요. 딸의 결과가 좋으니까 아들도 국제학교에 입학시키라고 성화예요. 굉장히 기뻐하시면서요. 명절 때 온 가족이 모여 나눈 이야기를 정리해서 말씀드리면요. 부족한 아이들을 이끌어가는 학교임에는 틀림없다는 결론을 내리게 됐죠. 학교의 역할을 제대로 하고 있는 거죠. 그래서 아들도 국제학교에 입학하려고 노력 중이에요."

아들은 2017년 10월에 개교하는 세인트존스베리 아카데미에 원서를 냈다. 경쟁률이 높았다. 이미 딸이 입학할 당시의 분위기와는 완전히 다르다. 창의적인 부분을 키워줄 수 있는 커리큘럼을 본교에서 그대로 가져온다는 확고한 방침이다. 그동안 다른 국제학교들이 경험한 단점들을 보강해보겠다는 의지도 밝혔다. 그렇다 보니 변별력을 수학 실력에서 찾을 수밖에 없었던 모양이다. 수학 실력이 월등한 아이들이 모여들면서 아들은 불합격됐다.

"솔직히 말씀드리면 딸도 세 번 만에 브랭섬홀 아시아에 입학한 거예요. 브랭섬홀 아시아에 합격하기 전에 연거푸 두 번의 실패가 있었어요. 딸은 동생을 볼 때마다 실망하지 말고 기운 내라고 조언해주더라고요. 본인이 그런 과정을 겪었기 때문에 설득력 있는 조언인 거죠. 국제학교에 다니면 훨씬 좋아질 거라고 말하곤 해요. 동생이 빨리 합격했으면 좋겠다고 늘 기도한대요. 본인이 매우 만족스러운 학업을 받다 보니 동생도 무조건 입학하길 바라는 거죠. 게다가 일반 학교 학생들은 외국 대학에서 받는 수업에 적응할 시간이 필요하잖아요. 국제학교에 다니던 아이들은 대학 수업이 크게 다르지 않다고 말하더라고요. 국제학교 수업의 연장이라고 하네요."

잠재된 능력을 찾아낼 수만 있다면 어떤 과정도 겪어볼 만하다고들 말한다. 그런 과정 속에서 얼마나 많은 용기와 희생이 필요한지 가늠하긴 힘들다. 이럴 때, 누군가가 털어놓은 솔직한 경험을 통해 자신감을 얻을 수 있고 도전해볼 마음을 얻게 된다면 그것만큼 값진 선례는 없을 것이다.

누구나 속내를 드러내기가 쉽지 않다. 몇 번의 설득에 필요한 시간이 오가며, 그들이 솔직한 사연을 드러낸 이유는 다들 비슷하다. 선입견 없이, 어떤 감정도 없이 자녀를 정확히 바라봐주고 이끌어 줄 기회를 얻기 위해 국제학교는 성장해야 한다고 말한다. 수많은 후배들이 국제학교에서 다양한 체험을 통해 희망과 행복을 말하게 되길 진심으로 바라기 때문이다.

브랭섬홀 아시아에 입학하기 전, 자주 묻는 질문

Q1 : 학생 선발 기준이 무엇인가요?

A1 : 6학년 이상 학생들은 교내 필기시험 또는 SSAT 시험 점수와 면접을 통해 평가한다. 4학년 이상의 경우, 입학 평가 시험 이외에 최근 2년간의 생활기록부, 영어와 수학선생님 추천서를 종합적으로 검토해서 지원자를 평가한다. 1학년부터 5학년은 간단한 수학 문제 풀이와 글짓기, 읽기로 평가한다. 유치부 평가는 그룹놀이 수업 형식으로 진행된다.

Q2 : 학기는 언제 시작합니까?

A2 : 8월에 시작하는 가을 학기제이다. 여름방학은 6월 중순부터 두 달 정도다. 겨울방학은 12월 중순부터 약 3주간으로 여름방학에 비해 짧다.

Q3 : 학급 규모는 어떻게 되나요?

A3 : 학급 정원은 유치부의 경우 18명, 주니어스쿨은 20명, 미들스쿨과 시니어스쿨은 22명이다. 학급 수는 학년당 하나에서 네 개 반이다. 한 학급자 보조교사를 포함해 두세 명의 교사들이 함께 수업에 참여한다.

Q4 : 수업 시간은 어떻게 됩니까?

A4 : 주니어스쿨(JK Prep-5학년)은 오전 8시부터 오후 3시 30분까지이며 방과후 활동도 포함된다.

미들스쿨과 시니어스쿨(6학년부터 12학년)은 오전 8시 15분부터 25분까지 등교 및 조회 시간이며, 오전 8시 35분부터 오후 2시 55분까지 정규 수업 시간이 진행된다. 오후 3시부터 30분간 자율 및 보충 수업이며 그 이후부터 오후 5시 30분까지 특별 활동 수업이다.

Q5 : 통학버스를 이용할 수 있습니까?

A5 : 통학버스는 신청시 가능하며 제주시와 서귀포시로 나눠 운영된다.

Q6 : 기숙사의 왕따 문제는 없습니까?

A6 : 왕따 문제는 세계 어디에서나 일어날 수 있다. 백여 년이 넘는 본교 지도 노하우가 있음에도 불구하고 이러한 문제가 발생할 수 있다. 이럴 경우 책임을 묻는 엄중한 지도와 단계적인 제재 조치가 취해진다.

Q7 : 브랭섬홀 아시아의 교과과정은 무엇입니까?

A7 : 유치부부터 고등 교육 과정 모두 IB 프로그램으로 이루어져 있다. 현재 초등교육 과정인 IB PYP(IB Primary Years Program), 중등교육 과정 IB MYP(IB Middle Years Program)과 고등교육 과정 IB DP(IB Diploma)는 IB 사무국(IBO)의 엄격한 심사를 거쳐 승인받았다. IB 학교로 승인받기 위해서는 우수한 교사진, 교사 연수 예산, 소장 도서, 교육 실행 등과 관련한 엄격한 심사를 거쳐야 한다.

Q8 : 교사는 어떤 기준으로 선발합니까?

A8 : IB 스쿨 교사가 되기 위해서는 IB 교육 과정을 이해하고 실행할 수 있는 자격을 갖추어야 한다. 교사 채용은 학교 임원 및 교장단이 직접 해외 채용 박람회에 참가해 이루어지고 있으며 국제학교에서의 경력, IB 교육 이수 여부, 지원자의 자격이 IB 사무국의 기준에 준하는지 고려해 교사를 채용한다.

Q9 : 제2외국어로 어떤 언어를 배웁니까?

A9 : 수업 및 활동은 영어로 진행되며 이외에도 중국어, 스페인어 등 클럽 활동을 선택할 수 있다.

Q10 : 브랭섬홀 아시아는 어떤 교과서를 사용하나요?

A10 : IB 교육 프로그램에서는 특정 교과서만을 사용하지 않는다. 주니어, 미들, 시니어스쿨에는 IB 커리큘럼 및 교재를 직접 연구 및 개발하는 선생님(코디네이터)이 있으며 다양한 교육 어플리케이션과 이를 뒷받침할 수 있는 IT 기기도 적극 활용하고 있다. 교육과 관련된 교재 및 IT 소프트웨어 프로그램은 별도의 추가 비용 없이 학교에서 제공된다.

Q11 : 브랭섬홀 아시아에 특별 활동 프로그램이 있습니까?

A11 : IB 교육 과정의 일환으로 C.A.S.E(Creativity, Action, Service, Enrichment) 프로그램을 통해 학생들로 하여금 언어 및 문화, 미술, 음악, 스포츠 활동뿐만 아니라 봉사 활동과 같은 다양한 경험을 할 수 있도록 한다.

Q12 : STEM V 센터는 무엇입니까?

A12 : Science(과학), Technology(기술), Engineering(공학), Mathematics(수학), Visual Art(시각예술) 수업을 지원하는 시설이며, 캠퍼스 중앙에 위치하고 있다. 이공계 분야가 다소 어렵다고 느낄 수 있는 여학생들에게 직접 실험하고 경험할 수 있는 체험의 장을 마련하고 있다.

Q13 : 국내 대학 진학이 가능합니까?

A13 : 브랭섬홀 아시아의 한국 학생들은 국어와 국사 수업을 이수하기 때문에 국내 학력을 인정받는다. 따라서 검정고시를 치르지 않고 국내 대학 진학을 할 수 있다.

• story 13 •

외국어고등학교 불합격이 오히려 필요했던 좌절이었다

도전에는 성공이나 실패가 뒤따른다. 당연한 결과다. 결과 이후에 어떤 태도로 그다음 단계를 넘어서느냐가 더욱 중요하다. 성공과 실패가 끝이 아니다. 도전 횟수가 정해져 있는 것도 아니다. 한지우 학생은 대원외고를 지원할 실력이 충분했다고 자부한다. 다시 그 시절로 돌아간다고 해도 대원외고를 지원하는 데 주저하지 않을 것이기 때문이다. 그때 아니면 지원해볼 기회가 없는 것 아닌가.

"합격이 중요하죠. 합격을 꼭 해야만 하고요. 그런데 때로는 좌절을 맛보면 사람이 좀 커지는 것 같아요. 세상을 바라보는 시선이 달라진다고 할까요. 그때는 집착이었는데 되돌아보니 필요한 좌절이었다고 생각해요."

불합격 통지서를 받은 뒤, 외국 유학을 떠나겠다고 했다. 불합격을 받게 되면 곧바로 대안을 찾는 것은 당연했다. 그런 그녀에게 부모님은 제주도에 있는 국제학교에 관한 정보를 건넸다. 그동안 제주도에 국제학교가 생겼다는 것조차 몰랐던 그녀는 호기심이 생겼다. 특히, 다양한 교외 활동 프로그램에 대해 지원을 해준다는 문구가 눈에 들어왔다. 글로벌한 인재로 성장하기 위해서는 다양한 체험이 필요하다. 외국에서 대학을 다니겠다는 꿈이 있던 터라 학업뿐만 아니라 교외 활동도 중요했다.

대원외고 입시를 준비한 덕에 브랭섬홀 아시아 입시 관련 서류 준비는 수월했다. 합격에 대한 자신감이 강했던 건 아니다. 그렇다고 불합격당할 것을 염려하지는 않았다. 또래에 비해 다양한 기회를 경험하는 것에 매우 흥분되고 만족스러웠다. 결과는 합격이다. 외고에 입학하는 순간부터 대학 입시를 바라보며 몰두해야 한다. 국제학교를 다녀도 그런 압박은 비슷할 거라 예상했었다.

막상 수업을 받으며 감탄했다. 마치 꿈 많던 어린 시절로 돌아간 듯 착각이 들 정도로 수업은 다양했다. 학교생활을 열정적이고 성실히만 수행한다면 대학 입시 준비도 자연스럽게 진행될 거라는 선생님들의 말씀에 반신반의했다. '자연스럽게'라는 단어가 와 닿지 않았기 때문이다. 시간이 지나고 학년이 올라갈수록 그 단어의 의미를 실천하고 있음을 인지하게 됐다. 각 과목별 수업은 연계되고 함께 진행된다. 동떨어져 진행되거나 평가받지 않는다.

"GYBC라고 비즈니스 콘테스트가 있어요. 글로벌 회사로부터 지원을 받은 이벤트인데요. 모의로 비즈니스를 하고 비즈니스를 위한 서브 개념까지 확실히 문서화로 만들어서 가상으로 비즈니스를 이끌어보는 거예요. 인사관리부터 회계, 마케팅 분야까지 직접 해보는 건데요. 무척 재미있고 흥미로운 콘테스트였어요."

콘테스트에서 1등을 거머쥐자 교내에 소문이 돌기 시작했다. 어디서 정보를 얻었는지 어떤 구상으로 콘테스트를 이끌어 갔는지 방법을 알려달라고 아우성이었다. 보이지 않는 경쟁의 불꽃이 튄 것이다. 그녀는 인터넷 서치를 통해 수많은 기업에서 내놓는 다양한 이벤트에 참가했다. 실전에 강한 것이 대학에서도 유리한 위치를 점할 수 있을 거라는 판단에서다. 극성에 가까운 적극성이 없으면 인문학 분야에서 살아남기 힘들다. 이론과 실전에 강하려면 현장에서 발로 뛰는 수밖에 없다. 그녀는 눈에 띄는 정보는 무조건 상담하고 경험하는 데 게을리하지 않았다. 이런 모든 활동이 그녀의 포트폴리오가 됐다.

"저와 다른 친구들의 차이는 주도적이냐 그렇지 않느냐예요. 정보가 넘쳐도 적극성이 떨어지면 무의미한 페이지가 되고 마는데, 그 반대의 경우에는 어떤 식으로든지 의미 있는 과제로 바꿀 수 있어요. 저는 콘테스트에 참가하게 되면 교내

선생님들에게 상담도 받아가면서 진행했어요. 선생님들과 함께 고민하는 거죠. 그럴 때면 학교의 모든 시스템과 선생님들이 저만을 위해서 존재하는 것 같은 착각이 들 정도로 제게 적극적으로 지원해줘요. 새로운 도전 과제를 들고 상담을 원한 학생은 선생님들에게 언제나 대환영인 거죠."

그녀가 적극적으로 변한 계기가 있다. 초등학교 3학년 홀로 떠난 조기 유학에서다. 한국인이 운영하는 홈스테이에서 머물렀는데, 영어를 빨리 배우려면 외국인이 운영하는 홈스테이에 머무는 것이 낫겠다는 생각에 종교 단체를 통해 정보를 얻었다. 캐나다에서 머문 2년 동안 그녀가 한국을 나오는 일도 없었고 부모가 캐나다로 가는 일도 없었다. 소식은 오로지 목소리를 듣는 것으로 만족해야 했다. 금전적 사정이 여의치 않아서는 아니다. 대학 시절, 일본 유학 경험이 있던 그녀 아버지의 선택이었다.

2년이나 3년을 넘기지 않는 조기 유학의 경우, 부모를 만나면 마음이 흔들리게 마련이다. 유학 생활을 잘 버티기 위해서라는 이유로 짬을 내서 한국에 다녀가는 경우가 종종 있다. 한국에 잠시 돌아오면 다시 가기 싫어지는 마음이 무조건 생기게 된다. 흔들림 없이 유학 생활에 빠져들려면 한국을 잠시 잊고 바뀐 환경에서 재미를 느껴야 한다. 그리움 때문에 유학을 포기하는 경우도 흔하다. 학업은 뒷전이고 문화생활을 즐기기만 하다가 흐지부지되는 경우도 흔하다. 포기는 쉽지만, 후회는 자취를 감췄다가도 어느새 나타나 평생을 흔들기도 한다.

어린 나이에 눈물을 흘린 적이 없다면 거짓말일 것이다. 하지만 그 어느 때보다 학교생활에 빠르게 적응했고 빠르게 재미를 찾아갔다. 국내 교육 스타일과 다른 시스템은 그녀를 흥분하게 했다. 생각하고 발표하고, 고민하고 글을 쓰는 반복적인 수업은 그녀에게 흥미를 주기에 충분했다.

"제 글에 대해서, 제 의견에 대해서 단 한 번도 꾸지람을 듣거나 만족스럽지 못하다는 평가를 받은 적이 없어요. 언제나 선생님들은 제 이야기에 귀를 기울였고 저를 기다려줬어요. 제가 서툰 영어로 더듬거려도 선생님은 늘 눈을 마주치며 호응해줬죠. 어색하고 창피해서 도망치고 싶을 때도 선생님의 칭찬에 버티고 지내는 거예요. 선생님이라는 존재 자체에 크게 의지하게 되는 거죠."

초등학생 시절에 느끼는 캐나다란 나라는 한없이 멀게만 느껴졌다. 초등학교 5학년 때 2년간의 유학을 마치고 귀국하면서 아시아권에 있는 대학을 찾아봐야겠다고 결심했었다. 가벼운 마음으로 언제든지 부모님을 만날 수 있는 곳에서 학업을 이어가고 정착하는 것이 효도라는 생각에서다. 막연한 결심이었지만 선택 앞에서 지침이 됐다. 외동딸인 그녀가 홍콩을 선택한 것도 이 때문이다.

홍콩에 있는 대학을 지원하기 전, 부모님과 홍콩으로 향했다. 캠퍼스를 직접 눈으로 보고 결정해야 했다. 4년 넘게 교정을 밟아야 하는

데 마음에 들지 않는다면 지원할 이유가 없다. 홍콩대학교와 홍콩과학기술대를 둘러봤다. 먼저 찾은 홍콩대학교는 차분했다. 그녀는 활기차길 바랐다. 홍콩과학기술대를 찾았다. 때마침 행사로 인해 교내는 시끌벅적했다. 호텔로 돌아온 그녀는 고민 없이 홍콩과학기술대로 정했다. 다음 날, 부모님은 홍콩대학교를 다시 찾았다. 그녀와 동행하길 원했지만 그녀는 단칼에 거절했다.

"저는 첫 느낌, 첫인상이 중요해요. 홍콩과학기술대학 캠퍼스에 마음을 빼앗겼어요. 제가 실력이 돼서 홍콩과학기술대학에 합격해야겠다고 결심했죠. 가족 여행이었지만 홍콩까지 날아가서 부모님과 함께 캠퍼스도 걸어보고 구경도 하고 났더니 더욱 긴장이 됐어요. 제가 원한다고 무조건 합격하는 게 아니잖아요. 대원외고 입시를 준비했을 때와는 확연히 달랐어요. 전혀 다른 긴장감이 돌더라고요."

다행히 그녀는 합격했다. 한 학기를 마치고 겨울방학에 잠시 귀국했다. 그녀의 캠퍼스 생활을 궁금해하는 친구들과 자주 어울렸다. 유학은 늘 서구권 대학을 지칭하던 문화 속에서 홍콩에서 유명 대학을 다니는 그녀의 삶에 호기심을 갖게 되는 건 당연했다.

"귀국해서 친구들도 만나고 그러다 보니까 술도 마시고 수다도 떨고 좋았는데. 몇 번 반복이 되니까 시간이 아깝더라고요. 매번 비슷한 이야기만 나누게 되고요. 서둘러 홍콩으로 돌아가려고요. 아직은 방학이지만 홍콩에 가서 배울 만한 것들을 찾아보고 새 학기 준비도 미리 하려 해요. 시스템에 적응만 잘 하면 그 어느 나라 학생들보다 국제학교 출신들의 실력이 월등히 늘어요."

체계적으로 시간관리를 철저히 하려 애쓰는 그녀는 캐나다 조기유학부터 자기관리 습관을 길렀다. 감정 조절이야말로 자기관리의 최우선시돼야 할 대목이다. 조기 유학 시절이나 외고를 준비하던 시절 그리고 제주도 국제학교 생활을 통해서 독립적인 결과를 얻어낼 수 있었던 건 자기관리를 어떻게 해야 하는지 고민했기 때문이다.

부모 자식 관계에 애틋함이 없다면 거짓말이다. 안락하고 편안한 길만 가길 바라지 않는 부모도 없다. 그럼에도 강하게 내치는 것은 결국 방법을 알려주기 위함이다. 감정은 어떤 방향으로 활용하는지에 따라 약이 되기도 하고 독이 되기도 한다.

그녀가 브랭섬홀 아시아 졸업을 앞둔 일 년 전, 부모는 서울에서의 삶을 정리하고 일 년간 제주에서 함께 머물렀다. 부모 모두 제주도에서 휴식기를 가졌다. 산책을 다니고 맛있는 식당을 방문하며 딸 곁에서 일 년을 지냈다. 부부가 일 년 넘게 제주도에서 치유의 시간을 가질 수 있었던 건 지나온 시간에 대한 포상이다. 잘 견디고 버텨온 각자에게 꿀맛과도 같은 휴식기인 셈이다.

선행 학습을 위해 서둘러 홍콩으로 날아간 한지우 학생에게 추가 인터뷰 요청은 무리였다. 대학교 입학은 끝이 아니라 무거운 책임감을 안고 시작에 임해야 한다는 그녀의 코멘트가 생생하다. 브랭섬홀 아시아의 학업 시스템을 충분히 활용한 그녀는 홍콩에서도 역시 자기 만의 삶을 위해 주어진 환경을 적극 활용하는 인재로 성장할 것이다.

• story 14 •

IB 프로그램이 뭔지도 모른 채 합격했어요

그녀가 운다. 눈시울이 붉어진 걸 눈치채고 눈길을 피했다. 다시 눈이 마주치자 그녀가 울고 있다. 코끝은 발갛게 달아올랐고 소매 끝으로 급하게 눈물을 훔친다.

"엄마인 제가 딸에게 별로 해준 게 없어요. 일만 하느라고 마음의 여유가 없었어요. 제 마음 편하자고 딸에게 선택과 그에 따른 책임을 강요하기도 했죠. 네가 선택했으니 네가 결과에 대해서는 책임을 져야 한다는 식의 대화를 주로 나눈 기억이 나요. 회사 일에 지쳐서 집에 들어오면 아들과 딸을 불러다 놓고 제가 힘들었던 일들만 털어놨던 것 같아요. 그때 당시에는 남편의 사업이 그리 좋게 흘러가지 않았어요. 제가 뒷바라지를 제대로 해야 한다는 책임감이 강해질 수밖에 없었어요. 힘들지 않았다면 거짓말입니다. 아이들의 학업에 관심도 갖고 질책도 하고 그랬어야 하는데 그렇지 못했어요. 회사 일에도 지쳐서 힘들었습니다. 사실 부모는 강해야 하잖아요. 저는 그러지 못한 엄마였어요."

은행 업무에 시달리다 퇴근한 그녀와 밤늦게 나누는 대화 속에서 아이들은 몰라도 됐을 어른들의 삶을 이해해야만 했을 것이다. 고민과 갈등은 어른이 돼도 삶에 달라붙는다는 건 공포에 가까웠을 것이다. 마냥 밝고 행복한 대화만 나눴어야 했는데 그녀는 그렇게 하지 못한 시절이 후회스럽기만 하다. 고해성사를 하듯 반성을 끊임없이 이어갔다. 그녀의 눈물은 멈출 기미를 보이지 않았다.

"지금도 참기 힘든 건, 딸이 홀로 떠난 유학길에서 혹독한 경험을 견뎌야 했다는 기억이 불쑥불쑥 떠오를 때예요. 저라면, 제가 제 딸의 상황이었다면 미국 유학 중에 당한 억울한 누명 탓에 자해를 했을 거예요. 아니, 자살을 시도했을지도 몰라요. 떠올리고 싶지도 않은 기억만 아이에게 경험하게 한 것 같아서 생각하면 할수록 마음이 찢어질 듯 아파요. 내가 왜 그렇게 아이를 힘겹게 했을까 싶기도 해요. 조금 더 신중하고 철저하게 준비하고 확인했더라면 당하지 않을 일들을 제 딸이 겪은 거죠."

작은어머니, 아들과 함께 뒤 테이블에 앉아 있던 딸이 그녀 곁으로 다가온다. 딸 류재원 학생이 놀란 눈으로 바라본다.

"엄마, 왜 그래. 또…… 또 울고 이런다, 우리 엄마. 나는 괜찮다니까. 나는 행복하다니까."

그녀와의 인터뷰는 그녀 자신도, 나도 예상하지 못했었다. 그녀와 대화를 나누기 전, 재원 학생과의 대화가 먼저 이뤄졌었다. 인터뷰 날짜와 가족 모임이 겹쳤던 모양이다. 재원 학생과의 인터뷰 도중에, 부모에 관한 질문이 이어지자 배시시 웃으며 입을 뗀다.

"사실 뒤 테이블에 앉아 있는 분 중에 저희 엄마가 계세요. 저기에 앉아 계시는 분이 저희 작은할머니랑 오빠랑 엄마예요. 작가님이 원하시는 대로 제 인터뷰 끝나면 바로 엄마와 인터뷰할 수 있게 여쭤봐 드릴게요. 저희 엄마도 이런 종류의 대화를 무척 좋아하실 거예요. 사회생활을 오래 하셔서 그런지 멋지시거든요."

짧은 시간 안에 지나온 시간을 훑을 때면 누구나 가장 힘들었거나 가장 행복했던 기억을 꺼내들기 마련이다. 그녀와 딸은 같은 시기를 가장 먼저 떠올렸다. 재원 학생의 눈가가 촉촉해진다. 조명 빛에 반사된 반짝이는 눈망울을 오인했을 수도 있다. 같은 시기를 떠올리며 모녀의 표정이 겹쳐진다.

그녀는 이십여 년을 근속한 성실한 '워킹맘'이다. 딸이 미국 유학을 결심하면서 그녀도 큰 결심을 해야 했다. 딸의 뒷바라지를 위해 미국행을 택한 것이다. 주변의 만류에도 불구하고 은행원을 그만두겠다는 결정을 내렸다. 어디까지나 딸의 뒷바라지를 위해서다. 후임자에게 업무 인수인계를 하려면 충분히 시간을 두고 마무리 지어야 했다. 사직은 정해진 시기에 의사 표명을 하고 조직의 규칙에 맞게 정리를 해야 한다. 넉넉잡아 여섯 달만 참으면 될 일이었다. 딸은 여섯 달을 참을 이유를 찾지 못했다. 홀로 먼저 가서 하루라도 빨리 적응하고 싶은 마음뿐이었다. 혼자 비행기를 타고 홀로 떠나는 유학길에 대한 환상에 사로잡혀 있었다. 그것은 그 무엇과도 바꿀 수 없는 자신만의 시간과 공간이라며 떠날 채비를 끝냈다. 그녀는 딸의 당찬 자신감에 믿음마저 생겼다. 딸은 눈물 한 방울 흘리지 않고 비행기에 올랐다.

낯선 공항에 도착했다. 사방이 영어로 가득 찬 공간에 자신의 이름을 들고 서 있는 지인을 만났다. 호기심으로 가득 찬 딸은 낯선 그들을 따라 뉴저지로 향했다. 지인이 직접 운영하는 홈스테이다. 며칠 지나지 않아 가톨릭 사립학교에 입학했다. 긍정적으로 무엇이든 받아들일 자세가 돼 있던 딸에게 이상한 일이 벌어지기 시작했다. 홈스테이에서는 딸을 제대로 대접해주지 않았다. 홈스테이 주인은 학비와 병원비, 생활비, 용돈을 그녀로부터 끊임없이 받아오고 있었다. 그러나 제대로 전달하지 않았다. 얼마를 보냈으니 꼭 그 돈을 챙겨야 한다는 식의 대화를 모녀간에 하지 않은 것이 화근이었다. 홈스테이 주인을 믿었고 굳이 어린 딸에게 금전적인 부분을 말할 필요가 없다고 생각한 게 불찰이었다.

"뒤늦게 알게 된 사실인데요. 그분이 정신적으로 문제가 있었어요. 그때 겪었던 충격적인 일들 때문에 딸도 그렇고, 저도 그렇고 지금은 어지간히 힘겨운 일이 발생해도 거뜬히 넘길 수 있는 정신력을 얻은 것 같아요. 어휴. 그때 그런 일을 겪지 않았더라면 제가 이 세상 어디에서도 지금처럼 긍정적으로 살아가기 힘들었을 거예요. 그건 딸도 마찬가지일 거라 생각해요."

소수민족에 대한 심한 차별과 홈스테이 주인집 딸들과의 마찰은 딸을 궁지로 몰았다. 학교의 규칙을 어기는 일들을 서슴없이 하던 집주인 딸들에게 누명을 쓰기도 했다. 영어가 서툴던 딸이 오롯이 겪어내야 했던 일이다. 다행히 수녀님에게 자신의 처지를 전달할 수 있었고, 수녀님의 도움으로 이겨낼 수 있었다.

"아빠는 제가 미국에 정착한 지 두 달도 안 돼서 급하게 오셔야 했어요. 엄마는 업무 인수인계 중이어서 못 오셨고요. 홈스테이를 하던 분들이 전화연결까지 안 해줘서 답답한 나머지 아빠가 급하게 미국으로 오셨던 거예요. 홈스테이 주인은 제가 자신들을 모함했다면서 미국 경찰에 넘기겠다고 협박까지 했어요. 게다가 외국에 살면 종교 행사에 다들 참석하잖아요. 그런 공간에서 다양한 정보를 교환하게 되니까요. 홈스테이 주인이 다니는 교회에 저도 다녔는데요. 거기서 저를 왕따시키기까지 했어요. 그래도 견뎌야 한다는 생각뿐이었어요. 아무리 힘들어도 한국으로 돌아가는 일은 절대로 없을 거라고 다짐했죠. 미국으로 급하게 오신 아빠는 제 얼굴을 보고 소스라치게 놀라셨어요. 제 얼굴이 스트레스 때문에 여드름으로 뒤덮여 있었거든요. 홈스테이 주인이 제 얼굴 상태를 전화로 알려서 아빠는 병원비를 보냈대요. 저는 홈스테이 주인이 병원비를 받았다는 말도 못 들었어요. 병원에 데려가지도 않았고요. 스트레스가 점점 심해지면서 여드름으로 얼굴 전체가 노랗게 곪아터졌어요. 제 눈에는 그것도 잘 보이지 않았어요. 어떻게든 거기서 버텨야 하니까요. 제가 원해서 미국까지 갔는데 불과 몇 달도 지내지 못하고 돌아갈 수는 없었어요. 결과물이 없어지는 거잖아요."

십 대 소녀에게 결과물의 의미는 무엇일까. 결과에 대한 굳은 신념이 생기게 된 계기가 무엇일까. 유학을 떠나기 훨씬 전, 중학교 1학년이 되던 해에 '일상탈출'이라는 주제를 가지고 모녀는 여행을 준비했다. 그녀의 휴가 기간에 맞춰 동료 일곱 명과 동료의 딸 일곱 명이 함께 일본으로 떠날 채비를 마쳤다. 3박 4일의 짧은 여행이지만 배낭여행의 성격을 띤 것이다. 은행으로 출근 전, 일본어 어학원을 다니던 건 이런 날이 다가오면 조금 더 풍요롭게 여행을 즐기고 싶어서였다. 여행 일정을 정하면서 그녀의 일본어 실력은 여지없이 발휘됐다. 스스로의 만족을 위해 시간을 쪼개가며 배움을 게을리하지 않으려 애썼던 시간들이 빛을 발하는 순간이다. 그 모든 순간순간이 딸에게 깊은 인상을 주기에 충분했다. 시아버지는 교장선생님이었다. 유학에 대한 로망이 간절했던 그는 자동차 정비기술을 배워서 이민을 떠나려 했었다. 손녀의 유학에 대해 모든 가족이 호의적일 수밖에 없는 환경이었다. 이런 환경 속에서 손녀는 결과에 대한 책임감 있는 행동과 실천이 필요하다는 것을 자연스럽게 배우게 됐다.

사직 처리가 깔끔하게 마무리된 후, 모녀는 미국에서 재회했다. 전쟁터에서 살아남은 것처럼 감격스럽기까지 했다. 서둘러 집을 구하고 홈스테이에서 나왔다. 모녀만의 유학 생활이 시작된 것이다.

"엄마와 함께라면 어떤 현실도 받아들일 자신이 있었어요. 더한 시간들도 보냈잖아요. 그런데 엄마는 처음과는 달리, 시간이 지날수록 긴장하는 눈치더라고요. 아무래도 말이 통하지 않는 외국이다 보니 마음 편히 지내시지 못하는 것 같았어요."

그녀는 결혼 이후에도 돈을 벌었다. 매달 월급을 받으면 알뜰하게 생활계획을 짜며 지냈다. 이제는 수입은 없고 지출만 있는 상황이다. 생활 태도가 달라진 건 당연했다. 물 한 병도 쉽게 구매해서 마시지 못했다. 반찬도 한두 가지밖에 만들지 못했다. 그녀의 적응은 전투적이기까지 했다. 최대한 운전은 하지 않으려 했다. 서툰 영어로 인해 불이익을 당하면 해결하기 쉽지 않을 거라는 불안감에서다. 조금이라도 아껴서 잘 버텨야 한다는 절박감을 느꼈다. 한편으로는 김치 반찬 하나만으로도 행복감이 밀려들었다. 딸과 함께 하고 있다는 것만으로도 자신감이 생겼다. 매일 반복적으로 불안과 행복이 교차했다. 그녀는 어학연수를 시작했다. 모녀가 함께 공부하며 소박한 행복을 만끽하고 있었다. 학생 숫자가 적은 사립학교를 다니던 딸은 고등학교 때부터는 학생 숫자가 많은 공립학교를 다녀야겠다고 결심했다. 차별에서도 벗어날 수 있을 거라는 기대감도 한몫했다. 비자 문제까지 해결하고 나니 불과 얼마 전에 벌어졌던 고통들도 시간 속 깊이 스며들어 그 상처조차 흐릿해졌다. 대학 입학 전까지는 학업에만 매진해야겠다는 생각뿐이었다.

방학을 이용해 한국에 잠시 다녀오겠다는 딸의 결심에 그녀는 흔쾌히 승낙했다. 홀로 한국으로 떠난 딸에게 문제가 생긴 건 얼마 지나지 않아서였다. 미국 내에서 비자를 변경한 것과는 별개로 한국에서도 비자 변경을 신청해야 한다는 통보를 받은 것이다. 그러나 비자 심의에서 '불허' 처리를 받게 됐고 미국으로의 입국은 실현 불가능한 일이 돼버렸다. 재심 신청에서도 결과는 같았다. 학업을 이어가야 하는 딸에게 미국 고등학교 개학까지는 일주일도 채 남지 않았다. 남편은 서둘러 딸의 전학을 알아봤다. 지금 당장 전학이 가능한 곳을 찾아야 했다. 때마침 브랭섬홀 아시아에 관한 정보를 얻게 됐다. 매력적인 부분은 기숙학교라는 것이다. 딸에게 유학의 분위기를 유지할 수 있는 건 가족으로부터의 독립이었다. 자유롭고 창의적인 수업 시스템에 관한 정보도 만족스러웠다. 입학 담당관에게 상담을 요청했다. 미국에서 학교를 다닌 이력 덕분에 딸에게 호의적이었다. 하지만 막상 시험을 앞둔 딸은 자신이 없었다. 비자 거절 문제로 충격은 컸다.

"저는 제주도에서의 삶이 두려웠어요. 엄마는 미국에서 이제 겨우 정착을 하셨는데 저는 한국에 남아야 하는 어처구니없는 상황이 벌어진 거잖아요. 입학시험도 두려웠고요. 영어로 수업을 들을 수 있을 정도는 됐지만 수학시험은 정말 자신 없었거든요. 브랭섬홀 아시아 입학시험장에서 만난 인도, 태국, 홍콩에서 온 친구들 때문에 무척 긴장했죠. 외국에서까지 입학시험을 보러오는 곳이 제주도인 줄 몰랐거든요. 더욱더 긴장될 수밖에 없었어요. 저는 솔직히 IB 프로그램이 무엇인지도 모를 정도로 정보가 없었죠. 무조건 전학을 해야만 하는 상황이었으니까요. 다시 국내 고등학교로 돌아가야 한다는 건 생각만으로도 끔찍했어요."

필기시험은 생각을 요구했다. 어렵지 않게 에세이를 써내려갔다. 다행히 면접시험도 영어 실력 덕분에 순조로웠다. 그럼에도 확신이 서질 않았다. 질문을 이어가던 면접관은 딸에게 질문할 것이 있느냐고 물었다. 학교에 관한 정보가 전혀 없었기 때문에 질문은 지극히 단순했다.

"방학은 긴가요?"

"방학은 자주 있나요?"

"취미 생활을 유지할 수 있나요?"

대학교 캠퍼스 정도의 너른 교정이다 보니
자전거를 타고 다니는 교직원들이나 학생들이 눈에 띈다.
주차장은 학생들이 뛰어노는 곳에서 멀찌감치 떨어져 있다.
조금이라도 규칙을 어기면 어디선가 나타난 관리요원이 주차 규정을 읊는다.

"방과 후 활동은 무엇이 있나요?"

면접장에서 나오면서 딸은 한숨을 내쉬었다. 불합격일 거라며 낙담했다. 앞으로 어디에서 학업을 이어가야 한다는 말인가. 무엇 하나 마음먹은 대로 이끌어지지 않는 날들 탓에 지쳐만 갔다. 일주일이 채 지나지 않은 어느 날, 결과가 날아들었다. 합격이다. 시험을 치룬 여섯 명 중에서 딸만 유일하게 합격했다. 인도, 태국, 홍콩에서 온 친구들은 교내에서 만날 수 없었다.

"기준을 모르겠더라고요. 정말 바보 같은 답변과 질문만 쏟아냈는데 저를 합격시켜줬더라고요. 면접에서 당당해 보였을까요? 저의 당돌함을 긍정적으로 바라봐주셨을까요?"

딸의 비자 문제가 해결이 되지 않은 탓에 이미 그녀도 미국 생활을 정리하고 있었다. 제주도에 국제학교가 생겼다는 것도, 국제학교 입학에 합격했다는 것도 한꺼번에 전해 들었다. 정해진 대로, 원하는 대로 인생이 흘러준다면 더욱더 세밀하게 계획적이고 전략적이 돼야겠지만 모녀의 삶은 하루가 다르게 롤러코스터를 타듯 변화무쌍하게 돌아갔다.

한국으로 돌아온 그녀는 제주도로 향했다. 어린 시절부터 여느 가정에 비해서 모녀가 함께 한 시간이 턱없이 부족했다는 생각에 이르자 서둘러 제주도에 둥지를 틀어야겠다는 생각뿐이었다. 학교 인근에 아파트를 구했다. 정식 입주는 한 달 후였다. 한 달간 다른 곳에서 지내야만 했다. 제주시에 한 달간 머물기로 했다. 불과 며칠 전만 해도 미국 생활에 적응하기 바빴다. 그녀는 하루빨리 제주도 생활에 적응해야겠다는 생각뿐이었다. 비자 문제로 인해 어쩔 수 없이 귀국해야 하는 상황은 이미 벌어진 일이다. 되돌릴 수 없는 현실이다. 그렇다면 하루빨리 적응해 나가는 것이 현명한 자세다. 한라대학교와 제주대학교 평생교육원에 다닐 계획을 세웠다. 승마, 발효양념, 산야초, 요가, 필라테스, 스킨스쿠버 등 그동안 배워보지 못했던 세상을 향해 꼼꼼한 계획을 세웠다.

"저희 엄마는 시간을 남들보다 알차게 보내는 능력이 있어요. 그런 모습을 볼 때마다 한없이 나태해지다가도 좋아하는 일 앞에서는 집중적으로 열정을 보여야 하는 것이 당연하다는 생각이 들어요. 아니, 생각할 필요조차도 없이 당연한 거죠."

제주시에서 한 달여 동안 살면서 새로운 고민이 생겼다. 스쿨버스를 타고 다니는 것에 불만이 없던 모녀는 제주시에서 머물기로 했다. 아파트 계약금은 과감히 포기했다. 힘겨운 시간들이 한꺼번에 몰아친 것처럼 평탄한 시간들만 다가왔다. 그녀는 제주도에서 다양한 취미생활을 즐겼고, 딸은 영국 에든버러대학교에 당당히 합격했다.

"어머님이 누구니?"라는 노래 가사처럼 궁금증이 강렬해지는 경우가 있다. 나이답지 않은 철듦에 자라온 환경을 묻지 않을 수 없게 된다. 딸이 영국으로 돌아간 이후에도 그녀를 다시 한 번 더 만났다. 인터뷰라는 형식을 띠었지만 그동안 열심히 살아온 한 인생을 만나는 것이다. 영국으로 떠난 딸은 학업에 열중하고 있고, 한국에 남은 그녀는 취미 생활을 누리며 열정을 쏟고 있다.

"엄마들끼리 모임을 만들어서 영어회화를 배우고 있어요. 제주도에서 누린 취미를 이곳에 와서도 이어가고 있고요. 미국과 제주도에서 보낸 시간들이 소중했다는 생각이 듭니다. 저뿐만 아니라 재원이도 평탄하지 않았잖아요. 잘 극복해낸 시간 속에서 재원이는 긍정적인 한 인간으로 거듭날 거라 믿습니다."

단 하루라도 허투루 보내지 않으려는 건 습관처럼 몸에 밴 것이다. 부모의 부지런함이 자녀의 부지런함을 낳는다. 어떤 질문에도 막힘이 없던 재원 학생과 솔직함으로 무장한 그녀와의 대화는 두고두고 오랜 시간 기억에 남을 것이다.

• story 15 •

성악이 전부였던 삶에 인문학의 세상이 있음을 알려준 곳이죠

덕수궁 돌담길을 홀로 걸어 내려와야 했다. 친구들이 탄 버스가 지나간다. 버스에는 예원고등학교에 합격한 친구들이 탔다. 버스는 느린 속도로 장현화 학생 옆을 스치고 지나간다. 들떠 있는 분위기가 버스 밖으로도 새어나온다. 참고 참았던 눈물이 왈칵 쏟아졌다.

예원중학교 졸업과 동시에 예원고등학교 입학은 당연한 수순이었다. 전교에서 서너 명이 채 되지 않는 학생들이 예고를 포기한다. 그것도 어디까지나 자발적 포기다. 그녀는 예고 입학에 실패했다. 불합격당한 그녀의 발걸음이 휘청거린다. 성악가를 꿈꾸던 그녀는 초등학교 때부터 단 한순간도 정상의 자리를 놓친 적이 없기로 유명했다. 그런 그녀가 예고 입시에서 불합격당한 것이다. 성대에 문제가 발생하는 경우가 종종 있으나, 그녀처럼 아예 목소리 자체가 나오지 않는 상황은 꽤 드물다. 성대 관리에 대부분의 시간을 투자하는 이들에게서는 처음 본다는 진단만 반복적으로 들어야 했다. 겨우 추슬러 실기시험을 치루긴 했는데 문제는 예상치 못한 곳에서 발생했다. 입시 전담교수와의 마찰로 인해 형편없는 결과를 빚고 만 것이다. 원망할 대상은 분명 있었으나 결과는 그녀의 몫이었다.

숭의초등학교와 예원중학교는 그녀가 존재해야 하는 이유를 가르쳐준 곳이다. 받아들이기 힘든 결과는 그녀의 존재 자체를 스스로 부정하게 만들었다. 그녀의 불합격 소식은 전교생에게 퍼졌다. 여전히 친구들은 그녀의 실력을 인정해주고 있다는 사실만 남았다. 그것마저 없었다면 그녀는 극단적인 선택을 했을 것이라 고백한다.

"하나의 목표만을 바라보고 살아온 아이들은 그것이 사라지면 자신도 함께 사라져야 한다는 생각에 빠져들어요. 인간이 살면서 하나의 목표만이 존재하는 것이 아닌데 그때는 저도 그렇고, 가족 모두 하나만을 생각하면서 살았어요. 매우 위험하고 무서운 생각인 거죠. 어떻게 하나만을 생각하며 인생을 살아갈 수 있겠어요."

마음을 추스르고 일반 고등학교에 진학해서 성악가가 되기 위해 노력하면 되는 것이었다. 그렇게 마음을 다잡으면 일상으로 되돌아갈 수 있을 줄 알았다. 그런데 그것마저도 쉽지 않았다. 일상적인 삶은 그녀와는 거리가 멀었다. 예술을 향해 달려가는 친구들 속에서 지낸 시간만큼 다양한 진로를 꿈꾸는 친구들과의 간극은 벌어져 있었다. 스스로를 위로하려 할수록 현실을 거부하려는 힘만 강해져 갔다. 현실을 용납할 수가 없었다. '왜 하필'이라는 말이 머릿속에서 하루 종일 맴돌았다.

'왜 하필 나란 말인가?'

'나는 하루하루 더 나아지고 있다'라는 문장을 초등학교 6학년 때 책상에 붙여 놓고 지낸 시간들을 떠올렸다. 하루하루 다르게 발전하면 선택받은 삶을 살 수 있을 거란 믿음이 확고했었다. 남들보다 훨씬 더 노력하면 원하는 것을 가질 수 있을 거란 확신이 처참히 무너진 것이다. 그녀가 원하는 운명은 그녀를 비껴갔다. 기도에 매달려도 소용없었다. 원망과 분노는 더욱 커져만 갔다. 의지할 곳을 찾지 못해 방황은 점점 길어져만 갔다.

마음을 다스려서 지내다가도 일반 고등학교에 다니는 선배들을 길에서 마주치기라도 하면 저절로 눈살이 찌푸려졌다. 짧게 말아 올린 교복 치마도 눈에 거슬렸고 짙은 화장과 향수 냄새는 역겨웠다. 담배 연기를 내뿜는 남학생들과 마주치기라도 하면 불결한 느낌마저 지울 수 없었다. 그것은 혐오스러움이었다. 미술이나 음악, 무용을 어린 시절부터 전공하려는 친구들은 언제나 자신의 삶을 사랑했다. 자신의 신체를 사랑했다. 사춘기의 방황마저도 작품에 묻어나게 만들었다. 자신을 하나의 예술 작품으로 바라보고 조율 잘 된 악기와 동일시했다. 자기 일을 사랑하지 않은 친구를 곁에서 바라본 기억조차 없다. 싫어지는 감정이 쌓이다 보니 거부반응은 더욱 심해졌다. 사흘 동안 식사 한 번 제대로 하지 못하고 눈물로 지새웠다. 얼굴은 점점 부어올랐고 제대로 서지도 못할 정도로 기력은 약해졌다. 방문을 잠근 채 온종일 밖으로 나오지 않았다. 그런 그녀를 막으려는 엄마와 실랑이를 벌였다. 그녀 자신도 그녀를 믿지 못했다. 그녀가 울면 엄마도 울었다. 그녀가 구슬피 목 놓아 울면 엄마도 무너졌다.

온몸이 바르르 떨리던 분노도, 멈추지 않을 것만 같던 눈물도 말라갔다. 하나의 생각으로 응집됐다.

'여기서 좌절하면 너무 억울하지 않을까? 그동안 지나온 시간이 나의 실력이 아닌 것에 의해 무너진다면 삶이 너무 억울한 건 아닐까?'

무너졌던 감정은 조금씩 이성으로 차올랐다. 내려놓고 또 내려놨다. 욕심과 집착은 조금씩 걷어냈다. 입시를 위해 노래를 불렀던 시간을 내려놓을수록 더욱더 노래를 부르고 싶어졌다. 입시를 위한 성악이 아닌 그녀가 좋아했던 다양한 장르의 노래를 자신도 모르게 흥얼거리고 있음을 발견했다. 흥얼거릴수록 음악을 향한 진심이 무엇인지 마주 대하게 됐다. 진정으로 그녀는 목청껏 노래를 부르고 싶었다.

"작가님과 대화를 나누다 보니 하나둘 기억이 떠올랐는데요. 지금은 그때 그 시절 일들이 기억이 잘 나지 않아요. 신기하게도 제 기억 속에서 흔적 하나 남지 않고 사라져버린 것 같은 느낌입니다. 원래부터 제게 없었던 날들처럼, 연기처럼 사라져버렸거든요. 이럴 수 있다는 것이 새삼 놀라워요. 그 순간에는 죽을 만큼 고통스러웠는데 말이에요. 그만큼 저는 더욱 단단해진 건 확실해요. 내려놓는 법을 배운 것 같아요. 제 수준에 맞는 내려놓는 방법이요. 그리고 무엇보다 현재의 삶에 만족하게 돼서 그런 거겠죠. 그때 친구들처럼 예고에 합격했더라면 입시를 위한 성악의 끈을 놓지 못했을 건 당연하고요. 세상이 어떻게 돌아가는지, 내 삶은 어떤 방향으로 흘러가고 있는지 바라볼 줄도 몰랐을 겁니다."

툭툭 튀어나온 어휘로 그 시절 그녀의 심리 상태를 엿볼 수 있었지만 표정은 해맑기만 하다. 스스로를 지극히 이성적으로 바라보려는 자세다.

일반 고등학교를 거부하던 그녀에게 도피와도 같은 대안은 제주도에 생긴 KIS였다. 어학연수도 간 적 없고 영어학원도 다닌 적 없던 그녀에게는 신선한 도전이었다. 부모와 멀리 떨어질 필요가 없는 제주도는 그녀에게는 관광지였다. 국제학교 시험을 두 달 앞둔 시점에 하루도 쉴 새 없이 영어 공부에 몰입했다. 책상에 앉아서 오랜 시간 동안 공부한 기억이 나지 않는다. 늘 서서 노래를 부르고 무대에 오르던 그녀에게는 이것 역시 새로운 도전이었다. 공부하던 습관이 부족했기 때문에 합격하겠다는 큰 기대를 하지는 못했다. 그건 오랜 기간 성악을 전공해놓고도 불합격을 운명처럼 받아들여야 하는 그녀에게는 무리한 요행이었다. 남들처럼 몇 년씩 영어 공부에 몰두하지 않았기 때문에 불합격은 당연한 결과라는 생각에 마음은 편했다.

국제학교 입학시험을 치러보자는 엄마의 설득에 쉽게 수긍한 것도 욕심이 크지 않았기 때문이다. 시험을 준비하면서 다양한 주제를 놓고 영어단어를 총동원해서 에세이를 써내려갔다. 그녀는 생각을 글로 표현하는 것이 꽤 재미있는 시간이라는 걸 새삼 알게 됐다. 성악처럼 훌륭한 목소리를 매끄럽게 뽑아내고 감정을 충분히 녹아들게 하는 것처럼 에세이도 하나의 예술이었다. 시험 당일, 그녀는 만족스러운 표정으로 시험을 치르고 나왔다. 합격 여부와는 관계없이 에세이를 충분히 잘 써 내려갔다. 그녀의 수준에서 아는 만큼 모두 다 쏟아냈다.

얼마 지나지 않아 합격 발표가 났다. 불합격당할 것을 매우 두려워하면서도 막상 합격 발표가 나자 전혀 다른 방향의 고민이 시작됐다. 가족과 떨어져 지낸다는 것이 현실로 다가왔기 때문이다. 워킹맘인 엄마는 그녀와 함께 제주도로 내려갈 수 없었다. 기숙사 생활을 해야 하는 것이다.

"기숙사에서 보낸 첫날은 들떠 있었어요. 그러다 이틀도 지나지 않아서 엄마와 떨어져 있다는 게 실감이 났죠. 기숙사에서 많이 울었어요. 집에도 가고 싶고 엄마도 보고 싶고. 처음 엄마랑 떨어져 지낸 거였거든요."

일반 고등학교 진학 대신 택한 제주도에서의 생활은 즐겁지가 않았다. 하늘을 바라보며 울었다. 하늘 저 멀리 비행기 날아가는 것만 봐도 눈물이 흘렀다. 당시에는 편의점 하나 없었다. 군것질 할 수 있는 곳이 학교 매점뿐이었다. 그녀에게는 너무도 낯선 고립이었다. 잔디밭도 넓고, 운동장도 넓고, 교정도 넓었다. 그런데도 꼼짝할 수 없었다. 아무것도 할 수 없는 무기력에 빠져들고 만 것이다. 핸드폰도 반납해야 하는 규율 탓에 엄마 목소리가 듣고 싶다고 해서 아무 때나 통화를 할 수도 없었다.

그리움에 파묻혀 활력을 잃고 지내던 어느 날, 예고에 불합격하고 사흘간 무기력하게 지내던 시간이 떠올랐다. 타의에 의해 무너지는 건 억울한 일이라는 엄마의 말이 떠올랐다. 눈물을 거두고 주변을 둘러봤다. 기숙사는 이인실로 배정받았다. 룸메이트는 일반 중학교를 다니다가 온 친구였다. 가을 학기부터 새 학기로 시작하는 미국식 교육 방식 덕분에 태어난 생년월일이 많게는 이년 터울이 났다. 룸메이트뿐만 아니라 옆방에도 친구들이 넘쳐났다. 사감선생님은 엄격하지만 부드럽게 위로해주며 다가왔다. 그녀보다 한두 달 먼저 온 동생들이 그녀에게 위로의 말을 건넸다.

"언니, 잘 견뎌 봐요. 잘 이겨내 봐요, 우리."

남학생들도 눈물로 밤을 지새운다는 소식을 뒤늦게 들었다. 가족을 향한 그리움도 그리 오래 가지 못한다는 선배들의 말을 듣게 됐다. 수업에 적응하는 것은 고난의 연속이었다. 첫 수업부터 선생님의 말을 제대로 알아듣지 못했다. 무슨 말인지 제대로 알아들을 수 없는 수업이 매일 이어졌다. 수업 시간의 긴장감 탓에 가족을 향한 그리움의 시간은 점점 줄어들었다. 수업을 이해하지 못하는 시간이 길어지면 학교를 떠나야 한다는 건 이미 알고 있었다.

그때 당시에도 요즘처럼 조건부 입학이 있다. 수업의 이해도가 향상되지 않으면 학교를 떠나야 한다. 더 이상의 실패는 그녀 삶에서 사라져야 했다. 다시 버림받을 수는 없었다. 모르는 단어가 나오면 받아 적거나 밑줄 쳤다. 수업이 끝나면 단어장을 만들고 암기했다. 그나마 수업 시간 이외에 친구들에게 수업 내용을 다시 확인해서 물어볼 수 있어서 버틸 수 있었다. 같은 수업을 듣고는 있지만 영어 실력 차이만큼이나 이해도는 확연히 달랐다. 밤마다 우는 횟수는 점점 줄어들었다. 엄마를 향한 그리움도 서서히 흐릿해졌다. 그날 수업을 제대로 이해해야 다음 날 수업도 따라갈 수 있다는 강박감 덕분에 집중력은 다시 살아났다. 성악을 할 때의 습관이 서서히 되살아났다.

수업 시간에 발표해야 좋은 평가를 받을 수 있었다. 몇 줄 되지 않는 의견을 발표하기 위해 몇 번이고 글을 쓰면서 암기했다. 그녀가 다닐 당시에는 KIS에 입학한 학생 중에서 절반 이상이 중도에 포기했다. 발전이 없는 학생들은 포기해야만 했다. 그녀는 포기할 수 없었다. 제대로 노력도 못 해보고 포기할 수는 없었다.

수업에 재미를 붙이기 시작한 건 현장 학습 덕분이었다. 화산에 관한 과학 수업은 실험실이 아닌 현장에 직접 나가 암석을 살피고 화산 활동 이후의 환경에 대해 배웠다. 학교로 돌아와 리포트를 작성할 때면 편지를 쓰듯 즐겁기만 했다. 그리 눈에 띄지 않던 영어 실력은 점점 나아지더니 좋은 점수를 받게 됐다.

방과 후 활동도 다양했다. 그녀는 당연히 뮤지컬을 선택했고 주인공이 됐다. 성악 실력은 단연 돋보였다. 그녀의 노래를 듣는 친구들은 더없이 행복해했다.

"솔직히 무대가 그리웠었거든요. 성악을 하면서 노래 부르는 것도 좋지만 무대에 서는 그 짜릿함을 좇았어요. 무대에서 뮤지컬 공연을 하면서 제가 성악을 했던 시간들이 고맙기만 했어요. 어색했던 친구들과도 친해질 수 있는 계기가 됐고요. 가족보다 오랜 시간 함께 머물러야 해서 서로를 이해하는 시간이 필요했죠. 방과 후 활동 속에서 잘 몰랐던 부분을 알게 되곤 해요. 그리고 성악을 전공하지 않은 제 인생에 대해서도 지금은 감사합니다. 생각해보면 성악을 하면서, 늘 긴장하고 친구들과 경쟁해야만 했어요. 제 목숨이 줄어드는 것 같은 숨 막히는 날들의 연속이었던 거죠. 조금의 여유도 없이 앞만 보고 달리기만 했던 것 같아요."

그녀는 운동을 좋아하지 않았다. 돌이켜보면 운동에 관한 특별한 인상이 남아 있질 않았다. 경험이 없었다. 막상 KIS에 와서 다양한 스포츠를 접해보고는 소름이 돋았다. 땀을 흠뻑 흘리고 나면 집중력도 높아졌다. 키도 쑥쑥 컸다. 스트레스에 짓눌렸던 그녀의 세포들이 살아 움직이는 것만 같았다. 매일 뛰어놀고 노래도 마음껏 불렀다. 낮에 에너지를 쏟아부은 그녀는 숙면을 취했다. 생활소음이 거의 없는 기숙사 생활에 그녀가 점점 제대로 적응해갔다. 식당 밥이 맛없다고 투덜대는 아이들과는 달리 그녀와 그녀의 절친한 친구들은 두 판씩 먹는 날이 많았다.

부모에 의해 시간을 쪼개고 정해진 스케줄에 이끌려가던 모습은 사라지고 그녀는 주동적으로 시간을 계획하며 사용하고 있었다. 빈틈 없이 알차게 시간을 사용하는 사람들은 분명 그 결과물이 풍성해졌다.

중학교 때까지 "꿈이 무엇이니?"라는 질문에 정작 그녀는 대답을 하지 못했었다. 오케스트라 단원이 되거나 해외 유학을 가거나 교수가 되는 것이라는 예상되는 대답만이 난무했다. 그녀는 그런 대답이 싫었다. 재미없고 흥미롭지도 못한 대답을 거부했다. 그때 당시에도 그냥 이 순간에 집중한다는 것이 그녀의 대답이었다. KIS 수업 시간에 같은 질문이 나왔다. 프레젠테이션을 준비해야 했다. 막상 수업 시간이 되자 그녀는 놀라지 않을 수 없었다.

사진제공 ©kis

~~~

운동을 전혀 좋아하지 않던 아이가 땀에 흠뻑 젖을 정도로 운동에 빠져들게 됐다.
운동을 즐기면서 시간을 빼앗겼다는 불안감 덕분에 학업 집중력은 더욱 높아졌다.
그동안 운동을 못하는 줄만 알았다.
다양한 교내 시설을 사용하고 활용하다 보면 잠재돼 있던 능력이나 호기심이
하나둘 깨어나게 되는 것이다. 못하는 것이 아니라 조금은 더딘 것이었을 뿐이다.
~~~

"친구들의 꿈을 듣고 정말 놀랐어요. 충격받은 거죠. 의사나 변호사 이런 게 아니었어요. 당시에는 핸드폰 갤럭시가 첫 출시되기 시작할 때였거든요. 핸드폰 디자이너가 되겠다는 표현에 놀랐죠. 보통 우리는 어른들이 사용하는 언어를 쓰잖아요. 이런 경우 산업디자인을 전공하겠다는 둥 이런 스타일로 대답하는 게 맞는데, 상당히 구체적으로 핸드폰을 분석해서 디자인을 해왔더라고요. 또 기억나는 건 우주의 물을 설계하겠다는 친구였어요. 제 입으로 지금도 설명하기 어려운 전문적인 이야기를 들으면서 얼마나 놀랐는지 상상도 못해요. 환경미화원이 되고 싶다는 친구도 있었어요. 틀에 박히지 않은 상상력으로 자신의 생각을 표현하는 친구들과 함께 수업을 받고 있는 제 자신이 자랑스러웠어요. 신세계인 거죠. 초등학생 시절부터 예술을 전공하던 이들에게는 상상할 수 없는 꿈의 영역들이 마구 쏟아져 나와서 수업 시간을 채우고 있었어요. 매우 낭만적인 수업이었죠."

기숙사와 학교를 오가면 매일 똑같은 일상이라고 말할 수도 있을 것이다. 그런데 그녀는 단 하루도 같은 날이 없었다. 기숙사 생활에 적응해가면서 가족처럼 가까워진 친구들과 크고 작은 문제들이 발생하기도 했다. 어느 조직이든지 편 가르기가 없다면 그것은 거짓일 것이다. 그것조차도 자신의 스토리에 담아낼 수 있는 다양한 감정들 아니던가.

그녀가 잘 적응해가고 있다는 소식을 전하기 전까지, 그녀의 엄마 홍성아 씨는 믿고 의지하던 종교를 잠시 내려놓으려는 결심을 할 정도로 현실을 부정하고만 싶었다. 느닷없이 찾아온 딸의 변성기도 받아들이기 힘들었지만 자신의 학창 시절이 떠올라 더욱 괴롭기만 했다.

"저도 손에 마비가 와서 플루트 전공을 포기하고 미국으로 유학을 떠날 수밖에 없었거든요. 제가 살아온 그 시간을 딸도 견뎌내야 한다고 생각하니까 애가 타서 하루라도 편하게 지낸 날들이 없었어요. 늘 기도하면서 지낸 시간 전부를 부정당하는 느낌이었어요. 오죽했으면 십자가를 옷장 속에 넣어두기까지 했을까요."

딸을 향한 그리움과 엄마를 향한 그리움은 서로의 생활을 힘겹게 만들고 있었다. "내가 일부러 나쁜 짓을 저질러 KIS에서 퇴학당하면 엄마 곁으로 갈 수 있는 거잖아"라는 딸의 울먹임은 고통스럽기만 했다. 모질게 야단을 치며 강하게 버티라는 말을 꺼내들 수 없었다. 정작 자신에게 다그쳐야 할 충고였기 때문이다. 눈물로 지새는 날들이 많았다.

"시간이 약이라는 말이 실감나더라고요. 매일 술에 의지하지 않으면 잠을 이루지 못할 지경이었어요. 제가 그동안 딸을 친구처럼 때론 언니처럼 의지하며 지냈더라고요. 서로 헤어져보니까 고마움이 느껴졌죠. 점점 딸이 학교생활에 적응해가면서 저의 불안했던 생각들도 사라졌어요. 언제 그랬느냐는 듯이 학교생활에 푹 빠져 지내는 모습을 보면서 다시 십자가를 꺼내들었습니다. '왜 하필 내 딸에게'가 아닌 '분명한 이유가 있었을 것'이라 믿게 됐어요."

분명한 이유는 만족할 만한 결과물을 얻게 되면서 확실히 알게 됐다. 장현화 학생은 그 누구도 기대하지 않았던 콜롬비아대학교 버나드 컬리지에 당당히 합격했다. 사교육이나 컨설팅을 받아본 적은 없다. 국제학교 주변에 점점 늘어나는 사교육 열풍도 그리 오래 가지 못할 거라고 확신한다.

"외국 대학교는 무조건 성적 우수자를 발탁하는 게 아니에요. 가능성과 창의적인 면을 중점적으로 점검합니다. 그런데 사교육을 통해 비슷한 결과물을 얻어낸다면 그들도 눈치를 채는 거죠. 제 딸도 초반에는 유명한 강사의 조언을 받아서 에세이를 작성한 적이 있었어요. 그런데 읽어보고 찢어버렸어요. 내 것이 아니라는 생각이 강하게 들어 견딜 수가 없다면서 찢어버리더라고요. 다시 새롭게 작성하면서 문장은 거칠어졌고 표현은 서툴더라도 자신의 지금의 상황과 실력을 고스란히 드러낼 수 있는 에세이를 작성하는 것을 그들은 원하고 있습니다. '아이비리그 패키지'라고 하면서 고액 컨설팅을 해주는 업체들이 몇 군데 있어요. 그때 당시에 5천만 원이라고 하더라고요. 거금을 들여서 컨설팅을 받는 것까지는 뭐라고 할 수 없지만……. 그렇게 되면 학교는 정확히 그 학생의 수준을 판단하지 못한 채 받아들이게 되는 겁니다. 학생 역시 제대로 판단 받지 못한 채 수준에 맞지 않는 대학에 합격하면 자신의 시간을 잃는 거고요. 그런 눈속임은 언젠가는 들키고 말아요."

국제학교 출신들의 모임이 따로 만들어질 정도로 그들의 관계는 끈끈하다. 다양한 분야에서 선배들이 활약하는 것 못지않게 후배들이 성장할 수 있다면 애교심은 저절로 커질 것이다. 어느 한쪽의 의무가 아니다. 재학생과 졸업생 그리고 학교 관계자들이 발전을 위해 매진한다면 명문 학교로 만들어갈 수 있는 것이다. 즐거운 학교생활을 하면서 결과까지 만족스럽다면 그것이야말로 우리가 꿈꾸는 학창 시절 아니던가.

• story 16 •

마흔 번 넘게 본 영화 한 편이 영어 실력의 전부였어요

과장되게 부풀려서 표현해 달라는 말이 끝나기 무섭게 사십이란 숫자가 나왔다. 처음부터 끝까지 본 횟수를 정확히 말하면 마흔 번 정도라고 했다. 영화를 보다가 멈춘 횟수까지 더한다면 백 번에 가까운 횟수가 될 수도 있지 않느냐는 질문에 긍정의 고갯짓이 이어졌다.

영화 한 편이 '우린' 학생의 삶을 바꿔놨다. 영화관에서 관람한 「찰리와 초콜릿 공장」에 빠져서 소장하고픈 욕심이 났다. 매장으로 달려가 DVD를 산 것이 전부였다. 친구들과 어울려 놀다가 지치면 DVD로 시간을 보냈다. 처음엔 한글 자막으로 영화를 감상했다. 어느덧 영화 관람 횟수가 열 번을 넘기자 다음 장면이 연상되고 대사가 저절로 맴돌았다.

그녀를 바라본 지인은 영어 자막으로 보는 것을 권했다. 어린 나이였음에도 불구하고 그 조언을 놓치지 않았다. 단 한 번도 본 적 없는 영화를 관람하는 마음으로 영문 자막으로 보기 시작했다. 생소한 단어 속에서 간간이 익숙한 단어가 귓가에 맴돈다. 입을 오므리며 발음을 흉내 낸다. 그럼에도 굳이 사전을 펼쳐들 필요는 없었다. 영문 자막을 볼 때마다 머릿속에는 한글 자막이 떠올랐기 때문이다. 모르는 단어가 나열된 영어 자막은 발음으로 먼저 익혔다. 그다음 문장을 통째로 암기해버렸다. 그녀가 고백하는 영어 학습은 그것이 전부였다. 초등학교 3학년 때 알파벳을 겨우 익힌 탓에 또래들과 비교해 영어 실력은 형편없었다고 해도 과언이 아니다. 그런 그녀에게 영화 「찰리와 초콜릿 공장」은 그녀의 친구가 되고 스승이 됐다.

장현화 학생의 소개로 만난 '우린' 학생의 첫인상은 남달랐다. 보통 소개를 받을 때면 핸드폰 번호와 이름을 전해 받는다. 장현화 학생은 절친한 친구인 우린 학생의 핸드폰 번호만 내게 남겼다. 이름이 무엇이냐고 물을 수도 있었다. 그런데 그렇게 하지 않았다. 정보라고는 핸드폰 번호가 전부인 낯선 이와의 만남은 온갖 상상력을 동원하게 만드는 묘미가 있다. 첫인상은 맑고 투명한 느낌이 가득했다. 이름을 묻자 "제 이름은 우린입니다"라고 또박또박 발음한다. 마치 장현화 학생이 일부러 이름을 알려주지 않은 것이 아닌지 궁금해질 정도로 독특한 이름이다. 어떤 정보도 없기 때문에 한꺼번에 많은 질문들을 이어갔다. 간단명료한 답변으로 응대한다. 어학연수를 다녀왔거나 사교육에 시달린 경험은 없다고 했다.

친구들과 대화를 나누다 보면 성적표 나오는 날 벌벌 떨면서 울먹이던 친구들이 있었다. 그녀는 단 한 번도 경험해본 적 없는 상황이었다. 그녀의 성적표는 한 학기를 어떻게 보냈는지 확인하는 정도에서 끝이 났다. 성적이 좋다고 해서 칭찬을 듣거나 성적이 나쁘다고 해서 꾸지람을 듣는 일은 단 한 번도 없었다. 꾸지람을 듣거나 야단을 맞는 일이 없었기 때문에 그녀의 성적표는 그리 중요한 것이 아니었다. 언제든지 집중하기만 하면 조금씩 달라지는 성적을 홀로 지켜보며 무덤덤해졌다.

사춘기는 소리 없이 찾아든다. 중학교 2학년 때 그녀와 아버지의 사이가 극도로 안 좋아졌다. 서로에게 상처를 주는 말들로 사이는 점점 멀어져갔다. 해결책은 잠시 떨어져 지내는 것밖에 없다는 생각이 들었다. 그녀는 홍콩이나 싱가포르로 유학을 떠나는 것을 원했다. 하지만 그녀의 아버지는 찬성하지 않았다. 또다시 의견이 갈리게 됐다. 이제 막 사춘기가 시작된 딸과 아버지 사이에 의견을 나누는 것만큼 힘든 일도 없을 것이다. 아버지 의견에 따라 그녀는 버텨보려 했다. 국내 학교에서 충분히 적응하며 좋은 결과를 얻어낼 자신은 있었다. 안 좋아진 관계 속에서 부녀간의 대화는 점점 거칠이 없어졌다. 회복

될 기미가 전혀 보이지 않았다. 잠시 떨어져 지내는 것이 부녀지간의 관계를 위해 나은 선택이 될 거라는 의견에 결국 합의했다. 평범한 삶을 원했지만 운명은 그녀를 내버려두지 않았다. 고민에 빠진 아버지는 지인들에게 하소연을 했던 모양이다. 때마침 그녀의 유치원 동창이 KIS에 입학해서 기숙사 생활을 잘 해내고 있다는 반가운 소식이 들려왔다.

국제학교에 입학하려면 테스트를 거쳐야 한다. 그녀의 기억 속에는 테스트에 대한 걱정이나 불안감은 없었다. 자신감은 준비가 철저한 이들이 갖는 감정일 것이다. 그녀는 특별히 준비한 기억도 없다. 영어 실력은 영화 속 대사가 툭툭 튀어나올 정도였다. 영화 한 편을 달달 외우면 영어로 대화를 해야 하는 어떤 상황에서도 응용력이 생긴다. 게다가 아버지가 즐겨듣던 팝송을 따라 부르며 흉내내던 습관 덕분에 발음도 좋아졌다. 학업에 대한 스트레스를 단 한 번도 받아본 적 없었기 때문에 자신감은 충분했다.

"지금 생각하면 아빠와 저 사이에 '성장통'을 앓았던 거죠. 아빠는 갱년기 같은 거, 저는 사춘기 비슷한 것을 겪으면서 서로에게 상처를 주고받았어요."

자신감 덕분인지 KIS에 무난히 합격했다. 기숙사에 입소하는 날, 아버지는 눈물을 참지 못했다. 아버지의 눈물 앞에 그녀는 생각이 복잡해졌다. 어릴 때는 친구 같은 아버지임을 자처했다. 그건 그녀 역시 인정한다. 아버지와 함께 한 시간들이 소중하기만 했다. 최고의 아버지라고 거침없이 자랑을 일삼던 시간들이 스쳐지나갔다.

그녀는 기숙사에 남고 아버지는 그녀 곁을 떠났다. 낯선 제주도에서의 삶은 마음이 편치 않는 상황 속에서 시작됐다.

"기숙사 생활에 잘 적응하기 위해서 가장 중요한 것이 무엇이냐?"는 질문에 1초의 망설임도 없이 대답한다.

"당연히 룸메이트죠."

일 년을 함께 생활해야 하는 룸메이트는 관심과 배려의 대상이다. 장현화 학생은 그녀의 룸메이트다. 처음엔 어색했다. 이것도 흐릿한 감정이다. 어색했던 건지 반가웠던 건지 기억에 없다. 다만, 그날 밤 밤새워 작은 목소리로 대화를 이어가며 아침을 맞이한 기억은 평생 잊지 못할 것이다. 서로의 상황에 대해, 서로의 가정적 '결핍'에 대해 짙게 공감했다. 운명 같은 인연에 고마운 감정마저 들었다. 속내를 완벽히 쏟아낼 수 있는 존재를 만난 것이다.

"룸메이트인 현화가 없었으면…… 한 달도 채 머물지 못하고 리턴(return)했을 거예요. 제주도에 머물 이유를 찾지 못했을 테니까. 아빠와 끊임없이 다툼이 발생하더라도 결국 집으로 돌아가고 말았을 거예요."

현화 학생을 만났을 당시에도 들었던 말이었다. 룸메이트에 대한 중요성을 둘 다 이야기한다. 기숙사 생활을 하면서 모난 부분이 동그

랗게 변한다. 변하지 않으면 버틸 수 없는 구조다. 사회에 나아가서도 절대적으로 필요한 단체 생활의 자세를 이미 기숙사 생활에서 습득하게 된다. 물론 예상하지 못한 따돌림을 당하기도 하고 따돌리기도 한다. 이때 단 한 명의 친구라도 있다면 그 시간들을 버티는 데 문제되지 않는다. 모두를 설득할 수 없다. 모두를 가질 수도 없다. 결론적으로 말하면 모두를 가질 필요도 없다.

급식 시간에 대한 불만은 각 학교마다 있다. 식단이 매번 바뀌더라도 '지겨움'이 존재한다. 아이들의 감정은 바이러스처럼 번져가기도 한다. 친구들의 불평 속에서도 그녀는 룸메이트와 함께 하는 식사 시간이 즐겁기만 했다. 새로운 환경에 대한 호기심과 가족보다 더 가족 같은 룸메이트와의 시간 덕분에 급식 시간마저 기다려졌다. 이른 시간에 취침을 해야 하는 기숙사 생활은 부모 몰래 숨어서 하던 핸드폰 게임조차 꿈도 못 꾼다. 핸드폰을 빼앗기기 때문이다. 규율은 엄격하다. 자칫 원하지 않은 힘든 결과를 낳기도 한다. 규율만 잘 지킨다면 어려울 것이 없는 것이 기숙사 생활이다. 단순하게 생각하면 한없이 단순하기만 하다. 규율을 지키며 기숙사 생활을 잘 따르기만 했을 뿐인데, 키도 컸다. 국내 중학교에 다녔다면 늦은 시간까지 학업에 열중하거나 사교육을 받아야 할 시기인데 방과 후에는 스포츠에 푹 빠져 지냈다. 불안감이 아예 없었다면 거짓말이다. 정말 시키는 대로만 해도 대학 진학이 가능할 것일지 신뢰하기 힘들었다. 단 한 번도 본 적

사진제공 ©kis

입시설명회때 일이다. 한 학부모의 질문이 이어졌다.
"골프 시설은 어떤가요? 승마도 기초체력을 다지기에 좋다는데
우리 아이가 배울 기회가 있나요? 수영도 즐길 수 있다면서요?"
교내에서 누릴 수 있는 스포츠가 다양하다는 건 시설만 봐도 알 수 있다.

도 없고 경험해본 적 없던 수업 형태이기 때문이다.

국내 학교 수업은 '국수사과영 그리고 음악, 체육, 도덕' 정도로 집약된다. 국제학교는 수업의 종류가 다양하다. 교과서는 따로 없다. 선생님이 지정해주는 책을 읽고 리포트를 제출하거나 출력된 에세이를 나눠주고는 토론하는 식이다. 과목은 다양해서 다양한 경험과 사고를 갖게 만든다. 노는 것 같은 기분을 갖는 것도 무리는 아니다. 일반 학교에 다니던 친구들과 비교해서 마냥 좋아할 수만은 없었다. 전혀 다른 국제학교 시스템 때문에 제대로 학습을 받고 있는 건지에 대한 확신이 처음부터 강할 수는 없었다. 간간이 짓누르는 불안감을 해소하기 위해 스포츠에 매달렸다. 워낙 운동신경도 뛰어난 편이어서 농구, 축구, 골프, 테니스, 승마 등 각종 스포츠에 두각을 나타냈다. 캡틴으로서 팀을 이끌고 전략을 짜내기도 했다. 농구와 축구, 연극은 고학년이 돼서도 빠짐없이 참여했다. 학업으로 인한 긴장감을 해소하는 데 그만이었다.

시간이 지나고 보니 이런 것들 모두 그녀의 인생이 됐다. 자기소개를 할 때 그녀의 스토리는 무궁무진하다. 기숙사 생활을 하면서 사교육을 받기도 했다. 주말이면 SAT와 SAT Ⅱ 학원을 다녔다. 처음에는 제주시에 있는 학원을 알아봤다. 지인의 소개로 찾아간 학원에 백만 원을 선불로 냈다. 수업 한 과목에 받는 금액이었다. 얼마 지나지 않아 학원비를 들고 원장이 사라졌다. 사기를 당한 것이다. 태어나서 처음으로 당한 사기였다. 그녀뿐만 아니라 수많은 학부모가 당했다는 소식이 들려왔다. 범인을 잡아야 한다는 해결책만 무성할 뿐 누구 하나 행동에 나서지는 않았다. 도무지 이해할 수 없는 어른들의 반응이었다. 홀로 단독으로 처리할 수 있는 처지가 되지 못했기 때문에 사기를 당한 친구들과 대처 방법에 대해 고민하기도 했었다. 결국 대처 방안도 흐지부지되고 말았다. 어쩔 수 없이 차선책으로 학교 근처에 있는 학원을 찾았다. 걱정과는 달리 SAT Ⅱ 수업은 그녀에게 많은 도움을 줬다. 시험 전에는 선생님 댁에서 숙식을 제공받으며 교육을 받기도 했다.

국제학교에 입학할 당시에는 국내 대학이나 외국 대학에 대한 개념도 없었다. 막상 결정을 지어야 할 시기가 되자, 미국으로 유학을 가서 학업에 집중하고 싶은 마음이 간절해졌다. 대학에 진학해서 원하는 공부를 제대로 해보고 싶었다. 학비가 만만치 않다는 건 이미 알고 있다. 걱정스런 그녀의 속내를 들켰다. 때마침 장학금이라는 명목 하에 지인들은 그녀에게 용돈을 건네곤 했다. 할아버지의 도움으로 학업을 마친 아버지의 친구들이 꽤 많다. 할아버지는 머물 곳이 없던 아버지의 친구들에게 숙식을 제공하고 용돈을 쥐어줬다. 세월이 흘러 성공한 아버지의 친구들은 할아버지에게 보답할 길은 그녀에게 희망을 안겨주는 것이라고 했다. 그사이에 그녀와 아버지와의 사이는 몰라보게 좋아졌다. 떨어져 지내면서 아버지를 향한 그리움도 깊어졌다.

다행히 별 탈 없이 국제학교를 마친 그녀는 스미스대학교에 입학했다. 스미스대학은 미국에서 여자 대학교 중 으뜸으로 손꼽힌다. 지인 중에 모녀가 스미스대학 동기인 가족이 있다. 아버지는 뛸 듯이 기뻐했다. 단 한 번도 미국에 가본 적 없는 그녀가 미국으로 떠나게 됐다. 아버지와 함께 미국으로 가서 처음으로 학교를 접했다. 그녀는 국제학교에서처럼 미국으로 가서도 기숙사 생활을 하게 됐다. 그녀는 기숙사에 남고 아버지는 떠났다. 제주도에서의 그날처럼 아버지의 울음은 서글프기만 했다. 그녀도 코끝이 시렸다. 아버지를 이해할 나이가 돼버렸다. 아버지의 눈물을 받아들일 만큼 세월은 흘렀다. 다독이고 위로하며 이별을 참아냈다. 꿈에 그리던 대학 생활이 여섯 달이나 지났다. 선택을 할 수 있다는 것만큼 삶의 농도는 짙어진다.

그녀의 대학 생활은 녹록지 않았다. 그녀와는 맞지 않는 대학 분위기에 그녀는 점점 지쳐갔다. 적응을 못하리라고는 상상하지 못했다. 아니, 이것은 적응의 문제가 아니다. 제주도 국제학교에서 지냈던 시간만큼 즐거운 학교생활을 찾는 것이 옳은 결론이다.

"미국에서 편입하는 것이 어렵다면 어렵고 쉽다면 쉬울 거라 생각해요. 편입하기 위해 다시 포트폴리오를 준비하고 담당교수의 추천서도 받았어요. 건축학에 집중할 수 있는 대학으로 가려고 해요."

선택과 집중 그리고 또 다시 갈등과 선택과 집중이다. 삶은 갈등과 기회, 선택과 집중의 결과로 점철된다. 갈등이 없으면 기회도 없다. 기회가 없으면 선택할 필요도 없다. 선택하지 않으면 그만큼의 집중할 수 있는 동력도 떨어진다. 집중을 덜 했으니 결과물에 대한 타협만이 남을 것이다. 그녀의 도전을 응원한다. 그녀의 평범하지 않은 삶에 박수를 보낸다. 그런 그녀가 잘되기를 바란다. 당당함과 솔직함이 매력적인 그녀의 십 년 후가 더욱 궁금해지는 건 어쩌면 당연한 기대일 것이다.

성실함 없는 노력은 들키고 만다

아이비리그 코넬대학교 공대 졸업장이 접수됐다. 그럴싸한 자기소개서도 매력적이었다. 코스닥에 상장한 벤처기업에서는 서류를 훑고 면접을 서둘러 진행했다. 이만한 아이비리그 인재를 받기가 쉬운가. 최종 면접까지 오른다. 대표와의 면접만 남았다.

『타임즈』 사설을 건넨다. 번역을 요구한다. 매끄럽지 못하다. 신통치 않다. 면접을 끝냈다. 대표는 지원자의 서류를 다시 훑는다. 학점은 그리 낮은 편이 아니다. 다른 과목에 비해 전공 학점이 낮다. 대학생활이 그려진다. 어쩌면 아마도 미국에서 터를 잡기를 원했을 것이다. 그것이 여의치 않자 귀국할 수밖에 없었을 것이다. 대기업 지원을 안 했을 리 없다. 시간이 얼마 지나지 않아 들키고 말았을 것이다. 수많은 면접을 경험한 면접관의 날카로운 시선을 피해가지 못했을 것이다. 유명 대학까지는 아니더라도 국내 대학에서 전공 학점 높고 영어 실력만 갖추면 아이비리그보다 나은 평가를 받는 것이 현실이다.

국내 유명 대학 졸업생이 지원하는 경우의 예를 들어보자. 이럴 때면 왜 중소기업까지 오게 됐을까 자문하게 된다. 중소기업 인사담당자도 의구심이 가득 찬 시선을 거둬들이기 힘들다. 대기업보다는 성장하는 벤처기업에서 필요한 인재로 거듭나고 싶다는 포부가 자기소개서에 구구절절 담겨 있다. 하지만 서류에서 선택받지 못할 위기에 처한다. 전공을 C학점으로 깔았다. 면접을 통해 설득당할 수 있다면 다시 한 번 고민해보자는 의견이 나온다. 수렴한다. 면접 당일, 이유를 묻는다. 전공을 잘못 선택해서 방황을 했다고 한다. 영어회화 실력은 꽤 수준급이다. 방법을 묻자 대학 시절 호주 유학 경험을 꺼내든다. 다른 전공을 배워 볼까하고 떠난 호주에서 어학연수만 밟고 왔다고 했다. 면접을 이어갈수록 성실성에 의문이 생긴다. 스스로를 제대로 파악하지 못하고 있다는 판단이 선다. 스스로에 대해 고민하지 않은 자는 조직에서도 애써 고민하지 않는다. 결국 그는 탈락했다. 여전히 어느 조직에서도 그를 원하지 않고 있다.

이미 세계 유명 대학 입학에 대한 결과물로 '고객을' 향한 설득은 끝났다

서너 살도 안 돼 보인다. 입에 문 새우깡과 양손에 새우깡을 들고 있다. 새우 향을 좋아하는 것인가, 짠 맛에 끌린 것인가. 바닷가에서 뒹구는 걸 굉장히 좋아해서 제주도로 결정했다는 모녀는 '제주도 한 달 살기' 중이다. 대구 사투리를 쓴다. 대구에서 온 지 얼마 안 됐다고 했다. 커다란 지도를 벽면에 붙여놓고 한 달 동안 구경하고 경험할 일정을 빼곡하게 적어놓는다. 여행자와 생활자의 경계를 탄다.

"제주도에 온 지 열흘 됐어요. 제주도에는 박물관도 많고 도서관도 많아요. 특히 도서관 시설이 월등히 좋아요. 도서관에서 국제학교 캠퍼스 투어가 있다는 정보를 듣고 구경 왔어요. 한 달 쉬려고 왔다가 국제학교 캠퍼스 투어도 해보게 되네요. 국제학교에 관한 정보는 제주도에서 처음 접해봅니다. 설명을 듣다 보니 국제학교에 보내고 싶은데 학비가 만만치 않네요. 아직 젊으니까 여기 와서 일을 하면서 생활해야 할 텐데 고민이에요."

팸플릿에 적힌 학비를 보고 놀라는 눈치다. 학비에 관해서는 지금 막 알게 된 모양이다. 만약 국제학교를 보낸다면 저학년에서 영어 교육을 중점적으로 받고 고학년이 되면 다시 육지로 나갈 계획이라고 했다. 혼잣말이 이어진다. 일 년이어도 좋고 이 년이어도 상관없다며 말끝을 흐린다. 얼마 지나지 않아 속내를 드러낸다. 부동산 관련업에 종사하기 위해 알아보러 왔다고 했다. 부동산과 건축을 연계해서 판매한다면 외지인들을 상대로 충분히 사업을 벌여볼 만하지 않겠느냐는 질문을 드러낸다. 나의 대답은 별로 중요하지 않은 듯 그동안 제주도에서 지내면서 느낀 부동산 시장에 관한 정보를 하나둘 꺼내든다. 관광 사업은 이미 포화 상태다.

제주도는 늘 뜨거운 곳이다. 이곳에서 새로운 트렌드를 읽어낼 수만 있다면 선점하는 것이 빠른 길이다. 제주도 국제학교 인근 부동산 매장의 특징은 정보를 공유하지 않는다. 부동산을 알아보기 위해서는 일일이 매장을 방문해야 한다. 인터넷망으로 연결돼 있지 않다. 월세는 연세 단위로 받는다. 각종 입시설명회와 문화 행사에 참석해서는 분위기를 살핀다. 도서관을 찾아서 현지인들과 가벼운 대화를 이어간다. 도서관이라는 공간이 안겨주는 믿음을 바탕으로 정보를 수집한다. 제주도에서 한 달 살기를 신청한 이유도 이 때문이었다. 영어마을 아파트에 미분양 사태가 심했던 시기도 있었다. 적극적으로 다가서기보다는 관망하는 시선이 팽배했던 시절이다. 불과 일 년 사이에 아파트 값은 올랐고 주변 땅값은 부르는 게 값이 돼버렸다는 분위기다. 제주도 국제학교는 관광객들과는 무관하게 성장하고 있다. 각종 바이러스와 중국의 태도 변화와는 별개로 흘러간다. 이미 세계 유명 대학 입학에 대한 결과물로 '고객을' 향한 설득은 끝났다. 고객은 다양하다. 국제학교에 입학하려는 학생들과 가족들만 고객이 아니다. 이들에게 문화와 서비스를 제공할 이들도 고객이 된다.

새우깡을 양손에 들고 유유히 캠퍼스 투어를 마친 그녀의 표정은 의미심장하다.

"이곳에 오는 분들은 결국 아낌없이 자녀를 위해 투자하겠다는 거잖아요. 생활하기에는 불편하기 짝이 없어요. 편의점만 각 단지마다 겨우 생긴 정도입니다. 방학이면 유령도시처럼 다들 육지로 빠져나가니까요. 마치 스키장처럼 계절 장사를 해야 하는 거거든요. 가장 긴 여름방학만 잘 견뎌낼 수 있는 분들만 매장을 선점하게 되는 거죠."

며칠 후에 그녀와 연락을 취했다. 그녀가 머물고 있다는 한 달 살기 숙소를 방문할 예정이었다. 약속 시간이 다가왔는데 만남을 피하는 문자가 날아들었다.

"국제학교에 못 보낼 거 같아요. 그래서 드릴 말씀이 별로 없고요. 아이도 아파서 병원에도 가봐야 해서요."

다음을 기약하지는 않았다. 그녀는 이미 국제학교에 대한 파악이 끝났고 나도 그녀의 제주도 방문 목적을 이미 들은 셈이다.

발가락마저도 닮은 '존재함'에 대하여

뚱뚱한 그녀 뒤로 통통한 아들과 딸이 뒤따른다. 그녀의 손에는 반쯤 속이 드러난 햄버거가 들려 있다. 제주국제공항 내에 햄버거 매장이 있었나. 뒤따르는 아들도 반쯤 먹은 햄버거를 들고 있다. 조막만 한 손으로 엉성하게 쥐어들었다. 초등학생으로 보이는 아들과 딸은 햄버거와 콜라를 들고 그녀를 뒤따른다. 시선은 그녀의 뒤꿍무니이다. 주변 사람들의 시선이 그들을 좇는다. 조심성 없는 어르신이 목소리 높낮이를 조절하지 못하고 혼잣말을 내뱉는다.

"저런 어미 밑에서 저런 아이들이 생기는 거여. 저렇게 뚱뚱한데 햄버거를 들고 다니면서 먹고 있네. 쯧쯧."

무심코 바라보던 이들의 시선에 긍정의 고갯짓이 더해진다. 분주한 발걸음이 가득한 공항에는 빈틈이 없을 정도로 안내 방송이 넘쳐난다. 손님을 찾는 방송부터 비행기 연착을 알리는 사과 방송까지 끊임없이 귓가를 채운다. 제시간에 출발하는 비행기가 있을까 싶을 정도로 연착 방송은 쉼 없이 흘러나온다. 기다림에 지루해진 이들은 시선 둘 곳을 찾는다.

몸매도 좋고 외모도 출중한 또 다른 그녀가 가죽코트 자락을 여미며 지나간다. 그녀를 향한 시선은 이어 뒤따르는 딸을 향한다. 그녀와는 사뭇 다르게 생긴 여자아이이다. 의상은 그녀 못지않게 화려하다. 가죽코트와 가죽부츠를 신고 지나간다. 커플룩이 아니었다면 모녀라고 생각할 수 없었을 것이다. 이모와 조카, 고모와 조카 내지는 아는 사이였을 수도 있다. 그들이 꽤 멀리 사라질 즈음에 어르신이 혼잣말을 한다. 목소리에 힘이 들어갔다.

"세상 좋아. 돈이 최고야. 나중에 어미처럼 고치면 되겠네."

어르신이 내놓는 평가에 피식 웃음이 터진 이들이 생긴다. 등산 배낭을 멘 부자가 지나간다. 외모도 닮았지만 키나 덩치, 걸음걸이까지 닮았다. 말없이 성큼성큼 게이트로 향해 간다. 어르신이 어떤 평가를 내릴지 귀를 쫑긋 세웠다.

"거참. 씨는 못 속여. 저래서 씨도둑은 못한다는 거 아녀."

문득 그동안 만남을 이어온 국제학교 아이들과 학부모를 떠올렸다.

대화를 이어가다 보면 "너희 부모는 어떤 분이니?"란 호기심이 절로 생긴다. 부모를 만나고 싶어 하는 간절함을 눈치채고는 선뜻 만남을 주선한다. 주선에 앞장 선 아이들은 하나같이 말한다.

"저희 엄마도 작가님과의 대화를 무척 좋아하실 거예요."

대화를 나누는 내내 좋았던 모양이다. 부모와의 만남은 아이들과의 만남과 크게 다르지 않다. 열정적인 아이들의 부모는 마찬가지로 열정적이다. 논리적인 아이들의 부모도 논리적이다. 천재적인 아이들의 부모도 남다르다. 겹쳐지는 이미지를 발견함과 동시에 사용하는 어휘도 겹친다. 신비롭고도 무서운 현상이 아닐 수 없다.

누군가의 발부리에 걸렸는지, 누군가의 손에 닿았는지, 누군가의 시선을 어떻게 잡아챘는지에 따라 흘러갈 시간은 달라진다. 무심코 지나칠 그곳에 그대로 남을지, 누군가의 표정을 바꾸게 만드는 그럴싸한 작품으로 자리를 꿰차게 될지는 첫 마음에서 갈리게 되는 것이다. 하물며 거무튀튀한 돌멩이도 그럴진대.

조금은 독특한 것 같아요. 조금은 다른 아이들보다 언어 능력이 뛰어난 것 같아요. 조금은 다른 아이들보다 학습 능력이 뛰어난 것 같아요. 조금은 다른 아이들보다 리더십이 강한 것 같아요. 조금은 다른 아이들보다 패션 감각이 뛰어난 것 같아요. 조금은 다른 아이들보다 운동신경이 뛰어난 것 같아요. 조금은 다른 아이들보다 배려심이 강한 것 같아요. 조금은.

그렇게 조금은 다른 아이들이 모여들었다. 그렇게 조금은 다른 가족들이 모여들었다. 그래서 조금은 다른 선택의 기회를 갖게 됐다.

Chapter 3

창의적인 아이라면, 지금 당장 제주로 가야 한다

7세 또는 8세 연령에 국제학교에 입학한 아이들

• story 20 •

저는 할머니와 엄마의 중간이라고 생각해요

"우리 손자도 여기서 배우면 저렇게 될 거네."

뒷좌석에 앉은 할머니와 할아버지의 대화에 나도 모르게 긍정하는 고갯짓을 했다. 젊은 학부모들 속에서 유난히 희끗희끗하고 주름진 얼굴이 눈에 띈다. 돋보기 너머로 영문이 섞인 학교 브로슈어를 훑는 눈매가 예사롭지 않다. 교육에 대한 열망은 대물림되고 있다. NLCS의 입학설명회는 색달랐다. 학교 행정을 대표한 이들은 외국인들이다. 이들의 통역을 재학생이 맡았다. 교내 통역 담당자가 맡았던 나머지 두 학교와는 달랐다. 통역을 맡은 남녀 재학생을 바라보며 좌석에 앉아 설명을 바라보던 학부모들의 입가에는 흐뭇한 미소가 절로 지어졌다.

"우리 아이도 여기서 배우면 저렇게 되겠지."

귓속말이 들린다.

입학설명회만큼이나 캠퍼스 투어도 기대됐다. 입학설명회처럼 캠퍼스 투어도 미리 신청한 인원을 초대하는 형태로 진행된다. 얼마 지나지 않아, NLCS 캠퍼스 투어에 초대받았다. 국제학교 입학을 희망하는 가족들이 여러 팀으로 나뉘어 섬세하게 살펴보고 질문할 수 있는 기회를 갖는다. 각 팀마다 재학생 세 명씩 이끈다. 동선이 겹치지 않게 각기 다른 방향으로 흩어져 진행된다. 재학생 세 명이 선두에 서고 알맞은 걸음걸이로 학부모와 예비학생들을 따른다. NLCS는 재학생이 캠퍼스를 방문한 귀빈에게 예의를 갖춰 설명을 이끄는 전통이 있다. 질문을 학생에게 직접 건네면서 직접적인 학교생활에 대한 질문이 이어진다. 대학 캠퍼스만큼 넓게 퍼져 있는 잔디를 바라보며 학부모는 놀라움을 금치 못한다. 대학교 교정과 거의 흡사한 분위기가 감지된다. 갑자기 잔디로 뒤덮인 운동장으로 한 아이가 뛰어든다. 노연우 씨는 너른 교정을 보며 해맑은 미소를 짓는다. 앞만 보고 달리던 아이를 불러 세운다.

"지석아."

한참을 뛰놀던 지석이는 뒤돌아 연우 씨의 품으로 달려든다. 그리고 바로 옆에 그녀의 남편이 서 있다. 지석이의 양쪽에서 손잡고 나란히 캠퍼스를 걷는다. 교실마다 구비된 시설물과 외국인 선생님들의 수업 형태를 엿볼 수 있다. 입학설명회마저 독특한 이벤트로 꾸미고 있는 학교의 태도는 그 어떤 설명보다 설득력 있게 진행된다. 학비에 대한 부담감을 잠재우기에 충분하다.

"비쌀 만하네. 학비를 투자한 만큼 저 정도 실력을 갖춘 자녀로 성장할 수 있다면 감당하고도 남지."

여기저기서 수근 댄다.

지석의 손을 꼭 붙들고 나란히 걷던 연우 씨네 가족은 캠핑을 온 듯 발걸음이 가볍다. 캠퍼스 투어마저도 진지함을 걷어내지 못한 학부모들이 있는 반면에 마치 외국 여행을 온 듯 편한 발걸음으로 구경을 하기도 한다. 연우 씨에게 시선을 떼지 못한 건 여행자의 자세와 닮았기 때문이다. 어느새 나는 연우 씨 가족을 뒤따르고 있다. 바라보고 있다. 양쪽 손에 붙잡힌 아이가 걸음을 이끌고 있다. 이끄는 대로 따르고 있다. 재학생을 뒤따르던 행렬에서 조금씩 벗어나기도 한다. 그네를 타듯 양손에 매달리려 온몸을 움츠린다. 아이의 힘에 엄마가 기운다. 캠퍼스 투어 중에도 재학생들의 설명은 간간이 있다. 재학생들의 목소리에 집중하던 연우 씨가 넘어질 뻔했다. 한 손에 매달린 아이로 인해 중심축이 흔들린다. 다시 잡아 쥐고는 또다시 아이가 이끄는 대로 걷는다. 부모 손에 양손을 의지한 아이는 마치 놀이기구를 타는 모양새를 취한다. 지칠 법도 한데 투어를 도는 내내 아이가 원하는 대로 양쪽에서 부모가 방향만 잡아준다. 이들을 만나서 대화를 나눠야겠다. 다가가서 나의 직업을 밝히고 연락처를 물었다.

"와, 재밌겠다!"

분명 재미있겠다고 했다. 그녀의 반응에 오히려 내가 재밌어진다. 왜 그런 반응을 보였는지 묻지 않을 수 없다.

"처음이거든요. 이런 거. 꼭 연락주세요. 작가님과 대화 나누는 거, 정말 재미있을 거 같아요."

처음 생기는 일에 대한 거부반응이 없다. 거부반응이 없다는 건 호기심이 강하다는 의미다.

"제가 원래 이렇게 초췌하지 않아요. 제주도에 주택을 지으면서 이렇게 됐어요. 얼마 전에 겨우 준공검사가 났거든요. 일 년이나 걸려서. 나중에 만나면 다 들려드릴게요. 제주도로 이주하는 분들이 조심해야 할 사항들이 넘쳐나요. 저희는 정보가 없어서 굉장히 마음고생을 한 거죠."

투어를 돌다 말고 사연을 쏟아낸다. 다시 만날 것을 기약하며 다시 캠퍼스 투어에 집중했다. 캠퍼스 투어는 교실을 돌며 수업을 참관한다. 재학생들은 저마다 손을 들고 발표하기를 원한다. 초롱초롱한 시선으로 선생님과 눈을 마주치기 위해 하늘로 향해 손을 뻗어 올린다. 바닥에 촘촘히 앉은 아이들의 시선이 온통 외국 선생님의 손끝으로 모아졌다. 한글을 찾아볼 수 없이 영어로 공간은 빼곡히 채워져 있다.

지석 군과 노연우 씨. 만남을 거듭하면서 노연우 씨와는 친구가 됐다.
동갑임을 알게 된 노연우 씨가 "이제 반말 하자"고 했다. 제주도 국제학교가
그녀와 나의 교차점이었나보다. 소중한 내 책에 연우의 얼굴을 담고 싶어졌다.
조심스레 꺼낸 나의 제안에 연우가 매우 기뻐했다. "나야 영광이지. 근데 정말 재밌겠다."

적극적인 발표는 수업 태도 평가에 적극 반영된다. 평가로 이끌어낸 발표는 시간이 지날수록 자신의 의견을 정리하는 능력을 길러낼 것이다. 캠퍼스 투어는 두 시간 만에 끝이 났다.

정확히 일주일 후 '재미있는' 연우 씨 집으로 향한다. 주인의 애간장을 태우게 했다는 주택을 만나러 가는 길이다. 아파트 단지와는 달리 향기가 난다. 곶자왈의 풋풋한 숲 향이 주택 단지에 배어 있다. 애간장을 태웠다는 주택은 자연스럽게 뻗어나간 대지 위에 묵직하게 비껴 앉았다. 가까이 다가가 아무리 불러도 인기척이 없다. 건물과 담벼락 사이에 어른이 지나들 만한 짧고 좁은 통로가 보인다. 얼굴을 삐죽 들이밀었다. 정면에서는 보이지 않던 또 다른 정면이 나타난다. 길에 접한 면에서의 정면이 아니었다. 재미있는 건축물이다. 안으로 들어서자 개가 짖기 시작한다. 덩치는 사람만 하지만 눈매는 선하다. 개는 사정없이 더욱 짖어댄다. 개집에 묶인 개는 개집을 이동할 만한 목청으로 짖어댄다. 커다란 유리문이 활짝 열려 있다. 바람에 나풀거리는 커튼을 손으로 붙들어 안으로 들이밀었다. 나는 개처럼 목청껏 소리 질렀다.

"아무도 안 계세요?"

내 목소리는 퍼져나가지 못했다. 기계음이 들렸다. 잠시 가만히 기계음이 멈추길 기다렸다. 청소기를 들고 2층에서 이제 막 내려오는 연우 씨 남편과 눈이 마주쳤다. 소스라치게 놀란다.

"아휴. 깜짝이야. 일찍 오셨네요!"

깜짝 놀란 주인을 보고 개는 더 짖는다. 짖는 개 뒤편으로 빽빽이 둘러싸인 숲이 시선을 뺏는다. 소담한 숲이 그들을 감싸 안고 있다.

"삼 일은 지나야 안 짖어요. 굉장히 두려움이 많은 강아지예요."

사람 간에도 세 번은 만나야 마음을 내려놓지 않던가. 제주도에 연고가 없는 그녀와 남편은 일 년 반 전, 서울 생활을 정리해야겠다는 결심을 했다. 뒤늦게 얻은 아들을 낳고부터 고민은 끊임없이 일었다.

"2016년 기준으로 자녀가 아버지를 만나는 시간이 하루에 단 6분이라고 해요. 그렇게 살고 싶지는 않은데 현실은 그렇지 못하잖아요. 그래서 큰 결심을 했죠. 제주도에 내려온 겁니다."

6분 동안 무엇을 할 수 있는지 곰곰이 생각해봤다. 컵라면을 허겁지겁 먹을 수 있는 시간이다. 지하철은 두 코스 정도 달리는 시간이다. 화장을 급하게 수정할 수 있는 짧은 순간이다. 급하게 샤워를 해볼 엄두를 낼 만한 시간이다. 무심코 흘려보내도 모를 시간이다. 아버지와 자녀들은 그렇게 무심코 스치고 지나가며 살고 있다. 하루에도 여러 개의 학원에 다녀야만 친구를 사귈 수 있는 강남 생활에 회의가 든 것이다.

그는 정형외과 의사다. 의사이기 때문에 다른 직업에 비해 이동이 자유로울 수 있다. 이 기회를 충분히 살리는 것이 그가 아버지로서 아들에게 줄 수 있는 유산이라는 생각이 들었다. 제주도로 이주할 생각을 처음부터 한 것은 아니었다. 대안학교에 견학을 가보기도 했고, 송도에 있는 국제학교를 기웃거리기도 했다. 국제학교 수업에 관한 믿음이 생긴 것은 송도 국제학교 프로그램을 훑어본 뒤였다. 대안학교가 아닌 국제학교로 진로를 정하고 캠퍼스 투어를 신청했다. 송도 국제학교에 다니고 있는 지인을 통해 의견을 묻기도 했다. 학구열이 강남 못지않게 치열했다. 송도도 아니다 싶었다. 발길을 되돌려야 했다.

삶의 터전을 제주도로 정하고 나서 마당이 있는 곳에서 아이를 키우고 싶다는 마음이 더욱 강렬해졌다. 누구나 한 번쯤 꿈꾸는 삶의 형태일 것이다. 목표를 세우고 난 뒤, 부동산 시장을 알아봤다. 만만치 않았다. 제주도에서 부동산 거래를 해본 사람들은 하나같이 이상한 점을 발견한다. 통합서비스를 기대할 수 없다. 일일이 부동산 매장을 찾아다니며 매물을 찾아야 한다. 매장 간에도 교류는 없다. 부동산 거래가 많지 않은 시골에서 지인의 부동산 매장에 물건을 내놓고 기다리는 것이 당연하다는 생각에서일까.

연우 씨네는 일일이 부동산 매장을 다니며 원하는 대지의 형태를 말했다. 대지 거래의 가격 기준도 없었다. 시세도 없다. 부르는 게 가격이 돼버렸다. 몇 년 사이에 두세 배 올랐다는 소식만 접하고 나오기 일쑤였다. 한 달이 가고 두 달이 지나가도 매물은 없었다. 이주를 결심한 이상, 대안을 찾아야 했다.

그러던 어느 날, 대지가 나왔다는 연락을 받았다. 곶자왈을 앞마당처럼 사용할 수 있다는 매력적인 매물이 나온 것이다. 대지 크기도 알맞고 가격도 흥정할 만했다. 그런데 모양이 마음에 걸렸다. 반듯하지 않은 대지다. 하지만 이번에 놓치면 언제까지 기다려야 할지 알 수 없었다. 그날로 바로 계약을 했다. 대지를 마련하고는 기쁨을 감추지 못했다. 속도를 냈다. 대지를 샀으니 주택을 지으면 된다. 때마침 부동산 거래처 사장은 건축까지 함께 진행할 수 있다고 호언장담했다. 시간을 단축할 수 있는 방법이 생긴 것이다. 일부러 설계사무소를 찾을 일도 없어졌기 때문에 운이 좋다고 생각했다. 일사천리로 진행됐다.

건축 경기가 뜨거운 제주도는 선불이 아니면 건축하려 하지 않는다는 조언을 듣고 절반 비용을 후하게 지불했다. 진심을 다하면 상대도 정성껏 대할 거라는 생각에서다.

순진했다. 예상치 못한 불상사는 주택을 짓기 시작한 지 얼마 지나지 않아 발생했다. 자재 비용이 올라서 급하게 잔금 먼저 보내달라는 말을 곧이곧대로 들은 것이 패착이었다. 잔금과 추가 비용까지 전달하고 나자 공사를 멈춘 것이다. 주택을 설계하면서 예측을 잘못했기 때문에 적자가 났다는 말만 되풀이했다. 예측을 잘못한 비용은 건축업자가 책임져야 함에도 추가 비용을 내라는 요구만 해왔다. 황당했다. 충격을 받았다. 이미 잔금 이외에 추가 비용을 지출한 상황이었기 때문에 도무지 납득할 수가 없었다. 그날 이후 어처구니없게도 더 이상 공사는 진행되지 않았다. 준공 서류조차 접수하지 않은 상태였다. 어쩔 수 없이 공사 담당자를 찾아갔다.

"빨리 정리해버리고 싶었어요. 그 마음이 더 간절했기 때문에 계약서에 작성된 의무 계약조건도 더 이상 문제 삼지 않았고. 합의서를 써주고 준공 서류 접수만이라도 내달라고 부탁했죠. 그러고 나서도 일은 진전되지 않았어요. 다섯 달 만에 겨우 준공 서류 접수했다는 연락을 받았죠."

어느 지역 사람이든 그것이 중요한 문제는 아니었을 텐데 나도 모르게 원색적인 질문을 던졌다.

"공사 담당자가 제주도 사람이었어요?"

"아니요. 서울 사람."

그의 표정이 일그러진다. 한참을 뜸을 들이던 그가 말을 이었다. 일꾼들의 노임비마저도 제때 주지 않아 불만이 터져 나왔다고 했다. 그는 이미 비용을 지불했는데 건설업자가 일꾼들에게 노임을 건네지 않은 것이다. 그는 그들을 외면할 수가 없었다. 그가 가족들과 머물 공간에 일꾼들의 손때가 묻어 있다. 방법을 찾았다. 건설업자에게는 비밀로 하고 그가 노임을 지불하겠다고 했다. 일꾼들이 건설업자에게 미수금을 받게 되면 그에게 되돌려주는 조건을 제안한 것이다. 되돌아보면 하루 벌어 하루를 사는 그들에게 잘한 일이라는 생각뿐이다.

곶자왈이 앞마당이다. 마음고생은 심했지만 곶자왈을
앞마당으로 갖게 된 것으로 '퉁' 쳤다. 그때는 끝이 보이지 않던 일들이
어느새 마침표를 찍고 새로운 문장으로 채워진다. 늦은 밤이면
곶자왈이 자장가를 불러주고 이른 아침이면 곶자왈이 그들을 깨운다.

그가 호흡을 가라앉힌다.

"도토리나무 보이시죠?"

커다란 거실 창으로 도토리나무가 올곧다. 두려움에 짖어대던 개와 눈이 마주친다. 개집 옆으로 도토리나무가 한 폭의 그림처럼 솟아 있다. 공사 담당자의 센스일까. 주인의 고집일까. 문제가 많았던 공사 치고는 도토리나무의 기운이 예사롭지 않다. 마당 조경은 제대로 됐다는 말이 채 끝나기도 전에 그의 얼굴이 밝아진다.

"저것이 곶자왈 숲이에요. 숲에 있는 나무가 마치 저희 집 조경처럼 보여요. 공사 때문에 골머리를 앓던 날들이 많았었는데 요즘에는 부쩍 저 도토리나무를 바라볼 수 있는 이 집이 너무 고마워요."

모든 기억을 다 안고 살아가야만 한다면 단 하루라도 맑은 정신으로 살아갈 수 없을 것이다. 시간이 지나면서 위로를 삼을 수 있는 존재가 생기기 마련이다. 그의 주택을 짓던 일꾼들도 한마디씩 거들었다.

"돈을 주고도 못 살 나무네요. 저 도토리나무가."

욕실 창문을 크게 만든 이유도 곶자왈의 태양빛을 그대로 받아들이려는 욕심에서다. 커다란 창 너머로 곶자왈과 도토리나무가 그들을 감싸고 있다. 도토리를 먹기 위해 이른 새벽이면 노루가 거닌다. 그의 마당은 노루와 반려견이 공유한다. 노루가 나타나도 더 이상 짖지 않는다. 아들을 위해 선택한 제주의 삶이지만 결국 그와 그녀 모두에게 치유할 수 있는 시간이 주어진 셈이다. 그와의 대화가 길어졌다. 그러고 보니 그녀가 보이지 않는다. 제주시에 있는 영어유치원으로 아들을 데리러 갔다고 했다. 그녀와의 만남은 다음 기회로 넘겼다.

두 달이 지나고 그녀를 만났다. 제주시에 있는 영어유치원 근처 카페에서 만났다. 그녀의 밝음은 변함이 없다. 호기심 가득한 눈빛도 여전했다.

"저는 할머니와 엄마의 중간이라고 생각해요. 제가 나이가 많은 편이에요. 그래서 아이를 키울 때 그런 마음이 들어요. 할머니와 엄마 중간 경계 어디쯤에서 내가 내 아이를 바라보고 키우고 있다는 생각이 들어요."

스물다섯 살에 결혼해서 서른아홉 살에 아들 지석이를 낳았다. 아들을 낳기 전까지는 둘만의 시간을 즐기자는 생각이 강했다. 월급쟁이 의사였던 남편을 따라서 전국을 돌았다. 스무 번이 넘는 이사를 했으니 어지간한 지역에서 터를 잡고 살았다고 해도 과언이 아니다. 어린 시절에 연애하듯 결혼 생활을 즐겼다. 그렇게 십여 년이 흘렀다. 워낙 아이들을 좋아하던 그들은 뒤늦게 자녀 계획을 세웠다.

"누구나 쉽게 임신을 하고 자녀를 만난다고 생각했어요. 부모인 우리의 결심만 있으면 당연히 주어진다고 생각했죠."

그녀에게 임신은 쉽지 않았다. 산부인과를 찾아 시험관 시술을 상담받아야 했다. 시험관 시술 과정이 힘들다고 했다. 그녀에게는 과정은 어떠해도 상관없었다. 결과만 머릿속으로 그리며 기도했다. 결과만을 너무 기다렸던 탓인지 두 번 연속 실패로 돌아갔다. 매체를 통해 아픈 자녀를 낳고 힘겨워하는 뉴스를 볼 때마다 그리 깊게 받아들인 적이 없었다. 그런 그녀에게 건강한 자녀를 갖는다는 것이 하늘이 주는 '선물'이라는 표현조차도 함부로 쓰면 안 된다는 것을 절실히 깨닫게 됐다. 건강한 자녀와의 만남이 '선물'이라면 반대의 경우는 뭐라 표현할 수 있을까.

"아들을 어렵게 낳고 나니, 세상이 달라보여요. 제가 그동안 얼마나 잘못된 생각을 하고 살았는지 되짚게 됐고요. 모성애에 관한 생각을 정리해보는 시간도 갖게 됐고. 작가님, 그거 아세요? 조건부 모성애가 의외로 많아요. 조건을 걸고 모성애를 꺼내드는 거."

무슨 의미인지 쉽게 이해하지 못했다. 모성애는 무조건적인 것이 늘 수식어로 붙는 단어 아니었던가. 그녀는 차분히 말을 이어갔다.

"어떻게 표현을 하면 이해가 쉬울까요? 동성애자를 받아들이지 못하는 부모의 기사를 읽은 기억이 나는데요. 자녀 자체를 그대로 받아들인다면, 자녀의 선택에 대해서 동성애라서 받아들이기 힘들고 이성애라서 받아들인다는 것 자체가 모순 아닐까요? 게다가 간혹 배우자로부터 받은 스트레스를 자녀에게 풀거나 외부에서 받은 분노를 자녀에게 폭력적으로 행사하는 부모들도 있죠. 그들도 제가 기준으로 정한 조건부 모성애라고 보시면 돼요."

그녀의 말이 옳다. 그녀가 하고자 하는 말의 의미가 무엇인지 그리고 어떤 고민을 안고 사는지 충분히 이해가 됐다. 그녀 주변에 조건부 모성애자들이 꽤 있다고도 했다. 유명 대학에 진학하지 못하면 창피하게 생각하는 부모들을 보거나 대학에 적응하지 못하고 리턴한 자식에 대한 정보를 솔직하게 털어놓지 못하는 그들을 볼 때마다 제주도 국제학교에 입학을 결정한 자신의 선택에 대해서 다시금 고민하게 된다고 했다. 시선을 자신에게 돌리고 있었다. 그녀는 어렵게 얻은 아들을 더 나은 환경에서 키우고 싶다는 간절한 소망을 이행하는 중이다. 그녀가 가진 모든 것을 내놓고 아들의 행복을 바라는 마음뿐이라고 되새기고 있다. 간단한 몇 문장만으로도 그간의 마음고생이 어떠했으리라는 상상이 이어졌다.

그녀는 아들에게 편견을 없애려고 노력한다. 그녀의 사고는 아들의 패션에서도 드러난다. 헤어스타일에도 경직됨이 없다. 머리 고무줄로 묶거나 짝짝이 양말을 신기거나 매니큐어를 칠하는 등 다양한 놀이를 생활에서 찾고 있다. 사내아이들이 하는 놀이는 당연한 것이고 굳이 성 정체성을 따져가며 일부러 나뉜 놀이를 하지 않는다. 일부러 찾으려 애쓴다는 표현보다 일상생활이 됐다는 것이 맞겠다. 여자아이는 분홍색, 남자아이는 파랑색의 구분으로 나뉘는 것부터 사고를 경직시킨다는 생각에서다. 국제학교 입학은 합격한 상태다. 그전에 제주시에서 영어유치원을 다니고 있다. 유치원을 마친 아들이 꺼내든 표현

복도를 가족일람표로 꾸몄다. 해가 들지 않아 살짝 어두울 수 있는 공간을
아이가 그리다 만 그림이든, 완성작이든 걸고 싶은 것으로 채운다.
살랑거리는 바람이라도 불라치면 제각기 살아 움직인다.
제주도 바람에 가족이 살아 움직인다.

에 대해 그녀가 차분히 말을 이어간다.

"이거, 여자색이다. 엄마."

분홍색을 가리키며 말한다. 그 말을 받는다.

"여자색, 남자색이란 건 없는 거야."

될 수 있다면, 가능하다면 선입견 없이, 편견 없이 자녀를 키우고 싶다. 어려운 일임에는 틀림없다. 다들 그렇게 시도하다가 어쩔 수 없이 기존 교육제도 속으로 빨려 들어가는 것이다. 앞으로 긴 시간 동안 수많은 실수를 저지르며 방황하게 될 것이다. 그렇게 마음을 다잡고 제주도에서의 삶을 누리려 한다.

각 학교마다 치루는 입학시험을 다 치러보겠다는 지석이의 말을 반대하지 못했다. 시험을 경험으로 생각하는 점이 기특하기도 했다. 시험은 서류와 면접으로 이뤄진다. NLCS는 또래 친구들과 물감놀이를 하는 것으로 실기시험을 치렀다. 외국인 선생님에 대한 거부반응이 있는지에 대해 관찰한다.

KIS 입학시험 역시 신청한 그녀는 시험 전날, 아들에게 질문을 했다.

"지석아. 내일 시험인데 연습 좀 해볼까? what's your name?"

장난감을 가지고 놀던 지석이의 낯빛이 변한다. 살짝 긴장한 기색이 역력하다. 홍조를 띤다. 시뮬레이션이 필요하다는 판단에서 시작한 질문에 이미 결과에 대한 두려움이 생겨버린 것이다.

"괜한 짓을 한 거예요. 엄마가 굳이 말하지 않아도 아이들은 엄마의 긴장을 느끼는 것 같아요. 그것을 겉으로 표현해버렸으니 아이가 더 긴장하게 됐고 그것이 스트레스로 느껴졌을 거예요."

제주도로 터전을 옮기는 것은 육지보다 더욱 치열하게 살아내야 할지도 모를 일이다. 도심의 삶과 시골의 삶이 공존하기 때문이다. 관계 속에서 힘든 일이 벌어질지도 모른다. 아파트 현관문을 닫아버리면 더 이상 간섭받지 않는 도심의 삶처럼 경계를 명확히 긋고 살 수도 없기 때문이다. 그럼에도 불구하고 명확한 사실은 불과 몇 년 전만 해도 없던 교육 시스템으로 만족할 만한 결과물들이 속속 드러나고 있다는 것이다. 선택권이 다양해진다는 것만큼 발전적인 것도 없을 것이다.

다행히 지석 군의 국제학교 입학에는 문제가 없었다. KIS와 NLCS를 모두 합격한 덕분에 선택을 해야 하는 '고통'의 시간을 보냈을 뿐이다. 잠을 설칠 정도로 고민해야 했다. 아들에게 선택을 맡기겠다는 마음에는 변화가 없다. 그녀의 고민과는 달리, 지석 군은 덤덤했다. 부모로서 최선을 다한다는 것의 기준은 무엇일까. 그녀가 제주도에 내려오면서 수많은 밤들을 채운 고민의 큰 줄기다. 아무리 어리더라도 아들의 선택을 믿어보겠다는 자세를 취한다. 이제 겨우 일곱 살 아이의 선택 기준이란 건 어쩌면 더욱 선명하고 또렷한 기준일 것이다. 정작 학교에 다니고 친구들과 어울리는 건 자녀이기 때문이다.

• story 21 •

다리가 퉁퉁 부을 정도로 시험 준비에 매진했어요

말수가 적던 그녀에게 연락처를 물은 건 스쳐 지나가는 말 때문이었다.

"저는 제주도 사람이에요. 영어마을로 이사 온 건 저희 딸이 KIS를 다니는데요. 제주시에서 스쿨버스를 타고 학교에 다녔는데 멀미를 너무 심하게 해서 도저히 견딜 수 없는 지경에 이르러서 이사 오게 됐어요."

그녀와의 두 번째 만남은 그로부터 한 달이 지났을 시점이었다. 그녀는 만남을 약속하고 난 뒤에 지난 시간을 홀로 되짚어본 모양이다. 한 자 한 자 꾹꾹 눌러 쓴 일기를 읽듯 지난 시간을 또렷이 떠올렸다. 그녀는 익명을 원했다. 자신이 노출되는 것을 극도로 꺼리는 눈치다.

제주도는 '작은' 섬이라 표현으로 이해받기를 원했다.

그녀는 제주시에서 십여 년 넘게 하루도 쉬지 않고 학원 경영에 충실했다. 결혼 전부터 서울에서 강사직을 해오던 그녀가 고향인 제주도로 아예 이사를 오면서 학원 운영에 자신의 모든 것을 걸었다. 직접 교단에서 아이들을 가르치며 보람된 일상을 즐기고 있었다. 그녀를 의지하며 자녀를 맡기는 부모들이 넘쳐났다. 아이들의 변화에 입소문은 퍼져나갔다. 아이들의 변화는 그녀를 고무시키기에 충분했다. 열정이 넘치는 순수했던 시절이라고 회상한다.

"중고등 학생들을 대상으로 하는 보습학원이었어요. 맞벌이로 바쁜 부모들이 상담을 해오면 저를 믿으라고 했어요. 자신 있었거든요. 조카를 대하듯 자식을 대하듯 그들에게 열정을 쏟을 자신이 있었어요. 운 좋게도 열정을 쏟은 만큼 아이들의 결과도 발전했죠. 결과를 받아든 부모 입장에서는 저를 더욱 신뢰하고 따랐어요. 그때의 보람은 이루 말할 수 없었어요. 입소문이 나면서 학원 규모는 점점 커져 갔죠."

그사이 결혼도 하고 딸도 태어났다. 밤늦게까지 일에 빠져 지내던 자신을 대신해 도우미 아줌마 손에서 크고 있는 딸을 물끄러미 바라보게 됐다. 학원 경영에 지쳐버린 자신과 엄마의 사랑이 부족해서 지쳐버린 딸을 발견했다. 학원생들을 따뜻하게 보살펴야 한다는 열정은 강박관념으로 변질돼 있었다. 강박증은 여유를 집어삼켰다.

"이게 아니다 싶었어요. 제주시에서 규모가 꽤 큰 축에 속했어요. 행복에 겨운 소리를 한다고 생각할 수도 있지만 일만 하다가 죽을 것만 같았어요. 더 이상 이렇게 단 하루도 살 수 없었어요. 많이 지쳤던 것 같아요. 새롭게 학원 지분을 일부 인수한 원장님에게 경영을 넘기고 초등학교 1학년이 된 딸과 함께 여행을 떠나버렸죠."

인터넷을 뒤적여 소규모 여행 카페를 찾았다. 여행을 떠난다면 어떤 구성원과 어떤 일정으로 가겠다는 상상을 늘 해왔던 터였다. 다양한 연령층과 다양한 직업군으로 구성된 여행 팀이 꾸려졌다. 팀원 중 제일 막내는 당시 여덟 살이던 그녀의 딸이었다. 여러 달에 걸쳐 아시아를 비롯해서 아프리카까지 가는 강행군이었다. 여행 기간 도중 한국을 오가며 정신적, 물질적 보충 시간을 갖는 여행 일정이었다. 약국을 폐업하고 여행팀에 합류한 약사부터 사진 작업을 위해 동행한 작가까지 직업은 다양했다. 여행은 여행 그 자체가 일상이 되는 시점부터 달뜨던 감정은 가라앉고 적응 속도도 느려진다. 대부분의 팀원들이 지쳐갈 때도 그녀의 딸만큼은 뛰어난 적응력을 보였다. 뒤돌아 생각해보면 여덟 살 된 딸에게 터닝 포인트가 된 사건도 여행 도중에 벌어진 셈이다.

유럽을 여행 중이었다. 뉴질랜드에서 온 모녀와 게스트하우스에서 함께 묵게 됐다. 음악선생인 엄마와 어린 딸이었다. 부족한 영어 실력임에도 그들은 쉽게 친해지고 쉽게 마음을 터놨다. 뉴질랜드 모녀는 자신의 연락처를 건네며 그녀와 딸을 뉴질랜드로 초대했다. 뉴질랜드로 유학을 오는 것을 제안했다. 도움을 주겠다고 했다. 그때 그녀는 인사치레 정도로 받아들였다. 그런데 그녀의 딸은 달랐다. 그녀의 딸은 그 말 한마디에 불씨를 지핀 것이다. '국제적인' 교육을 받고 싶다는 마음을 품게 된 시발점이 된 것이다. 딸은 여행을 마치고 다시 학업에 복귀하게 된 이후에도 가끔 뉴질랜드 모녀를 떠올렸다. 그러던 어느 날, 제주도에 국제학교가 생긴다는 뉴스를 접하게 된다.

"언제부터인가 꿈이 뭐냐고 물으면 뉴질랜드 모녀와 대화를 나눴을 때처럼 영어로 의사소통이 가능한 사람이 되겠다고 했어요. 제주도에 생긴다는 국제학교 뉴스를 듣고 나서는 국제학교에 가서 특별한 교육을 받는 것이 꿈이라고 했어요. 처음 들었을 때는 깜짝 놀랐어요. 저러다 말겠거니 했죠. 관심이 지속되긴 힘든 나이니까요. 초등학교 2학년이 끝나갈 즈음, 불쑥 국제학교에 보내달라는 겁니다. 마구 보채더라고요. 입학시험 준비가 덜 됐으니 3학년 때 보내주겠다고 달래면서 진정시켰죠. 그때도 저러다 말 거라고 대수롭지 않게 생각했어요. 고학년으로 진학하면 학원에도 다녀야 하고 친구들과 우정을 나누다 보면 전학조차도 가기 싫어할 까칠한 나이가 되니까요."

3학년이 끝나가던 어느 날, 딸은 진지한 대화를 원했다. 국제학교는 언제쯤 보내줄 거냐며 그녀를 다그쳤다. 영어로 문장을 만들 때 주어 다음에 동사를 연달아 쓰는 수준밖에 되지 않았다. 그녀는 딸에게 재차 물었다. 국제학교에 진심으로 다니고 싶은 거냐고. 강한 의지를 내비친 딸의 눈빛은 강렬했다. 일단 시험이라도 쳐보게 해야 포기할 태세였다. 미련을 없애려면 일단 시험을 치를 기회를 줘야 했다.

원서 마감일이 보름밖에 남지 않은 상황이었다. 딸은 이미 상기돼 있었다. 그녀는 보름 동안이라도 시험 준비에 집중할 학원을 수소문했다. 영어와 수학에 집중했다. 딸의 의지는 대단했다. 수학을 좋아하지 않던 딸의 집중력에 놀라움을 금할 수 없었다. 영어는 학원에서 권해준 책 한 권을 무조건 외우기만 했다. 하지만 결과는 뻔했다. 면접 시험에서 입도 한 번 떼지 못했다. 회화는커녕 리딩도 제대로 하지 못한 것이다. 불합격이었다. 당연한 결과임에도 딸의 충격은 컸다. 눈물이 그치질 않았다. 그녀가 오히려 딸에게 미안했다. 이번이 아니더라도 충분히 준비를 한 후에 다음에 시험을 쳐도 되는 일이었는데 성급했다는 자책이 들었다. 포기를 먼저 생각한 자신을 원망했다. 서글프게 우는 딸을 바라보며 그녀도 함께 눈물이 났다. 한참을 울던 딸이 입을 열었다.

"다음 시험에는 꼭 합격해서 국제학교에 다닐 거야."

그녀도 새삼 놀랐다. 딸에게 이런 강인한 면이 있었던가. 그동안 어리게만 봐왔던 딸은 이미 자신의 목표에 대해 말하고 있었다. 자신의

사진제공 ©kis

불쑥 찾아간다면 교정 안으로 출입할 수 없다. 외부인의 출입을 철저히 관리한다.
제주도에 놀러왔다가 우연히 지나치게 되면 차를 세우고 한참을 바라보게 될 것이다.
제주도 국제학교 교정은 보는 순간, 말로 표현할 수 없는 감정이 생긴다.
한 번이라도 서성이며 바라보게 된다면 입학 준비를 시작하게 될 것이다.

미래에 대한 강한 동기를 품고 있었다. 더 이상 지체할 이유가 없었다. 제주시에 있는 유명한 영어학원을 수소문했다. 딸과 함께 학원을 일일이 방문하며 학원 분위기 파악에 나섰다. 그녀는 네 군데 영어학원을 알아봤다. 그중에서 두 군데 정도를 선택하면 충분하지 않을까. 예상을 깨고 딸은 네 군데 모두 다니겠다고 했다.

쓰기, 듣기, 말하기, 읽기 등을 고루 배우지 않으면 또다시 불합격당할 것이라는 불안감 탓에 새벽부터 늦은 밤까지 영어 공부에 매진했다. 그동안 그렇게 오랜 시간을 책상에 앉아본 일이 있었을까 싶을 정도로 책상 앞을 떠날 줄 몰랐다. 원어민 영어선생과의 수업에는 한국인 회화선생님의 도움을 받고 싶다고 했다. 영어 실력을 높이려면 정확한 한국어 통역과 번역이 필요하다는 것이다. 자신의 수준을 단시간에 높이려면 계획을 제대로 짜야 한다고 했다. 부족한 만큼 딸은 집중했다. 집중하지 않으면 국제학교를 다닐 수 없다는 절박감에 휩싸여 있었다. 딸에게는 국제학교가 세상의 전부인 듯 보였다. 그동안 보지 못한 비장함이 묻어났다.

5주 만에 국제학교 수시 일정이 발표됐다. 시험일이 다가오자 학교 수업은 결석하고 학원으로 향했다. 딸이 그렇게 하길 원했다. 시험 당일 날, 어린 딸은 시험장으로 당당하게 사라졌다. 얼마 지나지 않아 시험장을 빠져나오는 딸의 표정은 밝았다.

"엄마. 지난번에 불합격당한 이유가 있었네. 이번에 시험지를 받아들었는데 익숙했어. 술술 잘 써지더라고. 이 정도 라면……. 그래도 혹시 모르니까 다시 시험 준비해야지."

표정은 확신에 가득 차 있었다. 결과는 합격이다. 합격 소식을 듣고 딸은 다시 한 번 펑펑 울었다. 기쁨의 눈물이었다. 실패나 포기는 더 이상 딸에게는 없는 단어이길 바랐다.

"사실 고생은 합격 이후부터였어요. 아니, 정확히 말하면 입학한 첫날부터였죠. 영어로 수업을 하고 영어로 발표를 하고 팀별로 토론을 하고 리포트를 써내야 하는 수업이 매일 매시간 있거든요. 수업을 따라가기에는 영어 실력이 뒤떨어졌던 거예요. 수시로 합격한 경우에는 같은 반 친구들과 쉽게 어울리기 힘든 분위기가 아니었을까 싶어요. 새롭게 한 반이 같이 시작을 하는 정시와는 달리, 이미 기존에 서로 친해질 대로 친해진 아이들 사이를 비집고 껴들어야 하는 거잖아요. 그나마 같은 반 안에서도 영어 이해 수준에 따라 다르게 수업을 진행해줘서 다행이기도 하지만 친구들과 실력 차이가 나는 것을 스스로 이겨내야 하거든요. 어쩌면 제 딸은 국제학교를 다니기만 하면 그 순간부터 영어 실력이 저절로 확 달라질 거라는 환상을 가졌을 거라고 생각해요. 그것이 현실에서 맞닥뜨렸을 때 자존심도 상하게 되고 속상한 일들이 알게 모르게 벌어진 것 같아요. 국제학교 합격을 위한 영어만 5주 정도 매달린 것이 전부였던 딸에게 학교 수업은 엄청난 스트레스의 연속이었습니다."

반 아이들은 딸과 함께 그룹이 되길 원하지 않는 눈치였다. 이미 그룹이 짜인 이유도 있었지만 아무래도 영어 실력이 떨어지는 아이와 함께 그룹을 하게 되면 손해라는 판단을 했던 것이다. 신입생이 여러 명이면 그들끼리 팀을 만들면 별 무리없이 해결될 문제였다. 상황이 딸에게 녹록지 않게 돌아갔다. 국제학교에서 살아남으려면 버텨야 했다. 딸은 어쩔 수 없이 자신의 수준을 파악하고 상황을 이해하는 눈치였다. 시간이 한참 흐른 지금도 딸은 이때 벌어진 상황에 대해 충분히 벌어질 수 있는 일이라고 했다. "어쩔 수 없는 일이기 때문에 잘 극복하는 길만이 스스로가 해야 할 일"이라는 표현까지 했다. 어떠한 상황도 긍정적으로 바라보려는 딸의 성격은 적응 기간만 지나고 나면 그 누구보다 빠르게 발전했다. 그녀는 딸을 믿었다.

KIS에는 '영어보충반'이 있다. 영어 실력이 다른 학생들에 비해 부족한 아이들을 따로 모아서 영어 학습을 시키는 학교 수업이다. 영어보충반은 인원이 제한돼 있다. 하위 실력으로부터 소수 인원을 자른다. 그들이 영어보충반이 된다. 매번 테스트를 거쳐 인원은 수시로 교체된다. 그녀의 딸도 영어보충반에 들어갔다. 영어보충반에 들어가면 방과 후 활동에 참여하지 못한다. 시간이 겹치기 때문이다. 운동장에서 좋아하는 활동을 하지 못하는 대신 영어보충반에서 영어 공부를 한다. 운동장에서 뛰어노는 친구들을 바라보면서 자극을 받지 않을 수 없다.

영어보충반은 늘 운영된다. 실력이 향상되면 영어보충반을 벗어날 수 있다. 영어보충반 시스템에 대한 반응은 제각각이다. 시간이 지나면서 학부모들 사이에 부정적인 시선이 늘어나는 것을 부인할 수 없다. 영어보충반에 대한 긍정적인 평가를 내리는 의견에 "당신의 자녀가 영어보충반에 들어간다면 과연 그렇게 남 일처럼 말할 수 있을 것 같으냐?"는 반응이다.

부족한 학생들을 이끌어주지 않는다면 교육의 역할은 무엇인가. 영어보충반으로 가는 것을 두려워하는 것은 누구의 시선인가. 학교는 배우는 곳이다. 학교는 학원에서 배운 것을 확인하는 장소가 아니다. 배우고 익히는 곳이 맞다. 그녀는 딸의 경험을 비추어 볼 때 영어보충반을 충분히 활용하면 따로 사교육을 받지 않아도 충분히 실력을 기를 수 있다고 조언했다. 학교 시스템을 성실히 따라주기만 해도 좋은 결과가 나올 거라는 건 사실이다. 실제 사례가 넘쳐난다. 국제학교 입학을 결정할 때 자녀뿐만 아니라 학부모의 자세도 변해야 한다. 국내 학교 수업 스타일이 전혀 마음에 들지 않다고 입버릇처럼 불만을 털어놓고는 막상 다양함을 인정받을 수 있는 국제학교 시스템에 적응하지 못하는 학부모가 있다. 국제학교 시스템을 흔들수록 결국 손해를 보는 건 아이들이 된다.

나는 백여 명에 가까운 제주도 국제학교 아이들에게 "학교생활은 어떠니?"라는 간단한 질문을 던졌다. 거짓말처럼 같은 대답이 나왔다.

"주말이 싫어요. 빨리 학교 가고 싶어요. 방학이 너무 길어서 싫어요. 친구들과 헤어져서 싫고요."

그녀의 딸도 그랬다. 왕복 두 시간에 가까운 통학을 하면서도 국제학교를 고집했다. 멀미 때문에 집에 돌아오면 뻗기 일쑤였다. 과제를 해야 할 체력이 점점 부족해져 갔다. 해야 할 학교 과제는 넘쳐났으나 불평은 없었다. 결과물을 글로 써야 한다는 스트레스가 없는 건 아니다. 하지만 과제를 준비하고 이끌어가는 과정을 매우 즐거워했다. 학부모 눈에는 학습다운 학습이 아닌 것처럼 보이는 과제들에 초조한 마음을 거둘 길이 없었다. 이대로 학교를 믿고 따라가도 되는 건지 불안감을 지울 수 없었다. 그럴 때마다 딸의 표정을 보면서 기다려주는 것만이 정답이라는 마음뿐이다.

딸의 마음고생은 일 년을 꼬박 채우고 나서부터 달라졌다. 일 년을 못 버티고 국내 학교로 돌아가는 아이들이 20퍼센트를 넘나들었다. 자녀가 힘들어하는 모습을 부모가 견뎌내지 못하면 아이도 함께 무너진다. '리턴'은 국제학교에서 흔한 일상일 때도 있었다. 선배들의 사례를 듣고 의지하며 버텨나가는 가족들이 늘면서 현격히 그 수는 줄어들고는 있다.

그녀의 딸도 잘 버텼다. 처음 성적은 C와 D뿐이었다. 토론 수업에는 입 한 번 뻥긋하지도 못했다. 필기도 제때 따라 적지 못했다. 이미 먼저 입학해서 학교 시스템에 적응한 친구들의 프레젠테이션을 보면서 질문 하나 꺼내 들지 못했다. 수업을 완벽히 이해하는 날은 아예 없었다. 눈에 띄게 실력이 늘지 않자 흐느껴 우는 날들이 늘어만 갔다. 더 이상 바라볼 수만은 없던 그녀는 딸에게 리턴을 제안했다.

"일 년만 더 기회를 달라고 하더라고요. 어리게만 봤는데 일 년을 더 다녀보겠다는 의지가 대단했습니다. 이대로 '리턴'할 수 없다는 거예요."

한 학기만 더 경험 삼아 다녀보자던 것이 반년이 지나고 일 년이 지나면서 서서히 안정을 찾았다. 입학한 지 이 년이 되던 해, 성적표를 보고 그녀는 자신의 눈을 의심했다. 모든 과목에 A를 받은 것이다.

일 년간 멀미로 지낸 시간들에 대한 보답으로 그녀는 영어마을로 이사를 강행했다. 영어마을로 이사를 오면서 딸은 자신의 시간을 조금 더 얻게 됐다며 기뻐했다. 학교에서 보내는 시간은 더 많아졌다.

"지내보니 국제학교는 딱 두 가지면 돼요. 독서와 운동, 운동과 독서. 성실하게 운동과 독서에 집중만 하면 나머지는 걱정하지 않아도 돼요. 물론 영문 서적을 국문 서적처럼 편하게 읽을 정도의 수준을 말하는 거예요."

그녀의 딸은 운동 실력이 없었다. 정확히 표현하면 운동에 집중해본 경험이 없었던 것이다. 운동을 못한다고 생각했었는데 운동을 못하는 것이 아니라 발현되지 않았던 것이다. 운동은 끈기를 요한다. 협동심과 책임감, 배려를 자연스럽게 배어들게 한다. 새로운 신입생이 입학을 하면 딸은 나서서 그들을 돕길 원했다. 예전의 자신을 떠올리곤 했다. 간식을 챙겨갈 때면 친구들 것까지 잔뜩 챙겨가곤 했다. 크리스마스 파티를 준비할 때면 어디 멀리 여행가는 아이처럼 짐이 한가득이다.

"지금은 친구 동생의 생일파티에도 초대를 받아서 갈 정도로 친해졌어요."

그녀의 지인들이 제주도로 여행을 올 때마다 국제학교에 대한 질문은 빠지지 않는다. 부산에서는 단체로 입학시험을 신청했다가 모두 다 불합격당하는 사례도 생겼다. 도대체 합격 기준은 무엇일까. 입학한 학생들과 학부모들 대답은 "모른다"이다. 친구 쫓아 경험하러 왔다가 친구는 떨어지고 자신이 붙는 경우도 있다. 영어 실력은 뛰어남에도 불구하고 불합격을 당하기도 한다. 역설적이게도 불합격이 생기면서 국제학교에 관한 부정적 시선이 긍정적 시선으로 바뀌기도 했다. 그녀는 국제학교에 관심 있어 하는 지인들에게 완벽하게 준비가 되지 않았더라도 경험 삼아 시험을 치러보라고 권한다. 완벽한 준비는 없기 때문이다.

그녀와의 두 번째 인터뷰를 마치자 문득 딸의 생김새가 궁금해졌다. 그녀의 딸은 어떤 모습을 띤 학생일까. 익명을 원했기 때문에 딸과의 인터뷰 요청을 희망할 수는 없었다. 방법을 찾아야 했다. 그녀에

서진이는 다양한 취미 생활을 즐긴다. 물론 학교에서 제공하는
프로그램 중에서 선택하면 된다. 좋아하는 취미에 맞는
준비물을 나눠서 드는 건 무게를 나누기 위함이다.
취미를 향한 욕심 탓에 성장에 무리를 주면 안 된다는 생각에서다.

게 세 번째 만남을 제안했다. 여행 중에 촬영한 사진을 보여달라고 했다. 어떤 모습으로 모녀가 세계 여행을 다녔는지, 어떤 추억을 안고 사는지 알고 싶었다. 사진으로 딸을 만나볼 기회를 만들었다. 그녀는 흔쾌히 자신의 집으로 초대했다.

세 번째 만남은 더욱 편안한 시간들로 채워졌다. 사진을 훑으며 여행기를 들었다. 여행을 좋아하는 나로서는 타인의 여행기마저도 들뜨게 만든다. 몇 시간이나 흘렀을까. 갑자기 그녀의 핸드폰이 울린다. 방과 후에 학교 앞으로 딸을 마중 나가는 시간이 훌쩍 넘어섰다. 나의 방문을 미리 말해두지 않았던 탓에 그녀는 조심스레 딸에게 손님이 집에 있음을 알렸다. 데리러 나가겠다는 그녀의 말에 딸은 "집까지 걷고 싶다. 오늘은 걷고 싶은 날이니 걱정하지 말라"는 답변이 돌아왔다. 초등학생이 걷고 싶다고 했다. 버스 정거장으로 두 정거장이 조금 넘는다. 어린 학생의 걸음으로 벅찰 만도 하다. 얼마 지나지 않아 책가방과 바이올린을 메고 집으로 들어온 아이는 수줍게 인사를 건넨다. 사진으로 향한 나의 시선이 딸에게 자꾸 빼앗겼다. 마르고 앙증맞은 소녀는 책을 들고 소파에 앉는다. 낯선 이의 방문에 호기심이 생겼을 법했다. 소녀와 만남은 거기까지였다.

그날 밤, 그녀가 내게 연락을 취해왔다. 딸은 그녀에게 대뜸 의구심을 잔뜩 품은 얼굴로 질문을 던졌다고 했다.

"엄마는 작가 선생님이랑 어떻게 알게 됐어?"

맞다. 호기심은 질문으로 이어진다. 어떤 과정을 통해서 자신의 이야기를 하고 있었는지 궁금했던 것이다. 익명을 원했다는 그녀의 말을 듣자마자 딸은 의아해하며 재차 물었다.

"나도 나중에 글을 쓸 텐데. 왜 나의 이야기를 익명으로 하겠다고 했어? 엄마."

익명을 원한다는 그녀와 자신의 이름을 넣어달라는 딸 사이에 분명 당혹스런 시간이 흘렀을 것이다.

한 달 뒤, 네 번째 만남은 딸과 둘만의 시간을 가질 수 있었다. 딸의 이름은 한서진이다. 서진 학생은 나를 정면으로 응시했다. 체구는 작고 깡말랐지만 그 눈빛은 나에 대한 호기심을 고스란히 드러내고 있었다. 소녀는 한 달여 사이에 조금 더 키가 컸다. 현관문 앞에서 나를 반긴다. 서진이는 올해 열세 살이다. 작년에 KIS에 입학했고 적응을 매우 잘한 경우다. 서진 학생이 입학할 당시에 세 명의 학생이 동시에 입학했다. 그동안 두 명은 리턴을 했다. 어떤 친구들이었는지 묻지 않을 수 없었다.

"왜 그런 친구들 있잖아요. 공부 안 하고 매번 장난만 치고 노는 아이들이었어요. 시험 과정을 거치면서 합격이라는 소중한 경험을 한 친구들치고는 학업에 집중하지 않았다고 생각해요. 학교 수업에 적응을 못하면 엄마들이 한 번쯤은 리턴을 권할 수도 있겠죠. 안쓰럽기도 할 테니까요. 저라면 절대로 되돌아갈 일을 아예 만들지 않으려고 매일매일 노력했을 거 같아요. 저와는 달리, 그 친구들은 쉽게 포기해버린 거죠. 얼마 정도의 시간이 지나면서 리턴할 친구들이 빠지고 열심히 해보려는 친구들만 남게 되면서 분위기는 더 좋아졌던 것 같아요. 제가 국제학교에 입학하려고 했던 가장 큰 이유도 특별해 보이고 싶었어요. 공부도 일반 학교와는 전혀 다른 형식이거든요. 달라 보이잖아요. 수업도 굉장히 재미있고 방과 후 활동도 매우 즐거워요. 학교에 가는 게 즐겁고 기다려져요."

그렇게도 간절히 원했던 국제학교를 준비하던 시간에 대해 묻지 않을 수 없었다. KIS 입학시험을 위해 영문 수학 책을 구매했다. 어려운 전문용어가 빼곡했다. 컴퓨터를 켜놓고 단어를 찾아가면서 수학 문제를 풀기 시작했다. 이틀 만에 수학 책 한 권을 마스터했다. 식사 시간을 제외하고는 책상에 앉아서 집중했다. 단어장을 직접 만들며 수학 문제를 풀어나갈 때, 재미에 푹 빠졌다. 자주 등장하는 전문용어가 어느새 익숙해졌다. 새로운 세상을 알아가는 것에 매료됐다. 그렇게 원하던 '특별해짐'은 이런 기분일 것이다. 책상에 너무 오래 앉은 탓에 다리는 퉁퉁 부어올랐다. 퉁퉁 부은 허벅지는 저리기까지 했다. 밤에 잠들 때, 두툼한 베개나 이불을 돌돌 말아 발목에 받쳐서 자곤 했다. 그렇게 하지 않으면 다음 날 다리는 더욱 심하게 부어올랐다. 여간 신경 쓰이지 않을 수 없었다. 공부하는 데 방해가 되기 때문이다. 내심 다리가 부을 정도로 학업에 집중했다는 훈장과도 같다는 생각도 들었다. 신체 변화조차 특별하게 느껴졌다. 영어로 작성된 사회, 과학에도 매진했다. 공부할수록 흥미는 더해만 갔다. 내용과 용어를 정리하면서 이해도를 높였다.

서진 학생은 국제학교 시험 준비 과정 때부터 합격 이후를 준비했다. 제주시에서 서귀포에 있는 국제학교에 통학하려면 늦어도 새벽 6시 반에는 기상해야 했다. 입학시험을 준비하면서 일부러 6시 반에 기상하는 연습을 했다.

"저는 어차피 국제학교에 다닐 거라고 확신했어요. 입학시험에 시간이 걸리더라도 말이에요. 새벽 6시 반에 알람을 해놓고 오전에 입학시험 공부를 했어요. 일부러 습관을 만들려고 그렇게 한 거예요. 그때 생긴 습관은 영어마을로 이사한 뒤에도 지키고 있어요. 새벽에 일어나서 공부하면 머릿속이 맑아서 더 공부가 잘돼요."

새벽에 불을 켜고 창문을 살짝 열면 맑은 공기가 살랑 불어든다. 건너 아파트를 쳐다본다. 불이 켜진 집은 거의 없다. 다들 잠에 취해 있을 시간이다. 소녀의 기분이 설렌다. 자신만 깨어 있는 새벽을 맞는다. 오늘도 자신이 무엇을 해야 하는지 설정해 놓은 목표를 점검한다.

막힘없이 이야기를 나누다 보니 목이 말랐던 모양이다. 수박을 한 입 베어 문다. 그러고 보니 체육복을 입은 채 앉아 있었다. 육상을 막 마치고 인터뷰 시간에 맞춰 서둘러 왔다고 했다. 육상, 축구, 농구 등 체육 실력이 부족했던 소녀에게 클럽 활동은 많은 도움이 된다. 운동

신경이 떨어진다고 느끼던 어느 날, 원반던지기에 재능이 있는 것을 알게 됐다. 수업 시간에 우연히 던지고 받는 연습을 하던 중에 원반이 바람을 타고 멋대로 날아가는 방향을 따라 냅다 달려나갔다. 그리고 야무지게 잡아챘다. 그 순간에 짜릿한 희열이 온몸으로 퍼졌다. 운동 신경에 따라 실력 차이는 있을 뿐, 할 수 없는 건 없다는 것을 깨닫게 됐다. 그날 이후, 더 많은 종류의 운동 클럽에 가입했다. 원하는 학생들만 방과 후에 시간을 내서 활동하는 것이다. 체력이 약하고 체육을 못한다는 스스로의 편견을 깬 계기가 됐다.

아이들은 경험을 잘 반죽해서 새로운 무언가를 표현하기도 하고, 의도하지 않은 경험 속에서 상상을 초월한 결심을 이끌기도 한다. 초등학생과의 인터뷰가 두 시간을 넘길 줄 몰랐다. 당차고 결의에 찬 십대 소녀에게서 잊고 있던 초심과 대면한 기분을 지울 수 없었다. 학창 시절의 초심, 사회 초년병으로서의 초심이 세월에 약해진 건지 아니면 쉽게 포기해버린 건 아닌지 되짚어본다. 소녀의 마지막 말이 인터뷰를 끝내고 난 지금까지도 귓가를 맴돈다.

"시간이 조금 더 걸릴 뿐, 감당하지 못할 일은 없다고 믿어요."

• story 22 •

골목에서 놀던 그때 그 시절을 아이에게 선물해주고 싶어요

민경록 씨의 제주도 정착기는 학교와의 인연을 빼놓고 설명할 수 없다. 아프리카와 싱가포르, 홍콩 등지를 다니며 직장 생활에 매진한 여느 가장과 다를 바 없는 삶을 꾸려왔다. 외국으로 돌다 보니 한국에 대한 향수가 생겨났을 무렵, 서귀포시에 어머님이 정착했다는 소식을 전해 들었다. 어머님과 함께하지 못했던 시간들을 떠올리며 제주도에 터를 잡았다. 단독주택을 구입해 영어마을로 이사를 했다.

그의 아들 민준 군은 일곱 살이다. 유치원을 다녀야 할 시기임에도 어린이집과 태권도만 다닌다. 한글은 일부러 가르치지 않았다. 영어를 선행 학습해야 한다는 생각을 가져본 적도 없다. 그런 악조건 속에서도 민준 군은 2017년 10월에 개교를 하는 세인트존스베리 아카데미에 합격해놓은 상태다. 저학년일수록 영어 실력은 중요하지 않다는 것이 학교의 방침이라는 정보를 얻었다. 피부색이 다른 외국인에 대한 거부반응만 없으면 된다. 테스트는 또래 친구들과 어울리는 모습을 바라보는 수준이었다고 기억한다.

"세인트존스베리 아카데미는 제 모교입니다. 모교가 제주도에서 개교한다는 소식을 접하고 얼마나 반가웠는지 말도 못합니다. 그 많은 미국 학교 중에서 제 모교를 제 아들도 보낼 수 있는 기회가 생긴 거잖아요. 저는 세인트존스베리 고등학교를 나왔거든요. 기숙사를 갖춘 사립학교예요. 미국에서는 기숙사 학교가 꽤 인기가 있어요. 무엇보다 교복에 대한 로망이 그들도 있거든요. 개교 준비 작업에 한창인 사무실로 찾아가서 관계자분들을 만나서 인사도 드리고 많은 대화도 나눴습니다. 그분들도 매우 반가워하셔서 더없이 좋았죠."

그의 주택은 2차 단지 놀이터와 맞닿아 있다. 놀이터에서 뛰어노는 아이들은 그의 주택을 한 번쯤은 이용했다고 해도 과언이 아니다. 놀이터에서 보이는 곳에 냉장고를 배치했다. 냉장고에는 아이들이 좋아하는 음료수와 과일들로 채웠다. 놀이터에서 뛰어놀던 아이들은 자연스럽게 그의 주택을 드나들게 된다. 그는 어린 시절을 회상하며 냉장고 배치를 놀이터에서 보이게 해둔 것이다.

"어린 시절에 뛰어놀던 골목길이 지금도 생생해요. 추억을 간직하게 만들어주는 것이 부모의 역할 중 하나이기도 하죠. 제가 주택을 구입한 것도 아들에게 제가 어렸을 때 누렸던 친구들과의 추억을 물려주고 싶어서입니다. 환경만 만들어주면 아이들은 자연스럽게 추억을 쌓아갑니다. 제주도에서 그런 추억들을 제 아들을 비롯해서 친구들에게 전해주고 싶습니다."

그의 아들과 같은 또래가 사는 가구가 옹기종기 모여 있다. 부모 모두 함께 제주도로 이사 온 가족들이다. 같은 학교를 다니지 않게 되더라도 집 앞 골목길에서 쌓는 추억은 값지다. 친구네 집을 자신의 집처럼 드나들며 식사도 함께 했던 추억이 새록새록 떠오른다. 그날들을 떠올리며 그는 인테리어를 구상했다. 집안 정리와 꾸미기에 취미를 갖는 그는 요리도 즐겨한다. 방향제를 직접 만들어 선물로 건네기도 한다. 제주도에 터를 잡은 지 채 여덟 달이 지나지 않았음에도 주변에 입소문이 퍼졌다. 중국 심양에서 지내던 부모가 자녀를 제주도 국제학교에 보내고 싶어 홈스테이를 부탁해 온 것이다.

"남자아이들의 경우 아빠 말은 잘 듣는 편이잖아요. 국제학교 입학시험 준비를 서둘러 해야 하는데 아무래도 어디 맡길 곳이 마땅치 않았던 모양입니다. 다행히 저도 아들 하나만 키우고 있기 때문에 지인이 연결해준 거죠. 영어마을은 반반으로 나눠집니다. 자유롭게 키우겠다고 결심한 분들과 사교육까지 그대로 유지하면서 좋은 결과만을 얻기 위해 온 분들로 나뉩니다. 선택은 본인들 몫인 거죠. 어느 것이 좋은 선택이고 어느 것이 나쁜 선택이라고 말하기 곤란해요. 결국 내 아이의 행복의 기준을 어디에 두느냐에 따라 다른 거니까요."

그는 책임을 다해 아이를 부모만큼 신경을 써주려 노력한다고 했다. 그도 미국에서 학교를 다니면서 즐거웠던 기억만 남았다. 미국으로 굳이 가지 않아도 같은 시스템을 만날 수 있는 건 행운이라 말한다. 그가 미국으로 유학길에 오른 이유를 조심스레 꺼내들었다. 그의 어머님은 싱글맘이었다. 미국 교포와 결혼하면서 그와 이별해야 했다. 그가 중학교 3학년 때의 일이다. 일본어 동시통역사인 그의 어머님은 그를 친척들에게 맡기고 미국으로 떠났다. 이모와 숙모가 그의 보호자가 됐다. 학업에 소홀해질 수밖에 없었다. 돌이켜보면 사춘기를 심하게 앓았던 것이다. 술과 담배 그리고 춤에 빠져 지냈다.

"나쁜 건 다했다고 보시면 이해하기 빠르실 거예요. 당시에 꾸러기 콘테스트라고 티브이에도 나오고 그랬죠. 이모와 숙모가 그 모습을 보시고 더 이상 방치해선 안 되겠다고 결심하셨나 봐요. 저 역시 친구들과 어울려 지내면서 학업에 소홀했던 시간이 마냥 즐겁기만 한 건 아닌데. 늘 고민에 빠져 있었던 것 같아요. 그때 친척들은 저를 외국으로 보낼 계획을 구체적으로 세웠던 거 같더라고요. 지금 돌이켜 생각해보면 말이죠."

문제를 일으키는 친구들과 어울려 지내던 시간들이 공허하게 느껴지기 시작한 시점과 어른들의 고민이 맞물렸다. 그 역시 한국을 떠나

미국으로 유학을 떠나겠다는 결심이 섰다. 일부러 한국인이 드문, 외진 곳을 골랐다. 기숙사 생활은 당연했다. 학업에 집중하지 않으면 미래도 불투명해질 거라는 불안감이 엄습했다. 어른들이 손가락질 하는 '나쁜' 짓을 일부러 골라서 하고 나니 재미도 사라졌다. 지겹다는 생각마저 든 상태였다.

영어를 거의 못하는 상태에서 유학을 강행했다. 일 년 동안 그가 치른 고생을 따지자면 버텨낸 것만으로도 대견하다는 자부심마저 들게 만든 시간이었다. 아시아권 학생은 거의 없는 현실 속에서 차별은 극심했다. 작은 키에 깡마른 체구는 거구의 백인들 속에서 더욱 작게만 느껴졌다. 그는 또 다른 방황 속으로 빠져들고 말았다. 홀로 내던져졌다는 현실이 가혹하게만 느껴졌다. 다행히 그를 지켜본 한 선생님이 그에게 다가왔다. 미식축구팀에 합류를 제안해왔다. '런닝백' 포지션에 제격이라고 했다.

"미식축구에 흠뻑 빠져서 지냈어요. 근육이 붙으면서 체력도 강해지고 덩달아 운동 실력도 늘게 되면서 친구들의 차별은 싹 사라져버렸죠. 그들이 저를 친구로 받아들였던 터닝 포인트가 된 겁니다. 생각해보면 키도 작고 깡마르고 영어도 서툰 이방인에게 무슨 매력이나 호기심을 느꼈겠어요. 결국 제 자신이 스스로의 장점을 드러내지 않으면 그건 어느 곳에서나 차별이나 무관심이 존재하게 마련입니다. 그건 어른들의 세계에서도 마찬가지 아닐까요? 먼저 다가서지 않으면 절대로 다가오지 않아요. 학업 성적만으로 관계를 형성하기 힘들어요. 공통된 놀이문화가 있어야 하는 거죠."

이성 친구들이 그에게 관심을 보이기 시작한 것도 결국 미식축구 덕분이었다. 그만큼 방과 후 활동을 적극적으로 동참하지 않으면 그야말로 빵점짜리 학교생활이 돼버린다. 추억도 없고 기억도 나지 않는 시간으로 사라져버리고 마는 것이다. 이성 친구를 사귀면서 그의 학업은 안정을 찾아갔다. 영어 실력도 늘었다. 수업 내용을 완벽하게 이해하기란 쉽지 않다. 이해와 오해가 반복되면서 언어를 습득해가는 것이다. 친구들의 도움이 절실하다. 팀별 과제를 수행하려면 친구들의 도움이 필요했다. 친구들의 도움을 받으며 영어 실력은 하루가 다르게 성장했다. 꼬박 일 년이 걸렸다. 차별이 완전히 사라지는 것은 아니다. 다만, 그룹별 수업에 배제되는 상황은 더 이상 벌어지지 않게 된다.

방과 후 활동을 수업 시간만큼 열정을 쏟는 것만이 적응을 잘 할 수 있는 길이었다. 이것은 제주도 국제학교에서도 비슷한 현상이 벌어진다. 서러움과 외로움, 고립감에서 벗어나려면 해결책을 찾아야 한다. 말로 하는 언어가 아닌, 몸으로 할 수 있는 언어가 필요하다. 부족함을 인정하고 당당히 맞서지 않으면 그 누구도 해결해줄 수 없다. 특히, 부모의 조급증은 최악의 상황을 빚어낸다. 학교 방침에 맡기고 물러나서 바라봐주는 것이 학부모가 할 수 있는 최선의 방법이다. 성급함이 자신의 자녀를 망치는 것인 줄 알면서도 기다리지 못하는 학부모는 어디나 존재한다.

"공부 잘하는 아이들은 어느 곳에 가도 잘합니다. 그렇지 않은 아이들을 이끌어주고 개성을 키워주는 곳이 학교이거든요. 배우려고 학교에 가는 겁니다. 왜 부모들은 자꾸 놓칠까요. 왜 학교에 가야 하는지에 대한 고민을요. 이미 배운 것에 대한 결과표를 받으러 가는 게 아닙니다. 부족함을 채우는 곳이 학교인데 왜 남들보다 앞서려고만 하는지 모르겠습니다. 그건 어른들의 고집입니다. 아집인 거죠. 어른들이 문제라고 생각해요. 제가 산증인이거든요. 저는 이미 경험을 했기 때문에 제 아이는 사교육에 치어 지내거나 선행학습을 해야만 하는 강박관념 속에서 단 한순간도 살게 하고 싶지 않습니다. 저의 삶마저도 매몰되는 것을 원하지 않습니다."

이제 막 세인트존스베리 아카데미 유치부에 입학 예정인 그의 아들을 생각하면 그의 굳은 결심이 흔들림 없이 이어질 것이다. 그는 돈으로 살 수 없는 제주도의 자연 속에서 그의 아들과 친구들이 함께 어우러져서 잊지 못할 추억을 쌓아가길 진심으로 원한다. 세계 어디에도 없는 제주도 국제학교만의 특징을 위해 학부모로서 노력하겠다고 다짐한다.

• story 23 •

삶을 풍요롭게 누리는 방법을 알려주고 싶어요

전세 살던 어린 시절만큼 풍요로웠던 기억도 없다. 자매만 넷이던 유혜경 씨는 일요일이면 아버지의 손에 이끌려 대문 밖을 나섰다. 목적지가 어디인지는 그리 중요하지 않았다. 아버지와 함께 나서는 그 길을 언제나 기다렸다.

아버지는 딸들이 뛰어놀 수 있는 곳이면 먼 길을 마다않고 길을 나섰다. 유원지를 찾았고, 계곡에서는 텐트를 쳤다. 자매 넷의 손에는 각자 짊어질 수 있을 만큼의 짐이 들려 있었다. 군것질 거리가 됐든 인형이 됐든 조막만 한 손에 꼭 쥐어들고는 아버지의 발길을 따랐다. 계곡물에 과일을 담그고 물의 흐름을 막아둘 돌멩이로 경계를 쳤다.

계곡물에 둥둥 떠 있는 수박, 참외, 토마토는 방금 냉장고에서 꺼낸 과일처럼 시원하고 아삭거렸다. 웃음이 끊이질 않던 어린 날의 기억이다. 팔공산을 오를 때면 입구에서 팔던 어묵꼬치 한 줄을 먼저 받아든다. 자매들의 발걸음에 맞춰 천천히 오르던 아버지의 뒤축을 바라보다 보면 어느새 정상이었다. 아버지 배낭 안에는 갖가지 간식이 나온다. 입이 짧던 그녀도 정상에서는 먹는 양이 꽤 늘었다. 팔공산 정상에서 바라보는 풍경은 아득하기만 했다. 휴식을 충분히 취하고 하산하는 길이면 이미 들떠 있었다. 하산 길 끝에 파는 두부를 떠올렸다. 몽글몽글 구름처럼 피어오른 두부를 입안에 가득 넣고 아버지의 눈길과 마주칠 때면 아버지의 행복한 미소가 고스란히 그녀에게로 번져왔다.

그녀의 시간 속에는 물질이 아닌 다양한 경험들이 쌓여갔다. 그 무엇과도 바꿀 수 없는 경험들은 자존감을 진하고 강하게 만들어갔다. 누구나 알면서도 실천하기 쉽지 않은 추억들이 아버지의 발걸음에서 시작됐다. 아버지가 물려주신 유산은 그것이었다. 발걸음을 떼는 만큼 그리고 나아간 만큼 새로운 문화를 누려보는 것은 가치로 매길 수 없을 만큼 소중한 것이다.

"학교에서 가정환경을 작성해오라는 문서를 받았는데요. 가정 경제 상태를 적어야 했어요. 아버지는 '서민'이라고 쓰라고 하셨거든요. 중산층이라는 단어가 맞다고 생각했는데 아버지가 '서민'이라고 써야 한다고 하셨어요. 지금 생각해보면 '서민'이 맞아요. 그런데 친구들과 대화를 나눌 때보면 제가 훨씬 더 많은 경험을 누렸더라고요. 제 친구들 아버지는 일요일이면 늦잠을 자거나 집안에서 시간을 보내는 일이 많았죠. 저보다 물질적으로 훨씬 더 풍요로웠을 텐데 말이죠. 제가 성인이 되고 나서 부모님께 감사하다는 생각을 늘 지니게 된 건 물질적인 것보다 더 소중한 삶의 가치를 느끼게 해주신 그 추억들 덕분이에요. 어린 시절에는 몰랐는데 아버지가 집주인 눈치를 보셨나 봐요. 집주인을 피해 저희들을 데리고 갈 수 있는 곳이라면 다 다니셨던 것 같아요. 수십 년 전 일인데도 마치 어제 일처럼 기억이 생생해요. 딸을 하나 낳아 키우다 보니 그때의 추억들이 얼마나 소중한 삶을 이끌어 가는지 매순간 느껴지거든요."

그녀는 딸 김채림 양을 낳고 아버지의 교육 스타일을 고스란히 흉내 내고 있는 자신을 발견했다. 모성애와 부성애를 충분히 쏟아부을 때, 사랑받고 있다고 느낄 때 자녀는 당당하게 자신을 사랑할 줄 알게 된다. 연고 하나 없는 제주도에서 정착을 하고 두려움을 이겨내고 새로운 일을 해낼 수 있었던 원동력도 아버지와 걷던 그 길 속에서 배웠던 것이다.

제주도에서 인맥을 넓혀가고 있던 무렵, 남편을 만났다. 일본에서 3년 넘게 유학 생활을 끝내고 미국으로 건너간 남편은 점점 한국에서의 생활을 잊어가고 있었다. 시간이 지날수록 남편이 한국으로 돌아오지 않을지도 모른다는 판단이 서자 그의 부모님은 불안해지기 시작했다. 복잡한 도심에서의 생활은 더 이상 원치 않는다는 아들의 의사를 무조건 반대할 수만은 없었다. 대안으로 제주도를 떠올렸다. 제주도라면 아들을 설득할 자신이 생겼다. 아들 역시 부모가 제안한 제주도에서의 삶을 받아들였다. 연고가 전혀 없는 제주도에서의 삶은 꽤 매력적이었다. 대구에 계신 부모님도 쉽게 제주도를 찾아 그를 만나볼 수 있음에 행복해했다. 그런 그가 그녀를 만나게 된 건 대구에서 제주도로 각자 이주해서 잘 정착한 그들을 떠올린 지인 덕분이었다. 그와 그녀는 그렇게 제주도에서 만났다.

"제주도에서 결혼식을 올리고 결혼 생활을 하면서 가장 먼저 떠오른 생각은 교육이었어요. 채림이를 낳고 보통의 부모들처럼 고민이 시작된 거죠. 행복한 학창 시절을 보내게 해주고 싶다는 고민은 누구나 하잖아요. 게다가 미국 생활을 접고 한국으로 귀국한 시누이가 대치동에서 살면서 다양한 정보를 알려줬거든요. 그런 내용을 들을 때마다 머릿속이 복잡했죠. 조금 더 이른 시기에 채림이의 교육 방법을 정해야겠다는 생각을 늘 했어요. 제주도에 살면서 경험할 수 있는 것들이 한계가 있을 수밖에 없는데 때마침 국제학교가 생겨난 거죠."

국제학교가 막 터를 잡을 무렵, 미분양 아파트가 넘쳐나고 일명 '마이너스 프리미엄'까지 붙었다는 흉흉한 소문이 돌던 때였다. 소문은 현실로 닥쳤다. 아무도 거들떠보지 않는 아파트 단지가 돼버렸다. 제대로 정보를 따져보지 않고 아파트를 매입했던 터라 뒤늦게 이런 사실을 알게 됐다. 불안감을 과감히 걷어냈다. 단순하게 생각했다. 채림이가 입학할 때까지는 시간은 많이 남아 있었다. 그사이에 도시의 형태는 달라질 것이고 학교들은 발전해나갈 것이다. 교육 사업은 단기간에 눈에 띄는 결과를 기대하기 어렵지 않던가. 아파트를 다섯 채나 사고 눈물로 밤을 지새운다는 부동산 투자 업계 여사장의 사연은 교육도시의 미래를 점점 어둡게만 몰아갔다. 부정적인 시선은 하루가 멀다 하고 언론을 장식했다. 그럴수록 각 학교별 프로그램을 조목조목 따져봤다. 그대로만 운영이 된다면 분명 국제학교는 성공할 것이라고 믿고 싶었다. 이미 전국 각 지역에서 제주도로 이주를 신청한 가족들도 있었다. 그들에 비하면 그녀의 희생은 크지 않을 수도 있었다.

마음을 가다듬고 학교에 입학하기 위해서는 시험 준비를 해야 했다. 채림이에게 부담을 느끼게 하고 싶지는 않았다. 자연스럽게 노출하는 방법을 생각해냈다.

"어린이집을 다닐 때였는데요. 15분 정도를 차를 타고 가야 해서 영어 동요 CD를 틀어줬어요. 우리도 어렸을 때 동요로 배운 노래들은 지금까지도 기억하잖아요. 요즘에는 체계적으로 알파벳을 배우고 단어를 외우고 그런 식으로 영어를 배우지는 않으니까요. 어느 날, CD를 듣던 채림이가 윈도우(window)가 뭐냐고 묻더라고요. 문장을 통째로 외우던 아이가 가사 속에서 단어를 끄집어낸 거죠. 언어 발달에 빠른 반응을 보이는 아이들은 대부분 이런 식으로 영어를 접할 텐데. 마치 제 딸만 특별하다는 생각이 들 정도로 그날은 들떴어요."

언어에 대한 거부반응이 덜 할 때 외국 여행의 경험도 또 다른 자극을 줄 거라는 생각이 들었다. 한글이나 영어나 모르는 단어는 많기 때문이다. 어린 시절, 아버지의 손을 잡고 산과 들로 뛰어다니면서 새로운 동물과 식물을 만나고 질문을 던지고 아버지의 답변을 기다리던 때가 떠올랐다. 채림이와 함께 외국 여행을 준비할 때면 관련 서적을 최소한 서너 권은 사보거나 도서관에서 빌려본다. 스페인 여행을 준비할 때는 십여 권이 넘는 스페인 관련 서적을 빌려봤다. 동화책은 어린이부터 누구나 읽기 쉽다. 채림이와 함께 읽으며 여행 준비에 몰두했다. 재미를 더하기 위해 채림이가 한창 빠져 있던 스탬프 놀이를 활용했다.

"스페인은 자유여행으로 떠났는데요. 우리 가족이 들를 장소를 일일이 적었어요. 리스트를 만든 거죠. 그리고 채림이가 좋아하는 스탬프를 문구점에서 샀죠. 리스트에 있는 장소를 방문할 때마다 스탬프를 찍었어요. 리스트가 스탬프로 전부 찍히니까 채림이가 매우 뿌듯해했어요."

미술관이나 박물관은 늘 의무감으로 방문하기 일쑤였던 학창 시절이 떠올랐다. 성인이 된 뒤 방문하고 보니 이보다 더 유익한 공간도 없음을 깨달았다. 지겹고 재미없는 곳이 아니라는 인식을 심어주는

~~~

채림이가 직접 글을 쓰고 그림을 그린 동화책 『아기 고양이의 하루』.
그림을 그리고 글을 쓰고 난 뒤, 채림이는 그림이나 글이 없는 소지품을 보면
뭔가로 채우려 한다. 채우면서 특별한 소유물로 재탄생시키는 것이다.
"저 종이봉투는 밋밋해. 외롭지 않게 그려줘야겠어."
~~~

게 급선무였다. 방문할 미술관과 박물관에 어떤 유물과 유적이 있는지 미리 공부하고 설명을 이어갔다. 다행히 채림이는 미술관과 박물관에서 재미를 느끼게 됐다. 어느 지역을 방문하게 되더라도 미술관이나 박물관을 가장 먼저 들르려 하는 것이다.

이참에 경험을 하나 더 늘려도 되겠다는 판단이 섰다. 어느 나라를 여행하든 그 지역을 대표하는 공연을 보려고 애를 썼다. 그런 장소를 방문할 때면 채림이가 가장 입고 싶어 하는 드레스를 골랐다. 돌 때 샀던 한복을 네 살 때까지 리폼해서 입혔다. 한복도 예의를 갖춘 자리에 입고 가기엔 충분한 의상 아니던가. 외국인들의 질문이 쏟아졌고 그런 분위기 속에서 채림이는 언어와 문화를 향한 이해의 폭이 넓어지고 있었다. 이동 시간이 길어지면 역 근처에서 그림책을 샀다. 이동 시간이 조금이라도 길어지면 어느새 책을 손에 들고 있는 채림이를 발견했다. 새로운 문화를 대하는 자세는 잘 다듬어지고 있었다. 여러 학교 중에서 NLCS를 선택하고 시험을 준비했다. 언어에 대한 이해력을 높이는 작업이 중요했다. 면접관의 질문에 당당하게 자신의 의사를 표현할 수 있으면 되는 것이 아닐까. 그녀의 당당함을 채림이도 닮아갔다. 주눅이 들었을 법한 면접관과의 대면 자리를 그녀에게 흉내까지 냈다.

"엄마, 걱정 마. 나 붙은 거 같아."

채림이의 학교생활은 이제 일주일이 조금 지났다. 그녀의 세상 위에 기름종이를 대고 채림이의 세상으로 하나씩 옮겨지고 있다. 밑그림은 늘 그렇게 시작된다. 세상에서 만나는 첫 번째 스승은 부모이기 때문이다. 그녀가 경험한 좋았던 추억들만 밑그림 소재로 꺼내들고 싶어지는 건 당연하다. 행복했던 순간만 주고 싶은 건 여느 부모나 다를 바 없다.

"대부분 자녀들은 부모에게 최고의 존재죠. 집 밖을 나서기 전까지는 최고의 존재로 살아가죠. 채림이 친구 엄마가 의사이신데요. 아무래도 또래끼리 대화를 나누다 보면 자랑도 하고 그 속에서 질투도 느끼고 경쟁심도 유발하게 되고 그러면서 아이들은 단단해진다고 생각해요. 그런데 어느 날, 저에 대한 표현을 친구들에게 하지 않고 있다는 걸 알게 됐어요. 장래 희망이 의사인 친구들한테는 자기 엄마가 의사라는 게 얼마나 자랑스럽겠어요. 그러다 보니 저에 대한 자랑을 할 만한 게 없었던 모양이에요."

그녀에게는 이십여 년 넘게 이어온 취미가 있었다. 다도문화에 흠뻑 빠져 지내면서 약해진 체력도 좋아지고 삶도 풍요로워졌었다. 이십여 년이란 시간을 되돌아보니 짧은 시간이 아니었다. 이십여 년 넘게 게으름 피우지 않고 즐겼던 일이 과연 있었던가. 그 길로 자원봉사를 할 수 있는 공간을 찾았다. 때마침 어린이집에서 아이들에게 다도문화에 대한 이벤트를 열자는 제안을 해왔다. 놓치지 않았다. 채림이가 책을 읽는 동안, 그녀는 다도문화 관련 공부에 더욱 매진했다. 채림이가 영어를 배울 동안, 그녀는 중국어를 배웠다. 방송통신대학교 3학년 중어중문학과에 편입할 수 있었던 것도 채림이에게 더 나은 밑그림을 선사하기 위해서였다.

"제가 차를 마시면 아이도 차를 마시고, 제가 책을 읽으면 아이도 동화책을 읽고, 제가 노래를 부르면 아이도 동요를 불러요. 마치 제가 어릴 때 아버지를 따랐듯 아이도 저를 따르고 있어요."

아이들은 예술가로 태어난다고 한다. 어떤 경험으로 채워 주느냐에 따라 그들의 변화는 놀라울 정도로 달라진다. 여느 부모들도 안다. 다만, 언행이 불일치하고, 알면서도 게을러서 주저앉고 마는 것이다.

인터뷰 말미에 그녀가 꿈을 말했다. 자녀의 미래를 꿈으로 말하는 여느 부모와는 달리, 그녀는 자신의 꿈을 말했다. 다도문화를 전달할 수 있는 동화책을 만드는 것이다. 그녀가 쓰고, 채림이가 그리고, 남편이 번역하는 것이 그녀의 희망이라고 했다. 꿈을 꾸는 부모에게 꿈을 꾸는 아이가 자라고, 꿈을 이루려는 부모 밑에서 꿈을 이루려 노력하는 아이가 자랄 것이다.

연필 잡는 법부터 하나씩

12월, NLCS 교내를 서성이다 한 교실 앞에서 멈췄다. 서성이는 내게 인사를 먼저 건넨 건 국어선생님이다. 'Y2'반이다. 'year two'라고 읽는다. 여덟 살 난 학생들이다. 교실 안을 훤히 들여다볼 수 있는 직사각형 창문을 사이에 두고 한참을 서성였다. 작은 원탁 테이블에 네 명씩 둘러앉아 무언가를 적고 있는 아이들 사이를 몇 번이고 돌면서 수업을 진행하고 있다. 원탁 테이블도 정겹지만 선생님의 발걸음이 사뿐거린다. 원탁 테이블 사이사이로 천천히 익숙한 몸놀림으로 움직이며 학생들에게서 시선을 떼지 않고 있다.

"연필 잡는 법을 보겠어요."

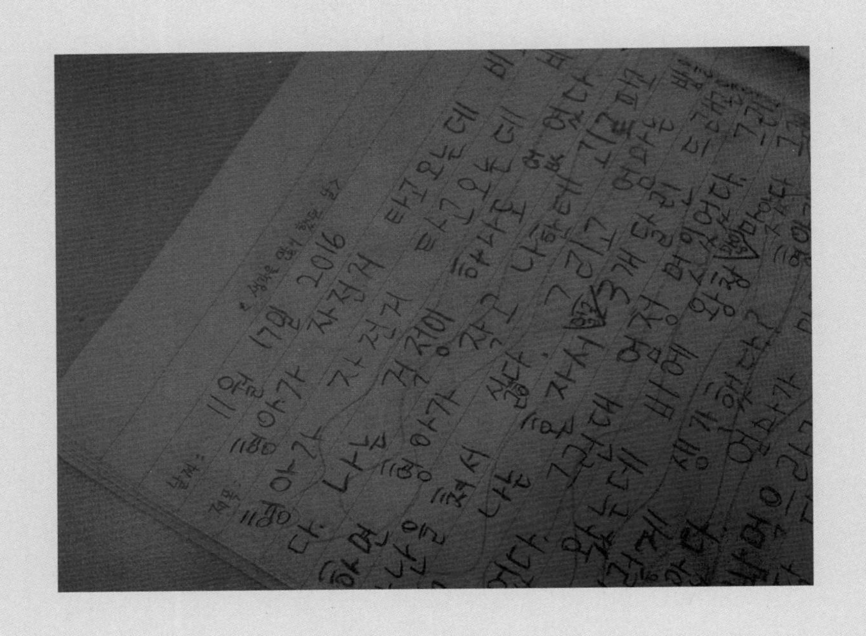

국어선생님의 허락으로 수업을 참관할 수 있었다. 낮은 보폭으로
학생들 사이를 비집고 다니며 카메라를 들이댔다. 연필을 들지 않은 손으로
살짝 노트를 가리는 학생도 있고 카메라를 향해 질문을 쏟아내는 학생도 있다.
자신의 노트를 펼쳐보이며 카메라 렌즈를 향해 배시시 웃음을 짓는다. “찍으세요.”

칠판에 특별한 주제는 없다. 딱히 교재도 없다. 공책에 열심히 적고 있느라 정신이 없다. 주제를 살펴본다. 상단에 붉은 볼펜으로 적혀 있다.

'고민했던 일.'

앞장을 넘긴다.

'생각을 많이 했던 날.'

띄어쓰기가 고민이라는 다민이가 연필을 들지 않은 손과 팔로 이미 적어놓은 글 위를 가린다. 창피했던 모양이다.

"한 바퀴 더."

국어선생님은 여전히 아이들의 손과 연필 그리고 공책에서 눈을 떼지 않고 있다. 연필 잡는 법을 꼼꼼히 다시 바라본다. 그리고 공책에 써내려가는 학생들의 글을 일일이 읽고 질문한다. 말로는 쉽게 할 수 있지만 글로 표현하는 것은 어렵다. 열 줄 정도 되는 공책 한 페이지를 꽉 채워야 한다. 그리고 글에 어울리는 그림을 그린다. 그것이 이날 수업의 전부다. 선뜻 글을 써내려가지 못하는 학생 앞으로 선생님이 다가선다. 연필의 움직임이 더뎌지거나 멈추면 어김없이 선생님은 그곳으로 다가선다. 스무 명 남짓한 학생들의 움직임은 선생님의 눈초리에 모두 다 포착되고 있었다.

학교생활은 결핍이 난무하는 작은 사회다

결핍에 관한 기획안이 떠올랐다. 이 년 넘은 기획안이다. 그동안 관계를 유지해온 출판사에게 넌지시 제안했다. 결과는 그리 탐탁지 않아 했다. 결핍의 사례를 어떤 방식으로 자료를 얻고 분석을 할 것이냐는 의문이 들었던 모양이다. 그때의 일이 떠오른 건 어느 하나 부족할 것 없어 보이는 제주도 국제학교에서조차 결핍이 분명 있음을 확인하면서부터다.

결핍의 기준은 상대적일 수밖에 없다. 기준이 같거나 비슷하다 해도 결핍의 강도가 다르다. 기준이 다르다면, 기준에 변화를 줄 수 있다면 결핍은 현상을 이해하는 태도를 움직일 힘을 얻게 된다. 결핍을 해결하는 방식에 따라 동기부여는 달라진다. 결핍은 단점이나 결점을 만들어내는 시작점이 되기도 하지만 그 자체로 단점이나 결점이 될 수는 없다. 결핍은 있어야 할 것이 없음을 의미한다. 반드시 있어야 할 그 무엇의 사라짐이다. 사라짐은 이미 존재했었음을 역설한다. 결핍에는 원인이 있다. 의도했든 그렇지 않든.

친구와 관계 맺기는 학교생활에서 주된 '배움'이다. 친구의 도움이 절실한 제주도 국제학교에서는 기숙사 생활을 경험하는 것이 빨리 적응하는 데 커다란 도움이 된다. 소수의 인원이 길게는 육 년을 함께 지내야만 한다. 학업도 학교생활의 적응력이 고스란히 드러난다. 홀로 사는 세상이 아님을 깨닫게 하는 곳이 학교생활이다. 그렇다고 학교 시스템이 완벽할 리 없다. 학교생활은 결핍이 난무하는 작은 사회다. 여행을 받아들이는 자세를 떠올려보면 이해하기 쉽다. 값비싼 비용을 지불한다. 여행지의 유혹은 있었으나 선택은 오롯이 나의 몫이다. 같은 여행지에서 결과는 다르게 나타난다. 비용을 지불하며 고생을 자처한다. 새로운 문화와 자연에 감탄을 하고 기록을 남긴다. 떠난 자와 남는 자 간에 간극이 분명 생긴다. 겉으로 확연히 드러나는 차이가 아니다. 내면의 충족은 현실의 결핍을 결핍이라 여기지 않는 자존감으로 강하게 표출된다. 타인의 시선에 비친 결핍은 더 이상 자신의 결핍이 아니다.

결핍의 결이 비슷하다면 관계 맺기에 있어서 시간과 추억을 단축시킨다. 알아채지 못할 뿐 어느 시절에나 비슷한 결핍의 소유자는 있어왔다. 발견하지 못했을 뿐, 운명처럼 맞닥뜨릴 때 모든 결핍은 공감의 시간으로 탈바꿈한다.

"친구 이상입니다. 가족이죠, 가족."

언어에도 패션이 있다

1980년대는 주산학원, 암산학원 그리고 웅변학원이 대세였다. 주산학원과 암산학원은 산업화 시대에 필요한 사고와 기술을 키워주는 곳이다. 웅변학원은 단어 그대로 웅변을 가르쳐주는 사교육이다. 주산학원과 더불어 웅변학원을 다니는 친구들은 부러움의 대상이 됐다.

못 배운 부모를 대신에 자녀들의 목표가 대학 진학에 집중되면서 방문하는 일일교사 형태의 수업이 늘기 시작했다. 학원비와 크게 다르지 않은 비용으로 산수와 국어를 동시에 배울 수 있는 종이학습지가 유행처럼 번진 것이다. 더불어 서서히 웅변학원은 강사를 길러내는 스피치학원으로 점차 변해갔다. 예비 직장인을 상대로 하거나 프레젠테이션이 많아진 직장인을 상대로 말하는 법을 알려주는 방식으로 그 깊이를 더해갔다. 한 사람의 언어를 만들어준다는 것은 단순히 목청을 키우고 시선이나 손동작을 자연스럽게 키워주는 그 이상의 무엇이다. 그 사람의 언어, 즉 말은 그 사람을 상징하기 때문이다.

한 장면이 떠오른다. 노숙자는 노숙자 그 이상도 아니고 그 이하도 아니다. 대화를 나눠본 몇몇에 의해 사용하는 어휘가 예사롭지 않다는 평가를 받게 되면 노숙자의 과거는 호기심으로 가득 차게 된다. 완벽히 해결되지 못한 호기심은 상상력을 더해가기 마련이다. 부유한 집안 자손인데 머리가 살짝 맛이 갔다는 뒷담화부터 성공한 사람이었는데 배신을 당해 모든 것을 포기하게 됐다는 사연까지 넘쳐난다. 그만큼 언어는 그 사람을 대변한다. 외모와 의상, 가방, 구두 등 못지않게 그 사람을 말한다. 아니, 어쩌면 그 이상의 것을 표현하게 된다.

일명 '귀족학교'라는 부정적 시선으로 얼룩졌던 제주도 영어국제학교 아이들을 만나기 전, 선입견이 없었다면 거짓말이다. 부럽지 않았다면 자격지심이다. 부유한 아이들의 그렇고 그런 건방진 태도를 예상하지 않은 건 아니다.

"대화 내용이 달라요. 저희끼리 이야기할 때 보면 벌써부터 명품 가방이 어떻고 명품 화장품이 어떻고 그런다니까요. 나이에 맞지 않은 대화 소재가 많아서 거부반응이 생겨요. 저희 안에서도 또 다시 더 잘 사는 아이들과 덜 잘 사는 아이들이 갈리니까요."

소재의 스펙트럼이 어른들의 그것과 겹친다는 것은 어쩔 수 없다. 대화 소재는 경험에서 나온다. 국제학교 아이들의 생활을 제대로 정확히 알기 위해 그들의 부모를 만나야 하는 건 당연했다. 어떤 부모들의 삶이 어떤 방식으로 자녀들에게 투영되는지 관찰하는 것이 옳다. 놀랍게도 부모의 언어는 자녀의 언어로 재탄생된다. 언어는 경험에서 나온다고 했다. 부모의 경험은 자녀의 경험으로 재해석된다. 많게는 네다섯 번까지 인터뷰를 진행한 이들도 있다. 그건 상대도 원해야 한다. 설득에 달려 있다고 말할 수 있지만 만남의 횟수를 더할수록 내용은 많아지게 마련이다.

국제학교 학생을 만나고 그들을 설득해서 부모를 만나는 일이 반복되면서 공통점을 발견한다. 그들의 언어다. 패션이 있고 향이 있고 맛이 느껴진다. 이미 만남을 약속하는 문자에서부터 그들의 삶을 엿볼 수도 있었다. 인터뷰 시간이 길어지면 서서히 본연의 모습으로 돌아간다. 횟수가 반복되면 사용하는 어휘에 맞는 철학을 들키고 만다. 그들의 진짜 모습은 이때부터다.

자녀들의 대화 속에서는 학교 수업이 보인다. 부모들의 대화 속에서는 자녀들을 수업으로 이끈 그들의 태도가 보인다. 물론 불만이 없을 수 없다. 각기 다른 삶을 살아왔기 때문에 반응도 다르다. 그러나 그 중심에는 그들의 공통된 언어가 있다. 독립적이며 논리적이고 진취적인 그들의 언어가 있다. 리포트를 제출해도 될 만큼 군더더기 없는 그들의 언어가 있다. 그러다 우연히 다른 곳에서 만난 뾰족한 언어를 대하면 제주도 국제학교 아이들의 언어가 얼마나 정제되고 철학이 담겨져 있는지 다시 한 번 깨닫게 된다. "학비가 터무니없이 비싸다"라는 표현보다는 "돈 주고도 살 수 없는 교육과 경험을 받는다"라는 감탄으로 이미 설득돼 버린다.

에·필·로·그

감성을 공유하는 데 탁월한 아이들이 있다

그런 아이들은 섬세하고 예민하고 때로는 예리해서 시공간을 자신의 감성으로 끌고 들어가서는 스펙트럼을 넓힌다. 세상을 통해 받은 자극이 자신에서 소멸되지 않는다. 다시 세상으로 향한 감성은 이미 자신의 철학과 고민이 덧대어져 스스로를 설득하기에 충분해진다. 고뇌에 찬 그들의 첫마디는 전혀 다른 색채를 두른 편곡으로 재탄생된다. 되돌아 생각해보면 그 순간부터 그들은 이미 자신의 삶을 주도적으로 이끌려는 의지가 발현되는 것이라고 볼 수 있다.

여행을 예로 들면 이해가 쉽다. 미국 동부로 패키지 여행을 떠난 가족이 있다. 아빠와 엄마 그리고 초등학교에 다니고 있는 외동딸이 수

십 명의 여행자들과 함께했다. 여느 패키지 여행과 다름없이 개인별 자유시간은 거의 없다. 버스를 타고 옮겨가며 관광을 한다. 유명 관광지마다 사진을 찍고 다시 버스를 타고 이동한다. 매스컴을 통해서 만나던 공간을 실물로 확인하는 순간, 감회가 새롭다. 연령에 상관없이 성별에 관계없이 감동은 이어진다. 짧다면 짧은 이 순간이 얼마나 자신의 삶에 영향을 미칠지 그때는 미처 깨닫지 못한다. 여행은 끝이 나고 현실로 되돌아온다. 얼마 지나지 않아 아이는 갈등 속에 빠진다. 그 갈등이 무엇인지 정확히 알지 못한 채 인터넷을 서핑하고 서적을 뒤적인다. 뜨거운 무언가가 마음속 깊은 곳에서 서서히 싹을 틔운다.

"나도 뉴욕에서 공부해보고 싶어."

일기장에 삐뚤빼뚤 연필로 그리듯 써내려간다. 자신도 몰랐던 갈등의 실체와 마주한 순간이다. 갈등의 원인을 찾은 것이다. 모든 감각을 동원해 호기심 어린 눈빛으로 마주한 세상을 스쳐 보내지 않는 아이들의 특징 중 하나다. 같은 사건 속에서도 자신의 시선과 감각으로 스펙트럼을 넓히는 아이들이다.

또 다른 예를 들어보면 더 확실해진다. 한 아이가 위인전을 읽는다. 독후감을 쓴다.

"저도 훌륭한 사람이 돼서 어려운 사람들을 도와주겠습니다"와 같은 문장이 대부분이다. 이와는 달리, 위인이 겪은 과정을 끄집어내서는 자신의 현재를 바라보는 아이들이 있다.

"나도 그가 태어나고 성장하고 인정받은 이탈리아에서 미술 공부를 해보고 싶습니다"로 시작하는 문장은 확실히 다르다. 위인이 겪은 과정을 자신의 감성세계로 끌어들인 것이다. 제주도 국제학교 아이들이 그랬다. 같은 현상을 바라봐도 스스로에게 자극을 건넨다. 국제학교 아이들과의 만남은 시간이 지날수록 점점 흥미를 더했다. 백여 명의 아이들과 인터뷰를 진행하면서 공통점을 발견했다. 감성 공유 능력이 탁월했다. 국제학교에 입학하기 전의 삶에 대한 기억을 되살리는 과정 속에서 그들은 분명 달랐다. 사소하고 섬세하게 세상을 쪼개서 바라보는 능력의 소유자들이다. 그런 아이들은 그런 어른이 되고 그런 부모가 될 것이다.

형제자매 중에 민족사관학교 재학생이거나 졸업생을 둔 학생이 심심찮게 들린다.

영재들의 집합체라고 해도 과언이 아니다. 과학고등학교나 외국어고등학교 재학생이나 졸업생을 형제자매로 둔 학생들도 많다.

"제가 학교 다닐 때 국제학교가 생겼다면 고생스럽게 공부를 하지 않았을 겁니다. 죄다 영재들만 모아놨는데 그 안에서도 등수가 갈리거든요. 처음 받은 충격은 이루 말할 수 없었어요."

학부모회 봉사활동 단체인 '프렌즈' 회장이었던 강정화 씨가 터놓은 첫마디다. 큰딸을 민족사관학교에 보내놓고 나서는 온 가족이 주목을 받았다. 자녀뿐만 아니라 학부모의 노력의 결과물이기 때문일 것이다. 둘째 아들은 제주도 국제학교인 NLCS에 다닌다. 민족사관학교 입시 준비에 비하면 NLCS 입학시험 준비 과정은 비교할 수 없을 만큼 간단했다. 정확한 발탁 기준을 모르겠다. 막상 자녀를 다른 입학시험 과정을 거치고 나서 받은 느낌은 다음과 같다.

"민족사관학교는 치열한 곳이에요. 전국에 흩어져 있던 영재들이 한곳으로 모인 곳이죠. 학생들이 잠을 줄이기 위해 약을 구해다 먹는다는 소문을 들을 정도로 전쟁터라고 보시면 됩니다. 민족사관학교에 입학하기까지 준비 과정은 가족 전체가 모두 입시 전쟁을 함께 치루는 것과 같아요. 제주도 국제학교의 경우는 학업 능력만을 가지고 학생들을 발탁하는 것이 아닙니다. 다양한 학생들을 뽑아놓고 교육을 통해서 개성을 살려주는 좋은 시스템이라 생각합니다. 학업이 부족했던 아이들도 평균 이상으로 만들어놓을 수 있는 시스템을 운영하고 있는 거죠. 제 딸은 제주도에 국제학교가 조금 더 빨리 생겼더라면 민족사관학교가 아닌 제주도 국제학교에 다녔을 거라고 말합니다. 국제학교의 커리큘럼뿐만 아니라 다양한 교내 활동을 보면서 무척이나 흥미로워하더라고요. 교내에서 경험을 해본 아이들이 외부에 시선을 돌려서 활동을 이어가고 자원봉사로 연결되기도 합니다. 그 모든 것이 매우 큰 의미가 된다는 것

제주도 국제학교 시스템에 전적으로 자녀들을 맡기고 소통하면서
무난히 졸업을 맞이했고 세계 각지로 학생들은 뻗어나갔다.
서로를 믿어가며 각자의 위치에서 해답을 찾아가려
끊임없이 노력해온 결과물이 빛을 발하는 순간이었다.

을 대학 입학시험을 준비하면서 다들 느끼게 되고요."

다양한 활동 무대에 선다는 것은 학생들에게 어떤 의미로 작용하는가. 한 번 무대에 서고, 두 번째 무대에 서고, 세 번 무대에 서면서 설렘과 떨림과 긴장을 온몸으로 받아들인다. 한 번 발표를 하고 두 번 발표를 하고 세 번 그리고 끊임없이 반복적으로 이어지면서 자신의 생각을 드러내는 일을 자연스럽게 습득한다. 더 이상 장소는 중요하지 않다. 낯가림이나 자신감이 부족하다는 아이들이라고 해서 다르지 않다. 요동치던 심장은 오묘한 경계를 넘나들며 스릴을 맛본다. 짜릿함은 카타르시스다. 무대에 서 있는 이나 관객으로 앉아 있는 이나 모두들 설렘을 맛본다. 특출 난 어느 한 개인만의 전유물이 아니기 때문이다. 선택하는 것의 문제이지 선택당하는 것의 문제가 아니다. 원하기만 하면 누구나 기회는 동등하게 주어진다. 설렘과 떨림으로 단단해진 심장은 어떤 시험 앞에서도 호흡을 가다듬게 된다. 조절을 하는 것인지 당하는 것인지 미처 깨닫지 못하는 사이에, 침잠한다.

"시험을 즐겨요."

간단하게 읽혀지기도 하지만 간단하지 않다. 세포 하나하나가 야무지게 단단해지면서 즐기는 것이 무엇인지 기억하고 있는 것이다. 성장하고 발전한다는 건 바로 이럴 때 사용하는 것이 맞다. 그들은 오늘도 쉼 없이 발전하고 성장하고 있다.

학교 다녀오겠습니다

부록

1. 학교별 소개

2. 학교별 특징과 교과 프로그램 정보

사진제공 ©kis

• 학교 소개 자료는 JDC에서 제공받았습니다.